Sur l'auteure

Eve Chase est le pseudonyme d'une journaliste ayant travaillé pour plusieurs magazines anglais. Après *Un manoir en Cornouailles*, lauréat du prix Saint-Maur en Poche du roman étranger 2019, et *Les Filles du manoir Foxcote*, *La Disparition d'Audrey Wilde* est son troisième roman publié en France.

De la même auteure
aux Éditions 10/18

UN MANOIR EN CORNOUAILLES, n° 5422
LES FILLES DU MANOIR FOXCOTE, n° 5764
LA DISPARITION D'AUDREY WILDE

EVE CHASE

LA DISPARITION D'AUDREY WILDE

Traduit de l'anglais
par Aline Weill

10/18

Titre original
The Vanishing of Audrey Wilde

ISBN 978-2-264-08206-0
Dépôt légal : juin 2023

À Ben

Je connais un talus fleurant le serpolet ;
Et les coucous, les violettes, les œillets
Croissent là sous un dais de chèvrefeuille exquis,
D'églantier, de rose muscade...

William SHAKESPEARE,
Le Songe d'une nuit d'été,
traduction d'André Koszul,
Les Belles Lettres, 1938

PROLOGUE

Manoir d'Applecote, les Cotswolds, Angleterre.
Dernier week-end d'août 1959

Aucune de nous n'ose toucher sa ceinture, si affreusement intime. Mais quand nous le traînons sur la pelouse, elle racle la terre. Et il est plus lourd qu'il n'y paraît, encombrant. À chaque pas, nous nous arrêtons pour reprendre haleine, nous dévisageant avec surprise dans la lumière de l'aube, nous mettant au défi de baisser les yeux sur son corps incroyablement charnel, l'abandon enfantin de ses bras écartés.

Des pâquerettes se sont collées à lui, leurs pétales blanc rosé s'ouvrant au soleil qui monte à une vitesse alarmante derrière le verger. Ces fleurs semblent extrêmement déplacées, des étoiles dans ses cheveux poisseux. Dot se penche comme pour les cueillir, s'asseoir et en tresser une guirlande dans le hamac de sa jupe vichy. Si elle le faisait, cela ne rendrait pas les choses plus étranges.

Encore quelques pas chancelants, et Dot perd ses lunettes. Elle les cherche à tâtons. Nous lui disons d'arrêter. Le temps presse. Soudain, tous les oiseaux commencent à chanter : une explosion de bruit, un affolement en boucle.

J'essaie de contenir ma panique aveugle. Nous sommes les mêmes filles qu'au début de cet été torride. Le manoir d'Applecote se dresse toujours derrière nous, contemplant la vallée d'un air ensommeillé. Et dans le pré, au-delà du jardin, notre cercle chéri de pierres préhistoriques, inchangées, immuables. Nous devons rapprocher le corps de ces pierres, l'éloigner de la maison, et vite : la verrière de l'orangerie brille dangereusement sous les premiers rayons du soleil, plus proche encore que nous le pensions.

Une violente nausée me plie en deux. Je tousse, les mains sur les genoux. Flora passe un bras autour de mes épaules. Je la sens trembler et lève les yeux pour tenter de la rassurer. En vain : elle bat des cils, aveuglée par la lumière et la peur, comme pour s'habituer à un trait de mon visage qu'elle n'aurait jamais vu.

Pam, les mâchoires serrées, commence à tirer sur la chemise, dont une manche, ne résistant pas au poids mort de son bras, se déchire dans un bruit assourdissant. Dot étouffe un sanglot.

— Ça va aller, Dot…

Je m'interromps, voyant ses doigts éclaboussés de sang.

Je regarde mes mains. Celles de Flora. De Pam. Mon estomac se tord. Nos robes d'été sont des tabliers de boucher. À présent, nous avons l'air de l'avoir toutes tué, pas juste l'une d'entre nous. De vraies sœurs. Liées par le sang.

1

Une cinquantaine d'années plus tard

La criminalité. Les foules. La dureté des grandes villes qui force les filles à grandir trop vite, leur arrache leur innocence. Il est temps pour la famille de quitter Londres, de s'installer dans un endroit plus doux, plus sain. Ils ont vu plusieurs maisons ces derniers mois – rurales, spacieuses, dont une à rafraîchir –, mais aucune où Jessie pourrait vivre. Jusqu'à cet instant : debout dans le manoir d'Applecote, par une fin d'après-midi de janvier, elle se sent baignée de soleil.

Il est en mauvais état, bien sûr. Autrement, ils ne pourraient s'offrir une maison pareille. Des ifs s'écrasent contre les vitres de l'orangerie, menaçant de les briser et de semer, telles des perles, des baies toxiques sur le banc près de la fenêtre. Les dalles de pierre ondulent au centre de la pièce, comme poussées par une créature souterraine. Mais Jessie imagine déjà des oranges pendiller, les portes vitrées ouvertes sur l'euphorie de l'été, un fou rire de filles.

De plus en plus séduite, elle suit des yeux la verrière jusqu'à son dôme géométrique : une prouesse technique de l'ère victorienne, promettant des fruits méditerranéens dans le climat anglais, parmi les reinettes farineuses. Une partie de cet optimisme – enclore pour contrôler, une sorte de culture forcée – lui souffle à l'oreille : n'essaie-t-elle pas aussi de mettre sa famille sous cloche ?

Elle jette un coup d'œil à Bella qui, vautrée sur le banc près de la fenêtre, pianote un texto sur son portable. Avec ses longues jambes et ses cheveux noirs, sa belle-fille de seize ans est le portrait craché de sa mère défunte, la première Mrs Tucker. Sentant le regard interrogateur de Jessie, elle lève son visage pâle, aquilin, et la foudroie entre ses paupières plissées.

Jessie est contente que Will n'ait pas vu ce regard. Fourrant les mains comme un gamin dans les poches de sa veste, il fixe les ombres de la cuisine, le front ridé par une concentration touchante. Il cherche à concilier le rêve rural – un fantasme d'homme des villes : chasser, fendre des bûches, probablement faire l'amour dehors – avec l'étrange bruit d'oiseaux voletant dans les cheminées caverneuses, la sensation d'humidité enfermée et cet isolement terrifiant, fascinant.

Sous son blouson préféré en mouton – très années soixante-dix, qui va avec ce cadre champêtre –, le cœur de Jessie s'accélère. Elle ramène ses cheveux d'un roux automnal derrière ses oreilles, mettant de l'ordre dans ses pensées. Car elle sait qu'il y a une différence abyssale entre la visite d'un vieux manoir l'hiver, un jour où une lumière vaporeuse, onirique, filtre entre des arbres squelettiques, et le stress de déménager à des centaines de kilomètres, d'abandonner leurs peaux citadines. Ce serait un acte de foi aveugle et téméraire, comme son coup de foudre pour Will. Mais cette maison paraît simplement la bonne – de même que Will dès qu'elle l'a rencontré – et, d'une façon qu'elle ne peut expliquer, semble leur être destinée.

Et, vraiment, la taille d'Applecote est parfaite. Ils ne s'y perdraient pas. Vaste comparée à leur maison londonienne, c'est pourtant une bicoque à côté des belles demeures de la région ; le mot « manoir » est clairement excessif. Comptant seulement deux pièces de profondeur, sa surface tient dans sa largeur, et le style est moins noble que rustique avec des poutres noueuses et vermoulues, des murs bombés comme s'ils respiraient, et aucun mur d'équerre. Dehors, le lierre des Cotswolds enveloppe les murs de pierre, et la maison n'est pas visible de la route. Jessie aime ce retrait, le fait qu'Applecote ne domine pas la campagne environnante mais s'y niche, telle une élégante vieille dame dormant dans les hautes herbes. Elle imagine Bella trouver enfin un peu de paix ici et sa propre fille, Romy, libérée des aires de jeux urbaines, grimper aux arbres avec ses boucles blond fraise, duveteuses comme des bourgeons.

Romy semble déjà très à l'aise, tapotant de ses doigts potelés le baiser visqueux d'un escargot collé de l'autre côté de la vitre. Jessie est sûre que sa fille aimera la liberté de la campagne autant qu'elle-même petite, tous ces coins secrets de l'enfance, ces mondes minuscules invisibles pour les adultes. Quand l'escargot poursuit son avancée baveuse, Romy pouffe, lève la tête et Jessie voit, dans son visage, ses propres traits de fée en miniature : les yeux bleu sarcelle, aux cils cuivrés, de sa famille irlandaise, la large bouche de Will. Elle lui rend son sourire, ravie par la joie de Romy. Leur relation est encore poreuse, ombilicale, l'inverse de son rapport avec Bella, qui semble fortifié par un mur aussi gros que ceux d'Applecote. Parfois, elle peut jeter un œil par-dessus la muraille, si elle se hisse jusqu'à son faîte, en équilibre instable. Pas souvent. Sûrement pas aujourd'hui.

Il y a trois ans que Jessie a traversé la ville avec son ventre gonflant sous son manteau comme un cadeau caché – une grossesse de cinq mois, l'accident le plus heureux du monde –, pour s'installer chez Will. Deux ans après la mort de Mandy. Pour ne pas s'imposer dans sa vie familiale, elle avait tenu à son indépendance le plus longtemps possible, résistant à l'homme dont elle était tombée follement amoureuse – « Je ne veux pas passer une minute de plus séparé de toi, Jessie. J'ai… nous avons besoin de toi » –, jusqu'à ce que cela devienne intenable. À l'époque, ils ne voulaient pas déstabiliser Bella en déménageant, pas avec un bébé en route.

Et Jessie croyait naïvement qu'un grand cœur, une volonté d'aimer Bella comme sa fille, finiraient par apprivoiser ce faon au regard hanté, qui s'accrochait à la main de son père comme s'il était le dernier homme sur la terre. Elle ne savait pas qu'essayer d'aimer Bella, sans parler d'élever une adolescente rebelle, reviendrait à caresser un animal brûlant de planter ses dents dans son cou. Que Bella ne lui pardonnerait peut-être jamais d'envahir la bulle qu'elle formait avec Will et d'apporter la joie, le bruit et la perturbation qu'était Romy, une rivale dans le cœur de son père et la preuve gênante de sa nouvelle vie sexuelle. Et qui pouvait blâmer la pauvre Bella ?

Il faut du temps, tout le monde le dit. Mais le temps, au lieu d'aider, semble tout aggraver à Londres pour Bella qui, telle une fleur fragile exposée à l'air pollué de la ville, va de mal en pis. Ces derniers mois ont été spécialement difficiles, avec une explosion hormonale, dans un crescendo alarmant qui leur a forcé la main. Will et Jessie conviennent que Bella, qu'elle le veuille ou non – visiblement pas –, a besoin d'un nouveau départ. Ils doivent la soustraire aux fêtes où l'herbe circule et aux bandes toxiques, l'emmener loin de ce qu'elle a fait à cette fille. Il ne sert à rien de partir simplement dans un autre quartier. S'ils doivent déménager, ce doit être un acte radical, un changement de vie. Ils quitteront Londres pour un endroit plus sain et plus innocent. Et quoi de plus innocent que le manoir d'Applecote ?

Et pourtant.

La vitre qui coupe en deux le reflet de la famille semble étrangement symbolique, rappelant à Jessie qu'Applecote les attire également pour d'autres raisons, plus sombres : les efforts de Will pour fuir le souvenir d'un camion tournant à gauche, du corps disloqué de son épouse traînée sur la route ; ses propres angoisses, celles qui couvent de façon mesquine dans sa tête. Car comment dire à Will qu'elle ne s'est jamais sentie à l'aise dans l'élégante maison de sa défunte femme, dans une vie de famille qui n'a jamais été la sienne ? Qu'elle doit combattre une envie terrible, puérile, de repeindre les murs, pour couvrir leur gris chic d'une débauche de couleurs ? Qu'il s'agit, certes, d'un second mariage pour Will, mais du premier et du seul pour elle, et qu'elle veut l'imprégner de son propre caractère. Et que Mandy, la splendide Mandy Tucker, dont Jessie n'ose jamais parler tant le sujet est lourd et déchirant, reste incontournable dans la maison de Londres. Pas plus tard que la semaine dernière, Jessie a trouvé un de ses foulards derrière le radiateur de l'entrée. Assise dans l'escalier, entre ces murs gris étouffants, tenant dans sa main la soie rouge exhalant le parfum d'une autre femme, elle s'est demandé quoi en faire. À la fin, déroutée, elle l'a remise derrière le radiateur et s'en est voulu à mort. Mais elle savait que des bribes de Mandy seraient toujours dans cette maison, son mariage, cachées dans des recoins, attendant, observant.

Il n'y en aurait pas au manoir d'Applecote. Pas de fantômes ici.

— Tu parais déjà installée, glisse Will, ce qui la fait sursauter, repousser honteusement ses pensées au sujet de Mandy.

Jessie voit son sourire fleurir dans les yeux brun fauve de Will.

— Et toi, tu sembles encore sur l'autoroute. Près de Londres.

Will, sous son gros manteau, laisse échapper un rire.

— Je pourrais faire demi-tour, Jessie.

Alors, il se dégonfle.

— Ah oui ?

— On n'a pas les moyens d'acheter cette maison. Pas si on inclut tous les travaux nécessaires. À moins que tu veuilles vivre comme un squatter…

Même cette idée a un charme romantique. Jessie imagine la famille blottie autour d'une belle flambée, buvant du chocolat dans des tasses en fer-blanc, racontant des histoires.

— L'aller-retour au bureau tiendra du triathlon, ajoute Will. On ne connaît personne ici. En fait, c'est un coin désert. On pourrait aussi bien emménager sur Mars.

Du coin de l'œil, Jessie voit Bella l'approuver fougueusement. Elle songe à leur sortie de la capitale il y a quelques heures, à travers les banlieues endormies, les villes-satellites anonymes, les villages coquets, les ciels froids qui se dégageaient, bleuissaient, jusqu'à ce qu'ils dépassent la distance où une navette quotidienne à Londres serait « complètement impossible sans une crise de la quarantaine » – pointe d'humour noir de Will –, avant de continuer sur des routes de campagne, semées de cadavres de faisans et de renards, jusqu'à un chemin étroit, serpentant entre des haies, et une vieille maison déserte, qui attendait. Ce trajet lui a paru, d'une façon obscure, un voyage au tréfonds d'elle-même. Elle ne peut pas revenir en arrière.

— Une folie totale. (Will ébauche un sourire.) *Mais*... (elle n'a jamais connu d'autre homme capable de séduire seulement par son regard) ... la maison est belle et sauvage, comme toi.

— Oh non... gémit Bella.

— Et tu as un air un peu fêlé, résolu, qui me fait croire que tu pourrais t'y installer de toute façon, avec ou sans moi.

Il lui sourit par-dessous sa tignasse de cheveux bruns qu'il aime porter un peu trop longs, rock and roll, une petite rébellion contre ses quarante-quatre ans – neuf de plus que Jessie – et les exigences de la boîte de logistique qu'il a fondée il y a quinze ans avec Jackson, un vieux copain de fac. Célibataire gros et bavard, Jackson a été témoin aux premières noces de Will (un grand mariage en blanc) et absent des secondes (intimes, dans un bureau d'état civil, Jessie en robe verte, un bébé sur la hanche).

— Donc, oui, il y a une chance pour que tu puisses me persuader. Très petite.

Il la prend dans ses bras, et lui presse légèrement les fesses.

Elle aimerait qu'ils puissent faire l'amour ici, tout de suite, marquer leur territoire. Elle se frotte aux poils de son menton.

Choquée par toute démonstration d'affection physique, et les flairant d'instinct, Bella lève les yeux et frappe la main de son père. Jessie le sent à la contraction de ses doigts. Elle s'esquive pour lui faciliter les choses. Le bas de sa robe retombe en froufroutant sur ses bottes en cuir, hautes jusqu'au genou.

— Qu'en penses-tu, Bella ? demande-t-elle, d'une voix peut-être un peu trop gaie.

À nouveau, Bella s'abîme dans la contemplation de son portable.

— Je préférerais me pendre que m'installer ici.

— Allez. Donne-nous vraiment ton avis, lance Will, tentant courageusement de lui faire plaisir.

Le regard de Bella reste brutalement vide.

Romy, sentant que quelque chose cloche, s'arrache à la contemplation d'un cloporte filant sur le sol.

Jessie porte ses doigts à son bien le plus précieux, un pendentif en or en forme de petit bonhomme, offert par Will pour marquer la naissance de Romy. Elle a souvent eu besoin de le toucher ces derniers mois, car les inquiétudes données par Bella et les fractures dans cette famille bâtie à la va-vite l'agitent sourdement.

— Bell-Bell !

Romy s'approche à pas lourds de sa sœur, lui tend en offrande le cloporte écrasé dans sa main et sourit, toujours optimiste. Bella recule et lui jette un de ces regards glacés qui font frémir Jessie. Elle a parfois des expressions qui n'ont rien de fraternel, qui semblent même inhumaines – mais Jessie ne le dirait jamais à Will.

— Alors, on reprend la route, bébé ours ? (Will hisse Romy sur ses épaules, où elle se tient très droite, battant des pieds comme un petit cornac, les mains sur les yeux de son père. Il tente de parler à Jessie à travers ses doigts.) Je meurs de faim, chérie…

— Un dernier coup d'œil ? (Une part de Jessie sombre à l'idée de retourner à Londres. Elle a peur qu'Applecote disparaisse dès qu'ils s'en iront.) Je suis sûre qu'il y a une pièce qu'on n'a pas encore vue sous les toits. Ce n'est peut-être qu'un débarras, mais j'aimerais vérifier. L'agent immobilier est passé devant à toute allure, n'est-ce pas, Bella ?

Celle-ci hausse les épaules. Mais Jessie se rappelle qu'elle regardait avec insistance le dernier étage pendant qu'ils descendaient bruyamment l'escalier.

— Alors, j'en suis réduit à goûter ce pied à croquer…

Will fait mine d'engloutir une botte de Romy. Elle pousse un cri perçant. Jessie regagne le cœur ténébreux de la vieille maison, surprise d'entendre derrière elle les pas traînants de Bella.

Elles prennent la route touristique. Jessie s'arrête dans le vieux salon, contemple la lumière sombre et les fenêtres incrustées de poussière. Elle jette un œil à l'allée de gravier envahie par les mauvaises herbes, aux touffes de lavande non taillées et regarde Will parler à l'agent immobilier, sans remarquer que Romy fourre des cailloux dans la poche de son duffel-coat. Elle espère qu'il cherche à négocier. Il est bon pour ça, étonnamment dur en affaires, lui qui est si tendre avec les filles. Mais il a toujours eu deux facettes, une cuirasse protectrice que seuls les gens qu'il aime peuvent pénétrer.

— Quelqu'un a réellement vécu dans cette baraque ? lance Bella, la sortant de ses pensées. (Elle trace une route dans la poussière du parquet avec sa tennis rose.) Dans cet état ? Sans la rénover ?

— Oui, une veuve. Mrs Wilde. Elle a vécu seule ici pendant des décennies, jusqu'à plus de quatre-vingt-dix ans. Tu peux imaginer ? Ce devait être une sacrée bonne femme.

— Je parie qu'on a découvert son corps desséché, rongé par son toutou face à la télé. C'est le genre de choses qui arrivent à la campagne, non ? (Bella réprime un sourire.) Personne ne peut vous entendre crier.

— J'ai peur que la vérité soit un peu moins fascinante. (Jessie lui rend son sourire. L'humour noir impassible de Bella crée des instants de connivence dans leurs rapports ordinairement tendus. Jessie a toujours aimé trouver des failles dans son armure.) Elle n'était plus en état d'habiter ici. Elle a fait une chute dans l'escalier et dû s'installer dans une maison de retraite il y a, euh... plus de neuf mois. Depuis, le manoir est resté sur le marché. J'ai du mal à comprendre que personne n'ait sauté sur l'occasion.

— Vraiment ? jette Bella, faussement incrédule.

— Moi, j'adore qu'il se soit arrêté dans une autre époque, comme une montre de gousset. (Jessie embrasse des yeux les grandes lames du parquet – de vraies planches en bois, rien à voir avec les sols stratifiés de leur maison –, le papier peint William Morris qui se décolle en spirales, telles des pelures de fruit, semé de carrés pâles aux endroits où, naguère, se trouvaient des tableaux. Du mobilier est inclus dans la vente : des bureaux, des porte-plantes laqués de noir, même une couverture au crochet froissée sur un fauteuil – le genre d'ouvrage, suppose-t-elle, que les femmes faisaient jadis les jours de pluie.) Il a juste besoin d'être un peu réparé, et il se remettra en marche.

Bella gémit et s'adosse à un secrétaire, ce qui le fait tanguer. Un presse-papiers en verre glisse sur l'étagère du haut. Elle l'attrape et le lève à la lumière, où il brille faiblement comme une boule de cristal. Jessie ne serait pas surprise d'y voir tournoyer l'histoire d'Applecote : des parties de croquet, des pique-niques, des filles en jupe vichy.

— Papa ne craquera jamais pour cette maison, Jessie, soupire Bella, sans quitter la boule des yeux. Il faudrait une tonne de travaux.

— Oh, juste un coup de peinture, dit Jessie en sentant qu'elle est peut-être trop optimiste.

Sa mère a toujours retapé leurs maisons, en l'enrôlant malgré ses protestations. Elle était plutôt fauchée, et comme il n'y avait pas d'homme dans les parages pour faire ce genre de choses, elle avait acheté un manuel de bricolage et les faisait elle-même ; elle n'avait failli s'électrocuter qu'une fois.

— Plutôt un hold-up. Papa dit que c'est un gouffre financier.

— Je ne demande qu'à me salir les mains.

— Jusqu'aux coudes ?

— Oh oui ! (Jessie se rend compte à quel point elle aspire à un défi, à un projet, après la douce dérive d'avoir été mère au foyer pour Romy. Peut-être a-t-elle trop prolongé sa carrière dans le design d'emballage, frustrée par les tâches normatives, liée par les contraintes matérielles, la routine, le loyer, l'épargne pour s'acheter un appartement – qu'elle n'a jamais utilisée, maintenant précieuse –, mais la créativité de ce métier lui manque. De plus, elle ne peut s'empêcher de réagencer cette maison dans son esprit, la famille aussi, en les projetant en trois dimensions.) Je déteste les cottages proprets, de toute façon. Une maison devrait être un peu brute sur les bords.

— Mais celle-ci ne sera jamais la nôtre, jette Bella avec une ardeur soudaine. Papa ne courra pas le risque de s'installer si loin de Londres.

Jessie ne répond pas. Certes, il y a un risque à déménager, admet-elle, surtout pour Bella, mais il y en a un aussi à rester à Londres. Là-bas, Bella pourrait facilement dériver, comme un ballon dans le ciel, jusqu'à ce qu'ils la perdent. Elle s'imagine repenser à ce jour plus tard avec Will en songeant que, peut-être, les choses auraient pu se passer autrement s'ils avaient été plus courageux. Et pourquoi ne pourrait-elle pas retravailler en free-lance à la campagne, quand Romy aura un peu grandi ? Elle a toujours été frappée par le nombre de citadines intelligentes qui n'osent rien changer – à leur maison, leur couple, leur métier – de peur que ça déstabilise l'ensemble, comme si toutes ces vies actives londoniennes tenaient en équilibre sur un fil, tels des funambules, et pouvaient s'effondrer au moindre écart. Elle refuse de finir ainsi.

— On monte ? (Bella repose le presse-papiers un peu trop brusquement sur le secrétaire, troublant le silence de la pièce.) Je trouverai peut-être mon cadavre sous les combles, on ne sait jamais.

— On ne sait jamais, répète Jessie avec une pointe d'inquiétude.

Dès qu'elles gagnent l'étage aux allures de grenier, il fait soudain plus froid et ça sent davantage le renfermé. Les chambres des anciens serviteurs, pense Jessie. Les portes s'alignent comme dans une pension de famille, à partir d'un palier sombre, étroit.

— La pièce est là, glisse Bella d'une voix étouffée, montrant une porte blanche éraflée au fond du couloir, presque cachée dans l'ombre.

Jessie met un moment à s'apercevoir que les murs s'affaissent légèrement l'un vers l'autre, créant l'illusion que la pièce est plus loin qu'elle ne l'est en réalité.

La poignée de la porte résiste, puis tourne dans un grincement. Une brume de poussière volette devant Jessie, obscurcissant la pièce. Elle sent un étrange goût sucré sur sa langue ; des particules se posent sur ses cheveux. À mesure qu'elles se dissipent, la pièce se précise, calme et feutrée comme un intérieur de peinture flamande, aussi repliée sur elle-même et riche de sens.

Ce n'est pas un débarras.

Les grosses poutres noires, sous les avant-toits, attirent le regard vers un petit œil-de-bœuf au vitrail pourpre, au motif raffiné – raisins et feuilles de vigne –, qui écrase la lumière sur le mur. Des rideaux terre d'ombre voilent une grande fenêtre carrée. On dirait une vieille robe de bal qui se désagrège, pense Jessie. Chose encore plus curieuse : un lit bateau, encore garni d'une pile d'oreillers et d'une couverture rose mitée, bordée d'un ruban en satin ; un vieux pupitre percé d'un encrier, au couvercle rayé de traces de stylo ; une coiffeuse au miroir en forme de rein, pareil à ceux qu'avait la grand-mère de Jessie.

Ses pas résonnent beaucoup trop fort ici : la chambre a l'air intime, habitée. C'est comme tomber sur une cabane forestière abandonnée, se dit-elle, et trouver des cendres encore chaudes sur la grille du foyer. Elle jette un coup d'œil à Bella, encore dans l'embrasure de la porte, ses longs bras plaqués de chaque côté, résistant à la force qui l'attire dans la pièce. Ses yeux sont immenses et leurs pupilles dilatées, semblant guetter un fil piégé.

— Ça, c'est une surprise...

Jessie ne sait trop pourquoi elle chuchote, comme dans la chambre d'un enfant endormi. Elle incite Bella à s'avancer. Le miroir de la coiffeuse reflète deux taches confuses sur leur passage, telles des ébauches de futurs fantômes.

Bella circule prudemment dans la pièce, caresse le papier peint fané avant de s'arrêter pour contempler le lit, l'examiner en quête de sens.

— Elle te plaît ?

Jessie sourit, contente de voir s'évanouir son air d'indifférence habituel comme si, un bref instant, Bella était sortie d'elle-même. Jusqu'à paraître tout autre dans la chambre, avec sa beauté monochrome désuète.

Bella lève les yeux, interdite, ayant clairement oublié sa présence.

— Quoi ?

— Je crois que cette chambre est peut-être faite pour toi.

Bella rougit, surprise à partager cette idée. Parfois, dans les rares et précieux moments comme celui-ci, Jessie aperçoit la fille qu'elle devait être avant la mort de sa mère, moins fermée, plus facile à déchiffrer. Elle aimerait avoir connu cette Bella. Elle ne renoncera jamais à la chercher.

— Si on s'installe ici, elle est à toi. On pourrait la décorer ensemble à ton goût. Et... tu peux prendre la pièce voisine pour en faire un bureau, par exemple. Tu aurais même ta propre salle de bains sous les toits. Imagine : une baignoire sans les canards en caoutchouc de Romy !

Bella hoche distraitement la tête, l'air d'écouter non pas Jessie, mais un être ou une chose qu'elle seule peut entendre, inaudible pour les adultes.

Jessie persévère, en montrant le lit.

— Tu peux garder ça aussi. Enfin, on devra peut-être acheter une nouvelle literie.

C'est alors que Bella fait volte-face pour revenir au présent, à sa condition de Bella Tucker, une adolescente qui refuse d'être ici, que le monde a royalement baisée. Et Jessie sait qu'il va déferler, le torrent de rage impulsif, qui éloignera soudain la jeune fille.

— De quel droit me dis-tu ce qui est à *moi* ? Qu'on peut acheter cette baraque ? (La voix de Bella tremble.) Ce n'est pas ta maison qui sera vendue à Londres.

Jessie respire profondément.

— Bella, je mets aussi toutes mes économies dans cet achat. Mais il ne s'agit pas d'argent. C'est… (Elle se retient. Elle ne doit pas mentionner la conduite de Bella à Londres : déménager à Applecote n'est pas une punition.) Ton père a envie d'un changement.

— Ne me dis pas ce que veut papa. (Bella se redresse dans une démonstration de force menaçante, dominant le mètre cinquante-sept de Jessie, ses taches de rousseur et ses cheveux cuivrés, ses hanches légèrement arrondies depuis la naissance de Romy.) Je le connais mieux que toi !

Jessie presse son pendentif entre ses doigts, sentant les battements de son cœur conduits le long de la chaîne.

— Il peut travailler à la maison une bonne partie de la semaine. Tu… nous le verrons plus souvent. (Jessie tâche de se calmer, respire à nouveau.) Il veut un rythme de vie plus lent.

— Tout ce que veut papa, c'est que maman revienne, siffle Bella. Tu ne le comprends pas ?

Jessie recule d'un pas. Les lames du plancher craquent, sous le poids trop lourd de leur relation, de l'imbroglio des liens familiaux. Elle essaie de faire taire la petite voix dans sa tête, celle qui craint que Bella ait raison, que Will l'aime moins que Mandy, qu'ils se soient rencontrés trop tôt après sa mort pour qu'il brûle autant pour elle qu'elle pour lui.

Bella la toise.

— Tu penses que papa oubliera complètement maman en venant ici, c'est ça ?

— Bella… commence-t-elle, ne sachant comment finir sa phrase, sentant monter sous sa peau une chaleur coupable.

Même si elle le voulait, elle ne pourrait pas lui mentir : Bella est trop maligne.

— Eh bien non, Jessie. Il ne t'aimera jamais autant qu'il a aimé ma mère. Tout le monde sait qu'il t'a épousée à cause de Romy. Et que ce déménagement sera un échec total.

Elle détourne les yeux, le menton levé.

Jessie cligne furieusement des cils : elle ne la laissera pas voir ses larmes. Ce n'est pas la première fois que Bella lui jette ce genre de pique, mais elle ne l'en blesse pas moins.

— La seule chose qui m'importe, c'est ce qui est bon pour nous, pour toi. L'endroit où *nous* pourrions être heureux.

— Je suis heureuse là où je suis !

— Vraiment ? demande doucement Jessie, touchant un point sensible. Parce que, de mon point de vue, on ne le dirait pas.

Bella ouvre la bouche pour répliquer, mais aucun mot n'en sort. Elle se retourne vers la grande fenêtre et ouvre les rideaux d'un coup sec. Penchée sur le rebord, les jambes croisées tel un poulain, elle semble aussi jeune et vulnérable que menaçante un instant plus tôt. Jessie la plaint terriblement.

Elle attend que passe le gros de la tornade – une tempête de sable qui balaiera tout sur son passage, puis se dissipera peu à peu – avant de la rejoindre timidement près de la fenêtre en veillant à ne pas frôler ce hérisson. Tristement, leur relation bannit le toucher : Bella lui a bien fait comprendre qu'elle n'admettrait aucun contact physique avec elle.

Le cœur de Jessie s'allège à la vue offerte par la fenêtre : le grand jardin sauvage, l'antithèse totale de leur minuscule terrasse londonienne couverte de gazon artificiel (par Mandy), surplombée par des voisins qui voient en elle un coucou volant le nid d'une autre femme. Leur rapide trajet à travers les espaces d'Applecote, tout à l'heure, est aussi plus clair d'ici. Elle en dresse la carte dans son esprit : la verrière de l'orangerie, la zone boisée nommée Wilderness, le petit verger clos de murs, le rectangle noir d'une piscine abandonnée – une vision un peu énervante, comme un vide. Au fond du jardin, même si elle ne le voit pas très bien de cette fenêtre, elle imagine le portail en fer, d'où ils ont contemplé un pré superbe et son cercle de vieilles pierres, hautes jusqu'au genou. (« Remarquable, hein ? » a dit, essoufflé, l'agent immobilier, les sentant sous le charme. « Un Stonehenge à la noix », a répliqué sèchement Bella.) En bordure de ce pré, l'éclat lointain d'une rivière. Oh, et un oiseau de proie ! Un milan, suppose Jessie, avec cette queue fourchue. Elle et Bella le regardent fondre sur sa victime, provisoirement unies dans cette observation.

— Il y a autre chose qui te tracasse, Bella ? demande-t-elle. Enfin, à part le reste, bien sûr…

Bella pose ses doigts aux ongles rongés sur la vitre froide.

— Il s'est passé un truc grave dans cette maison, dit-elle d'une petite voix brisée à force d'avoir crié. Je l'ai senti.

Jessie examine le visage de Bella, les pensées ondulant sous sa peau laiteuse translucide : à l'évidence, l'adolescente hypersensible extériorise ses propres peurs.

— Tu peux le décrire ? glisse-t-elle pour l'encourager, espérant lui faire exprimer les émotions qu'elle refoule.

Bella fronce les sourcils.

— L'impression qu'une chose est prise au piège. Comme si le passé était coincé, c'est tout. Ou quelqu'un. Je ne sais pas, c'est bizarre.

Jessie éprouve une tristesse aiguë : Bella parle de son chagrin, en tournant autour. Et elle-même se garde bien d'essayer de l'aborder directement.

— La maison a été longtemps vide, à l'abandon. Mais dès qu'une nouvelle famille s'y installera…

— Même si on vit ici, cette maison ne sera jamais la nôtre, coupe Bella d'une voix à nouveau dure. (Dehors, le milan plonge. Une nuée d'oiseaux s'envole : noirs, minuscules, telle une poignée de clous jetés vers le ciel pur.) Tout comme je ne serai jamais ta fille, Jessie.

2

Chelsea, Londres, mai 1959

Maman met vraiment du temps à mourir. Elle est couchée depuis deux jours sur la méridienne près de la fenêtre, bougeant seulement pour attraper une cigarette et un verre poisseux de gin orange, ses paupières lourdes braquées sur la rue, où le vent fouette les fleurs des arbres dans un tourbillon moqueur de confettis. Ayant déclaré son cœur « desséché comme un rognon grillé, à peine capable de battre », elle est déterminée à « s'éteindre en douceur, entourée de mes quatre filles chéries ».

Cela pose un problème. On est lundi. Notre week-end à la maison est terminé et nous devrions être au collège. Non seulement nous allons être punies pour ce retard, mais mes camarades, qui prennent ma mère pour une danseuse de cirque et se collent aux fenêtres dès que le bruit court qu'elle n'a pas oublié de venir nous chercher, nous jugeront encore plus extravagantes. De toute façon, notre réputation est déjà faite : « Ah oui, les filles de *Bunny* », disent les gens, qui rougissent au nom de maman, aussi réprobateurs qu'excités. J'aimerais leur expliquer que nous ne sommes pas tellement bizarres. Que le monde instable de ma mère et de mes sœurs contient toutes les passions et les querelles de bien des familles aussi « normales » que les leurs, mais que, sans papa, il a été réduit à quelque chose de plus intense et de plus salé, comme du Viandox.

Maman presse mollement une main sur son front. Son beau visage est un modèle de souffrance poétique. Je ne suis pas sûre que les mourantes aient cet air-là. Ni qu'elles portent du rouge à lèvres cramoisi. Pam dit qu'on devrait la laisser avec un citron chaud et sauter dans un train. Mais il n'y a pas assez d'argent dans le porte-monnaie de maman pour payer nos billets – on a vérifié – et, même si aucune de nous ne croit à sa mise en scène, reste l'inquiétude lancinante qu'elle puisse mourir quand même, car maman peut faire beaucoup de choses quand elle veut.

Je glisse un œil à la pendule qui grignote les minutes sur la cheminée. Mon cours de français vient de commencer. Mme Villiot va faire l'appel, de la poudre de craie sur les doigts, ses boucles d'oreilles en rubis tremblant au-dessus de son col en dentelle. Il est difficile de ne pas être un peu amoureuse de Madame – nous le sommes toutes – car il n'y a pas de garçons à aimer au Squirrels Ladies College, seulement la déléguée aux cheveux botticelliens. Je me retourne vers maman en sentant mon front se plisser.

— Tu es sûre qu'on ne peut pas appeler le médecin ?

— Ne te mets pas dans tous tes états, Margot…

Je regarde tristement Fang, le tapis mité en peau de tigre, cherchant une solution. Pam débarque dans la pièce en faisant tinter les verres sur la table roulante – « bâtie comme un tank des Boches », dit toujours maman – et ouvre grand la fenêtre. Des pétales de fleurs entrent en voletant, et se posent sur le parquet sombre tels des papillons blancs. Maman tressaille, peinée, en couvrant ses yeux de ses mains.

Bunny Wilde n'aime pas l'air frais. Son habitat est le monde enfumé des noctambules, les ombres des théâtres du West End, des soirées de Chelsea et des clubs de Mayfair éclairés par des lustres, des bougies et les regards de ses adorateurs. Maman déteste la campagne, ne souffrant la lumière du jour que dans un atelier d'artiste, où elle pose nue pour Jack Harlow, le peintre dont elle est follement amoureuse :

un bel homme brun comme un corbeau, qui sent la peinture et le Pernod. Il l'a encore trompée, ce qui n'a surpris qu'elle, en courtisant une nouvelle muse : « Une certaine Berkeley, un mannequin », a-t-elle soufflé vendredi, une chose trop terrible à nommer à voix haute, de même qu'une cystite ou les armes nucléaires russes.

Injustement, la torpille de reproches qu'elle devrait lancer sur la maison de Jack, fracassant la verrière de son atelier dans une splendide explosion de peinture à l'huile, a été détournée vers nous. Hier soir, maman a marmonné dans un demi-sommeil que Jack l'aurait épousée depuis des années si elle n'avait pas eu tant de filles, l'air de prendre l'existence de sa progéniture pour une broutille qu'elle pourrait redessiner comme ses sourcils. J'étais soulagée de n'être pas la seule – « Mon étrange Margot chérie », m'appelle-t-elle, comme si je venais d'une autre planète – à former un obstacle à son bonheur, car nous sommes quatre sœurs, ce qui permet de diviser la responsabilité en quatre parts moins lourdes.

Flora, Pam et moi – dix-sept, seize et quinze ans – avons grandi avec une pointure de différence, deux centimètres d'ourlet de robe. « Impossible de ne pas tomber enceinte avec ton père dans les parages », dit ma mère en prenant malicieusement à la légère une chose si terrifiante, que l'école explique par des diagrammes d'accouplement de bétail et que les filles explorent avec leurs flirts dans les taxis après les bals. (Je me suis laissé caresser un sein à Noël. C'était moins excitant que je l'espérais.) Juste au moment où maman pensait en avoir fini, pouvoir garder la ligne, Dot est arrivée, trois ans après moi. Dot ne nous ressemble pas beaucoup. C'est une petite brune dans une nichée de grandes blondes. Elle ne fait pas non plus ses douze ans. Ses lunettes sont trop larges pour son visage. Elle a une croissance tardive – j'ai connu ça aussi –, les côtes saillantes comme un garçon. Elle est assez bonne en lecture – elle adore ça, ses yeux brun cacao s'écarquillent, s'animent à chaque page –, mais nulle en arithmétique. Nous pensons que c'est à cause de ce qui s'est passé. Des circonstances de sa naissance.

Maman était enceinte de Dot quand le moteur de la voiture de papa a lâché sur un passage à niveau, dix secondes avant que le 14 h 07 en provenance d'Édimbourg hurle sur les voies. Je me souviens que le policier a ôté son chapeau sur le seuil, du souffle glacé de l'hiver quand la porte s'est ouverte et du film de sueur sur son front, étrange pour la saison. Et que maman ne le croyait pas : elle secouait la tête en tenant le dur ballon de son ventre, criant non, non, non, pas son Clarence, lui qui avait survécu à la guerre juste avec un pouce arraché, et à la chose qui l'avait fait se blottir sous leur lit certaines nuits, les mains sur les oreilles. Maman a commencé à accoucher ce jour-là, avec six semaines d'avance, et Dot est arrivée, bleue comme la ligne de métro Piccadilly. Après ça, maman est restée au lit pendant des mois, immobile, l'esprit ailleurs. Quand Dot pleurait, je la calmais. Tout comme mes amies avaient des chatons, j'avais une petite sœur, le premier être que je me rappelle avoir farouchement aimé, voulu protéger. À présent, lorsque Dot est malade – l'hiver, elle a les poumons qui sifflent et doit prendre des bains de vapeur –, c'est moi qu'elle appelle, rarement maman.

Pour moi, honteusement, dans mon sommeil, c'est papa. J'étais sa préférée, d'après maman. Il m'avait surnommée Margot à gogo parce que je débordais de vitalité et posais toujours des questions qui le faisaient rire : « Où s'arrête le ciel et où commence l'espace ? », « Si Dieu est partout, Il est aussi dans les picots de ma brosse à cheveux ? ».

J'aimais que papa m'appelle Margot à gogo : une confirmation d'une autre version de moi, de la fillette insouciante que j'étais, comme sur la photo où il me porte sur ses épaules, riant et fonçant dans les jardins de Kensington sous la pluie ; et c'était bien plus flatteur qu'« étrange Margot », même si ma mère et mes sœurs prétendent que c'est juste un surnom affectueux.

La perte de papa me semble encore épique, mais complètement obscure. Mes souvenirs sont aussi aléatoires qu'une tombola. Je me rappelle son visage, la puissante mâchoire des Wilde saillant par-dessus ses médailles, celle qu'on retrouve sur les portraits qui ornent le manoir d'Applecote, la vieille maison familiale de papa. Mais pas sa voix : elle s'est confondue avec des voix de radio, des voix dans ma tête. « Nous serions détruites si nous pouvions tout nous rappeler », déclare maman. C'est sa manière, je pense, de trier le passé, comme si c'était une boîte de chocolats où elle laisse ceux qui ne lui plaisent pas.

Parfois, je pense avoir perdu mon insouciance. J'ignore si je la retrouverai, si c'est une chose aussi irremplaçable qu'une dent adulte, ou si elle peut renaître. Mais surtout, j'aimerais savoir si j'aurai un jour la même peau que mes sœurs, douce comme du savon. Les plaques rouges qui me grattent derrière les genoux sont apparues le jour des obsèques de papa et n'ont jamais guéri. Lorsque les plaies suintent et que mes camarades de classe les lorgnent dans les douches de l'école, je me demande pourquoi, entre toutes les filles, je suis celle qui en a été affligée, si ma peau est une punition pour une faute terrible que je n'ai pas encore commise, et quel est donc ce crime.

Ma peau est le seul sujet sur lequel mes sœurs ne me taquinent pas, secrètement soulagées que ce fléau soit tombé sur moi. Elle crée des éruptions de gentillesse. Dot me laisse dormir dans le lit le plus frais, près de la fenêtre. Flora enduit de pommade les zones que je ne peux atteindre. Pam me rappelle d'un ton brusque qu'au moins, je suis intelligente – « ce qui compense un peu la masse de bon sens qui te manque » – et qu'elles ont toutes une tare, sauf Flora, ajoute-t-elle avec ironie, car Flora est parfaite.

Ça me fait toujours rire. J'ai besoin de mes sœurs plus que de maman, parfois.

Ce n'est pas que maman ne soit pas une bonne mère. C'est juste qu'elle est différente des autres mères : celles qui n'ont pas perdu leur mari dans d'horribles accidents bizarres, qui n'habitent pas de hautes maisons étroites, penchant sur la gauche, dans le « mauvais Chelsea », au stuc couvert de suie et aux murs intérieurs peints dans les tons vifs d'un perroquet d'Afrique (au mépris du bon goût et du climat anglais), aux pièces jonchées d'étoles en plumes de marabout, de livres et de bigoudis.

Rien ne marche ici. Le réfrigérateur est tiède. On ne peut voir l'image à la télévision – maman l'a achetée en grande pompe pour voir le couronnement de la reine – qu'en levant les gros rideaux. L'aspirateur boude d'un air accusateur dans une caisse, sous l'escalier, attendant qu'un homme à tout faire offre gracieusement ses services en échange d'un sourire de ma mère. Au fil des ans, son sourire lui a gagné le concours d'une ribambelle d'hommes à tout faire.

Maman déteste payer la moindre chose si elle peut s'abstenir. Dans les magasins, elle n'est pas du genre à mettre ses sous dans une petite boule, qui filera le long d'un câble jusqu'à la caisse centrale. Ma mère fait tous ses achats à crédit. Elle a des factures compliquées dans tout Londres. Elle a aussi les jambes les plus longues à l'ouest de Sloane Square. Ça aide.

Heureusement, les Wilde – le frère aîné de papa, Perry, et sa femme, Sybil, ceux du manoir d'Applecote – paient pour Squirrels, notre internat vivifiant dans l'Oxfordshire, où nous devrions être à cette heure. (Ils avaient choisi un pensionnat plus chic, bien mieux chauffé, dans le Dorset pour leur fille, ma cousine Audrey, mais ça n'a pas suffi à la sauver.) Les Wilde ne donnent pas un sou à maman directement. Ce n'est pas un secret qu'ils ont réprouvé ce mariage : les parents de papa voulaient qu'il épouse une noble héritière du comté et, à la place, ils ont eu la fille d'un agent artistique de Bloomsbury, leur propre Wallis Simpson, pour dévoyer leur fils cadet. D'ailleurs, maman ne se soucie pas trop de l'avis des gens, ce qui la rend assez dangereuse.

L'été où mamie Wilde est morte sur une chaise longue, bronzant paisiblement une heure avant qu'on s'en rende compte, elle m'a dit que maman nous « élevait comme des chats ». J'ai acquiescé en sirotant ma limonade. Il semble que nous ayons autant de vies, forcées d'ajuster nos allégeances et nos manières aux divers mondes que nous habitons, apprenant à dire ce qu'il faut, ou à taire certaines choses, quand nous passons de notre famille bohème à la discipline flegmatique de Squirrels ou aux salons polis de nos amies de Londres, soutenues par l'éclat naguère brillant de notre patronyme. Flora et moi avons appris à enfiler et à ôter plusieurs personnalités comme des chaussettes. La mienne n'est pas encore bien définie, de toute façon – j'ai l'impression d'être très différente d'un jour à l'autre – et Flora s'adapte simplement à sa compagnie du moment, répondant toujours aux attentes. La stratégie de Dot réside dans un silence charmant : elle observe attentivement son entourage avant de s'y mêler, fourrant ce qu'elle pense vraiment dans les poches de sa robe chasuble. Pam ne peut jamais être que Pam : elle a toujours des gestes trop larges, parle trop et trop fort. Ses contours sont déjà fermes et stables.

Pam est celle qui a laissé échapper devant les Wilde que les amis musiciens de maman rient aux éclats dans notre salon : des hommes à la peau caramel, aux accents étranges et prononcés, aux doigts voletant comme des oiseaux pardessus les frettes de leurs banjos. Que maman préfère la compagnie des artistes de Chelsea au sourire pincé des épouses de Kensington, qui discutent de leurs réfrigérateurs neufs (bien frais) aux coins de rue ensoleillés. Qu'elle ne semble vivre que de Lucky Strike et d'une soupe froide à la tomate, le gaspacho, que notre bonne, Betty, peine à préparer à sa demande.

Nous ne supportons pas le gaspacho : il nous rend différentes des autres filles. Dès que nous rentrons de l'école, nous jetons ce brouet sanglant dans l'évier et Flora cuisine un rôti anglais à l'ancienne. Nous aimons toutes Flora pour ça. Même maman plonge sa fourchette dans les tendres miettes de bœuf et ne peut s'empêcher de ronronner, les yeux fermés, comme si le rôti était un trésor perdu et retrouvé, un goût d'une vie plus facile, plus conventionnelle. Elle dit à Flora qu'elle fera une merveilleuse épouse un jour – bientôt, espère-t-elle, celle d'un fils premier-né, pas du second désargenté, contrairement à sa cruche de mère. L'idée que Flora se marie me coupe toujours l'appétit et me serre la gorge. J'ignore ce que nous deviendrons, toutes les quatre, sans chacune des autres pour nous différencier. Si l'une de nous s'en va, nous perdrons toutes l'équilibre, comme une table de cuisine à qui l'on ôte un pied.

Mais je veux aussi que Flora soit heureuse car le bonheur lui va bien – moi, je ne peux jamais compter entièrement dessus, j'aime mieux me fier à la réflexion – et pour Flora, il implique un mari, des enfants et « une maison confortable où je ne gèlerai pas l'hiver : un peu d'évolution, c'est tout ».

Maman aussi passe beaucoup de temps à penser à nos maris (bien qu'elle-même n'en ait pas), à ces quatre inconnus qui rôdent dans notre avenir, telles des ombres dans une ruelle de Londres. Pour ça, elle nous oblige toutes à défiler dans le salon devant Patty, son amie danseuse du Royal Ballet, une femme aux yeux fous, prête à nous frapper la jambe avec un chausse-pied si on se voûtait. Mes bonnes notes sont tenues pour une extravagance : « C'est imprudent d'être trop intelligente, Margot. » L'ambition de Pam, qui rêve d'être infirmière (improbable, vu son impatience brutale si quelqu'un tombe malade), est écartée affectueusement – « Je suis sûre qu'il y a des moyens plus faciles de contrarier ta mère, si tu le veux vraiment, Pam » – et éclipsée par la question de la taille « robuste » de ma sœur, qui refuse de se laisser comprimer par les gaines que maman lui fait porter aux réceptions.

— Vos minois seront votre seule fortune, mes filles, déclare-t-elle en haussant les épaules. Je ne prétendrai pas le contraire.

Le problème, c'est que je ne fais pas tourner les têtes, comme Flora. Je ne sais pas non plus attirer l'attention, comme Pam, par une force vitale incontrôlable. Je ne suis pas désagréable à regarder, juste pas très mémorable. Vu ma place dans ce classement, j'ai dit à maman qu'il serait plus raisonnable que j'aspire à un métier, à l'enseignement par exemple, où mon physique n'aura pas d'importance. « Oh, Margot, ne t'ai-je donc rien appris ? » (Elle semblait sincèrement perplexe.) « Regarde-moi, qui ai été contrainte à l'indépendance. Tu ne peux quand même pas envier ça. Il est beaucoup plus simple de se marier. » À l'entendre, son mariage avec papa a été la période la plus heureuse de sa vie. Je me rappelle des bribes de cette époque, cousues au petit bonheur, tels les hexagones bariolés de ma couette : mes parents s'enlaçant dans l'entrée ; maman embrassant tendrement le moignon rouge du pouce de papa. Mais à dire vrai, aucune de nous quatre n'a la moindre idée de ce à quoi ressemble un mariage, au quotidien, ni de l'effet que ça fait de vivre avec un homme. Avec si peu d'éléments probants, nous devons juste y croire, comme à l'Ancien Testament. Même si, dans mon for intérieur, je ne crois pas non plus à ça.

— Margot... (Flora m'attire dans le couloir, me sortant de mes pensées. Elle ferme la porte du salon d'un souple coup de hanche.) Maman n'a pas dormi ni mangé depuis deux jours.

— Maman pourrait tenir des mois avec du gin et de l'air, hélas... Pardon ! lance Pam en passant furieusement avec un toast à la confiture, d'humeur à nous chercher sans cesse pour mieux montrer qu'elle nous ignore.

— Je comprends sa colère, Flora, dis-je dès qu'elle a claqué la porte de sa chambre.

— Ne soyons pas trop dures. (Flora est très gentille, la meilleure de nous quatre. Pam prétend qu'il est facile d'être gentille quand on a un visage comme le sien. Déjà, petite, Flora se faisait remarquer par ses yeux bleu-violet et ses lèvres boudeuses. À présent qu'elle a dix-sept ans, elle a quelque chose d'autre qui pousse les hommes à bégayer bêtement. Quand elle fronce les sourcils, au lieu de la faire paraître mal lunée, cela donne une complexité et une profondeur à son visage lumineux.) Ce n'est pas la faute de maman.

— Ah oui ?

— Non.

— Mais elle et Jack se rabibochent toujours, et puis ça recommence…

Je sens quelqu'un bouger en haut de l'escalier. Je lève les yeux et vois Dot accroupie contre les balustres, étreignant ses jambes grêles, l'air de pouvoir se dissoudre dans la lumière liquide comme un sucre, en laissant pour seule trace ses lunettes en écaille. Je me demande depuis combien de temps elle est là.

Se voyant repérée, elle sourit avec espoir.

— Margot, tu veux bien faire une partie d'échecs avec moi ? (Suggérer une partie d'échecs est un dérivatif très Dot-ien lors d'une crise.) J'ai demandé à Pam. Elle a dit qu'elle aimerait mieux regarder pousser les ongles de ses mains.

— De mes pieds ! rugit Pam derrière la porte de sa chambre.

— Pas maintenant. Désolée. On cherche une solution, dis-je de la voix douce que je réserve à ma petite sœur.

Dot nous écoute retourner notre situation épineuse en tous sens. Au bout d'un moment, Flora s'éloigne vers la cuisine, marmonnant qu'il est temps de faire des « omelettes ». Dot s'esquive.

Je passe voir maman, qui dort maintenant, une cigarette réduite à une baguette de cendre entre ses doigts. Je reste quelques instants à l'observer, ma mère dans son déshabillé en satin sur la méridienne fanée, avec ses fines rides aux coins des yeux qu'elle combat avec des cold-creams, en se pinçant les joues, qui ne la rendent pas moins belle mais qui, je le sais, l'inquiètent quand même. Sa vulnérabilité me touche et m'irrite. Je ferme très vite la porte et cherche Flora.

De dos, Flora pourrait presque être maman – grande, svelte, tout en jambes –, sauf que maman risque bien plus de faire fondre un reste de rouge à lèvres avec de la graisse de cuisson pour le prolonger que de préparer le déjeuner.

— Prends les couverts, Margot, dit-elle sans se retourner.

Nous pouvons nous reconnaître à un bruit de souffle ou de pas, au frou-frou d'une certaine jupe sur une certaine jambe.

Dot et Pam nous rejoignent à table, où nous liquidons les omelettes en quelques secondes. Nous allons attaquer le quatre-quarts de Betty, à coups de tranches épaisses qui horrifieraient notre mère, dont la ligne doit beaucoup aux années passées à se nourrir de livres, quand sa voix flotte vers nous :

— Les filles ?...

À notre grande surprise, nous la trouvons assise bien droite, les doigts noués sur sa nuque.

— Je tuerais pour un thé bien fort...

Sa voix est enrouée par les cigarettes, son sourire penaud.

— Je t'en prépare une tasse, dit Flora, ne la quittant pas des yeux quand elle recule dans le couloir.

L'absence de notre sœur aînée crée un vide. Pour faire quelque chose jusqu'à son retour, je pose l'aiguille du gramophone sur un disque, le jazz américain de maman.

— Oh, cet air me brise le cœur, dit-elle en marquant le rythme sur son genou avec un sourire mélancolique, comme si être triste valait mieux que ne rien ressentir.

— Ton thé, maman.

Lorsque Flora revient à pas légers, une tension se relâche. Elle glisse le plateau sur la table basse en bambou : une tasse de thé brun à souhait, un boudoir saupoudré de sucre cristallisé.

Maman sirote sa tasse, une feuille de thé formant une mouche sur sa lèvre. Elle tapote le bord de la méridienne.

— Venez. Asseyez-vous près de moi, les filles. Je veux vous parler. Je suis sûre qu'on peut toutes se caser. Oui, même toi, Pam.

Nous nous serrons, en sueur, écrasées. Maman soulève la manche de son déshabillé, libérant un parfum d'orange, de fumée de cigarette et de Blue Grass d'Elizabeth Arden.

— J'ai eu pas mal de temps pour réfléchir, ces deux derniers jours.

— Et pour boire !

Un éclair passe dans les yeux bleu marine de Pam.

Maman fixe ses mains posées sur ses genoux.

— Je suis désolée si je vous ai inquiétées. Vraiment.

— On n'était pas inquiètes, réplique Pam d'un ton sec, car maman ne semble pas assez désolée. Il était évident que tu n'étais pas mourante.

— Je t'en prie, ne sois pas aussi fâchée. (Maman se balance légèrement en arrière, ce qui tend le satin brillant sur sa jambe.) Tu veux mon boudoir ?

Pam secoue la tête mais continue à le lorgner.

— Tu as l'air d'aller mieux ! lance Flora d'un ton gai, pour éviter une prise de bec.

Nos disputes peuvent s'entendre de la rue. Quand les voisins frappent sur le mur, maman réplique en cognant avec le soufflet de cheminée.

— On devrait être à l'école, dis-je. C'est lundi.

Maman plaque une main sur sa bouche.

— Quelle idiote je suis ! Ne vous laissez pas punir par votre directrice, ce vieux rhinocéros. Rejetez entièrement la faute sur moi.

— On le fera, l'assure fermement Pam. Nous le faisons déjà.

Maman attend un peu, digérant ces paroles, laissant la musique s'élever et retomber, puis repose sa tasse.

— Bon. Premièrement, autant que je vous prévienne que j'ai l'intention de vivre un peu plus longtemps. Ce qui est un soulagement, du moins pour moi, mais peut-être pas pour Pam.

Pam grimace, sans pouvoir cacher un sourire furtif. L'instant d'après, elle plonge sur le boudoir, ce qui nous semble à toutes un signe de pardon.

Réconfortée, maman se redresse en frétillant, les seins tremblant sous le satin.

— Deuxièmement, vous vous rappelez les Beamish ? De vieux amis de votre père. La folle Sophie Beamish ! Son époux rouquin, du Foreign Office ! Aux énormes lobes d'oreille, achève-t-elle en écartant les doigts de plusieurs centimètres.

Nous haussons les épaules, méfiantes de voir les Beamish s'immiscer dans une conversation qui peut encore dérailler à toute allure, tel un vélo sans freins, comme le font souvent les dialogues tendus entre maman et Pam.

— Eh bien, ils viennent de m'inviter à Marrakech ! (Elle baisse la voix d'un air complice en nous regardant tour à tour, les yeux écarquillés.) Imaginez : Bunny dans la ville rouge…

J'échange avec Flora un regard alarmé. On préfère éviter.

Maman reprend haleine, puis ajoute d'une seule traite :

— Ils m'ont offert le poste de secrétaire du consul. Un appartement de luxe, avec des domestiques !

Le boudoir s'émiette lorsque Pam mord dedans.

Je bafouille :

— De secrétaire ? (Ma mère pourrait déclencher une troisième guerre mondiale avec ses fautes de frappe.) Mais pourquoi… ?

— Merci, Margot ! me coupe-t-elle. Ils ont dit que j'apporterais de la couleur, que j'égaierais un peu le consulat ! Et je parle bien français. Il y a une fille pour taper à la machine et tout ça.

— Tu as refusé, bien sûr ? lance Flora.

— Enfin…

La voix de maman vacille, partagée entre le doute et l'excitation, comme celle d'une femme près d'épouser un homme qu'elle connaît mal.

— Mon Dieu… grommelle Pam.

L'arrière de mes genoux se met aussitôt à me démanger.

— Je ne peux pas rester à Londres, au risque de tomber sur Jack et cette… fille. (Le front de maman se plisse. Je vois alors les rides qui guettent son vieillissement. Il semble qu'aujourd'hui, elle fasse vraiment ses trente-neuf ans.) Et j'ai besoin d'avoir des revenus importants. Margot, cesse ce grattement infernal !

— Mais *Marrakech*... dit Flora, clignant des yeux très vite en formulant ce mot, pour tenter d'absorber son exotisme torride.

— Pendant combien de temps ? demande sèchement Pam.

— Pas assez pour que vous m'oubliiez, répond maman, toutefois sa plaisanterie tombe à plat. (Elle soulève sa tasse et tente de boire du thé, mais la tasse est vide. Nous échangeons des regards consternés.) Quelques mois ? Un an ? Je ne sais pas très bien. Cela passera très vite.

Soudain, il est impossible d'imaginer maman ailleurs que sur la méridienne près de la fenêtre, sirotant du thé avec Fang sous les pieds.

— Tu ne peux pas prendre maintenant une décision pareille. Tu as été très bouleversée, ces jours derniers, et tu n'as pas déjeuné, dit Flora, dévastée.

— Flora, ma chérie, je suis parfaitement lucide, et je pense beaucoup mieux le ventre vide. Tu vois, tout en gagnant ma vie, je pourrais avoir un locataire ici : avec la crise du logement, des tas de familles rurales cherchent des maisons en ville. Tout le monde en parle.

— Quoi ? Une vieille baraque humide dans un quartier chic ? ironise Pam.

— Écoute, Pam. (À nouveau, la pièce tremble, frôlant la querelle.) J'ai quatre filles à nourrir. *Quatre*. J'ai déjà vendu mes plus beaux bijoux. (Je rougis en me rappelant ma visite furtive avec elle dans l'arrière-boutique d'un joaillier, à Burlington Arcade, l'abandon pénible des broches de mamie, chacune un petit scandale, une défaite.) Les emplois au théâtre se tarissent. Les revenus de modèle ? Dérisoires. Je n'ai plus le choix.

— Je ne te laisserai pas partir ! s'écrie Flora, les yeux brillants.

— Flora, ma belle Flora, tu as dix-sept ans... roucoule maman en lui touchant la joue. Bientôt, tu vas quitter Squirrels. Je te veux à Paris cet automne.

Pam, Dot et moi tressaillons, piquées par ce rappel : Flora va être envoyée à Paris, dans une école privée, où elle apprendra à parler couramment le français, à taper à la machine, à parler d'art, de choses qui l'aideront à trouver un bon mari et qu'elle pourra ensuite promptement oublier dans un nuage de farine et de talc pour bébé.

— En plus, il te faudra un bal des débutantes. Tout cela coûte un argent fou… gémit maman en hochant tristement la tête.

— La saison a pris fin pour de bon l'an dernier, maman. Et je n'ai jamais vraiment cru que j'irais à Paris, dit Flora d'un ton peu convaincant. (Elle s'est déjà acheté un béret.) Je n'ai pas besoin d'y aller.

Maman allume une cigarette, souffle la fumée en soupirant.

— La reine a peut-être supprimé la révérence depuis que les filles un peu aisées peuvent payer pour lui être présentées. Mais les débutantes continuent à danser, tu le sais bien, Flora. Leurs mères y tiennent beaucoup. Sinon, comment trouveront-elles un parti pour leurs petites chéries ? (Ses yeux pétillent. Maman savoure son statut de pièce rapportée – elle-même n'a pas été une débutante –, mais elle tient à ce que nous exploitions pleinement notre nom pour faire de bons mariages.) Et toutes les filles ont besoin de Paris.

« Toutes les filles », c'est-à-dire Flora. Je ne suis pas sûre que maman juge sérieusement les trois autres dignes de l'investissement.

— Quand ? Quand vas-tu partir, maman ? s'inquiète Pam, écarlate.

— Début juillet.

— Donc, on habitera toujours à l'école ? Même pour les vacances d'été ? s'écrie Dot, d'une voix aiguë où perce la panique.

— Non, Dot. Ne t'inquiète pas…

Le visage de maman commence à se fermer. Il est évident qu'elle nous tait quelque chose d'important.

Pam et moi lançons en chœur :

— Où, alors ?

Maman détourne lentement les yeux.

— Le plus simple serait pour vous toutes… (sa voix faiblit, puis s'élève à nouveau :) … de vivre au manoir d'Applecote, chez tante Sybil et oncle Peregrine.

Nous restons coites. Dans le silence choqué, je vois la maison familiale de papa, sa pierre couleur de miel, la vallée peu profonde qui s'étend au-delà, tourner, virer dans un tourbillon de libellules, d'oiseaux, d'herbes, de pique-niques, de très lointains étés. Mais le ciel est noir.

— Tu aurais une adresse merveilleuse. Pas même un numéro de rue, lance maman, enjôleuse, à Flora. Imagine le papier à en-tête…

— Je n'ai pas honte de notre maison ni de notre famille, déclare Pam en levant le menton.

Flora lui prend la main et la tient dans un geste théâtral de solidarité scoute.

— Je ne suggère pas un instant que vous, les filles, devriez avoir honte. Pas du tout. Mais je suis réaliste, et je n'ai plus un sou. (Elle porte nerveusement la cigarette à sa bouche.) Ce sera bon pour vous d'avoir une figure masculine dans votre vie. Et Sybil, j'en suis sûre, vous gâtera à mort.

Je vois alors ma tante, comme je l'ai vue il y a cinq ans, tout en boucles dansantes et traits de porcelaine, se pencher en riant pour flatter un petit whippet gris nuage ; oncle Perry marcher vers elle, grand, beau et arrogant, un fusil de chasse sur l'épaule. Puis le chiot jappe. Des pas légers trottinent. Une natte se balance. Un ruban jaune passe fugacement. Quelque chose frémit sur les bords, une ombre que personne n'ose nommer.

— Un endroit idyllique, poursuit maman pour s'en convaincre. Je ne suis peut-être pas une fille de la campagne, mais vous avez toutes des pommes et du foin dans le sang. Le Vieux Père Tamise prend sa source non loin de là, n'est-ce pas ? (Je songe au torrent vert limpide qui coule près d'Applecote.) Eh bien, vous aussi.

À ma grande consternation, je vois une lueur s'allumer dans les yeux de mes deux aînées, conquises par cet absurde tableau bucolique.

— Pam, tu te souviens de la piscine ? ajoute maman, rappelant le plan d'eau à l'italienne au fond du jardin. Et il y a un verger, Dot. Parfait pour l'escalade !

Je me balance, tête en bas, la jupe en corolle sur la tête, agrippant une branche à la mousse veloutée. Une voix de fille compte à l'envers, de dix à zéro. Et un autre compte à rebours s'amorce, mais on ne peut pas l'entendre.

— Le temps est infiniment meilleur, bien sûr. Les jours plus longs, le manoir plus à l'ouest. De beaux couchers de soleil et tout ça.

Le ciel en feu. Un sorbet qui fond, laissant une ligne poisseuse sous mon bras.

— Un vrai été anglais, souffle maman dans une volute de fumée.

Le manoir d'Applecote *était* l'été. Maman nous déposait près du portail en août, revenait quinze jours plus tard. Pourtant, il y a cinq ans, l'été s'est arrêté : depuis, aucune de nous n'a revu Sybil et Perry. Parfois, nous glanons des nouvelles, quand maman dit à des amis que Sybil n'a pas quitté la maison depuis des années, fuyant toute compagnie ; que Perry, le chasseur, bouge rarement de son fauteuil, souffrant d'un mal de dos qu'aucun médecin ne peut identifier.

— La région est si belle ! Jamais bombardée comme le sale vieux Londres, enchaîne maman, négligeant tout cela. (Elle pose un doigt sur ses lèvres.) Pardon, j'oublie... Un pilote allemand s'est bien écrasé dans le pré, non ?

— Tante Sybil a trouvé sa tête perchée sur une pierre d'Applecote, comme un mannequin dans une vitrine, confirme Pam en jubilant. Elle a dit qu'il était vraiment superbe.

Dot se serre contre moi, avec des yeux de hibou.

— La tête du pilote a disparu depuis longtemps, chuchote maman en lui pressant la main. Ne t'inquiète pas, Dotty...

Pourtant, je vois bien que ce n'est pas le pilote qui glace de peur ma petite sœur. C'est quelque chose de pire. Et comme Pam et Flora pèsent les avantages de l'offre de maman en échangeant des regards animés, c'est à moi de lâcher :

— *Mais, et cousine Audrey ?*

3

À 6 h 02, le premier matin de sa nouvelle vie, Jessie est réveillée par un chœur de chants d'oiseaux. En plissant les yeux, engourdie, elle discerne une grosse araignée morte, une fleur d'humidité sur un papier peint inconnu. Elle se demande où elle est. Pourquoi elle campe sur un matelas dans une grande chambre vide, qui sent le vieux tissu mouillé. Puis elle se rappelle.

C'est la deuxième semaine d'août. Huit mois et deux jours après qu'ils ont vu pour la première fois Applecote. Et, chose incroyable, ce manoir leur appartient. Elle ébauche un sourire, puis tourne la tête vers Will, dont les bras lui enserrent la taille, comme toujours, peut-être pour l'empêcher de disparaître dans la nuit. Elle écarte tendrement une boucle de cheveux bruns de son front, révélant une mèche grise. Sa beauté sauvage semble détendue par le sommeil, la tension du déménagement de la veille inscrite en fines rides qui zèbrent son visage comme une gravure sur bois. Son visage est du genre – noble, marqué par la vie – qui pourrait bien venir du portrait d'un ancêtre, tels ceux qui, jadis, ont dû orner ces murs, conclut-elle. Will est à sa place ici. Ils le sont tous.

Elle se plaît à penser qu'il existe un fil continu, une énergie vibrante, qui parcourt l'existence des anciens propriétaires, la famille Wilde, et la leur. C'est comme s'ils reprenaient un objet précieux, mais brisé, et le restauraient. Elle aime d'autant plus Will qu'il a eu le courage d'adopter cette vieille maison, cette nouvelle vie imprévisible. Il a subi beaucoup de pressions lorsqu'il a quitté Londres : ses fidèles amis, craignant de le perdre, voulaient le convaincre de rester ; Bella jurait qu'elle ne lui pardonnerait jamais s'ils déménageaient, qu'une mauvaise atmosphère planait à Applecote, comme un gaz inodore qui les empoisonnerait dans leur sommeil.

Par moments, Jessie a été nerveusement ébranlée. Elle a trouvé étrange que deux maçons du village se ferment en entendant le nom du manoir, et refusent d'y travailler sans s'expliquer. Devant Will, pourtant, elle a pris ça à la légère : bien souvent, dans leur couple, l'un a dû rassurer l'autre. Tantôt, c'était lui – oui, Romy fera bientôt ses nuits ; bien sûr, Bella finira par aimer sa petite sœur –, et tantôt elle. C'est ainsi qu'ils louvoient.

Pourtant, la crainte que le déménagement ranime le vieux chagrin de Will est tenace. Quelques jours plus tôt, en se réveillant à l'aube, elle s'était levée en trouvant le lit vide à ses côtés, se demandant où il était. Mais à peine avait-elle atteint le palier qu'elle s'était arrêtée. De la musique passait sous la porte fermée du salon, flottait dans l'escalier comme de la fumée, des chansons qui n'avaient rien à voir avec elle, de vieux tubes datant du premier mariage de Will : de la britpop des années quatre-vingt-dix que, lui avait dit un jour Bella, sa mère adorait. Jessie était retournée discrètement se coucher, les paroles de « Country House » de Blur sifflant ironiquement dans sa tête. Elle s'était dit que c'était juste la manière dont Will faisait ses derniers adieux à la maison, à sa vie avec Mandy. Avant de tourner la page.

Mais le discours que lui avait tenu sa mère le lendemain matin n'avait pas aidé : avait-elle sérieusement réfléchi aux conséquences d'un déménagement à la campagne sur son mariage ? L'allusion était claire : le père de Jessie avait fui la torpeur du Somerset dans les années quatre-vingt pour mener une vie aventureuse avec une autre femme – « la garce du Hampshire », la surnommait sa mère –, avant de mourir bêtement d'un accident de Mobylette, six mois plus tard, dans les bras de la drôlesse sur la Costa Brava. Jessie ne peut donc pas en vouloir à sa mère d'avoir gravé en elle l'idée qu'un mariage peut se briser ou exploser à tout moment. Consciente de n'avoir pas eu l'avis d'un père pour compenser celui de sa mère, elle a toujours tâché de ne pas laisser les angoisses maternelles la gagner. Cela peut être difficile, parfois. Comme tenter de séparer un bruit de son écho.

C'est peut-être pour ça qu'elle a secrètement craint que la vente tombe à l'eau jusqu'à l'arrivée des déménageurs, hier matin. Elle les a regardés, l'estomac noué, démonter leurs vies de Londres, les lier avec du ruban adhésif, rouler les souvenirs comme des tapis. Il lui semblait que bien des choses étaient à la fois remplaçables – jetés de lit, mixers, livres – et très faciles à oublier dès qu'on ne les voyait plus. Et une voix un peu coupable dans sa tête espérait que Mandy le serait aussi, juste un peu.

Hier, Will a porté ses lunettes fumées pendant le déménagement, disant avec une ironie amère qu'il n'aurait jamais cru que la logistique lui arracherait une larme. Jessie, elle, n'a pas pleuré, découvrant qu'il y avait bien longtemps qu'elle était prête à s'en aller. Depuis la naissance de sa fille, la grande ville qu'elle avait aimée s'était réduite au même cercle de rues victoriennes bondées : le parc dont elle faisait le tour avec Romy, se demandant si elle aurait le cran de prendre le métro jusqu'à la Tate Modern, ou si elle coincerait encore le landau dans l'escalator ; Greta's, le bistrot dont le personnel ne se plaignait jamais quand elle faisait durer son café pour que Will et Bella restent un peu seuls chez eux ; le charmant épicier libanais, à qui elle achetait au hasard des ingrédients pour le dîner, dans l'espoir de cuisiner un repas que Bella ne comparerait pas à ceux de sa mère ou, pire, à ceux des jeunes filles au pair dépassées.

Jessie se rappelle soudain le jour où Camille, la dernière d'une longue série de filles au pair à bout, a quitté leur famille. C'était le premier jour de son congé de maternité : elle était bien décidée à se couler dans son nouveau rôle en montrant à Will qu'elle pouvait se débrouiller toute seule. (Cela ne devait pas être si dur que ça.) En saluant Camille de la main, Bella avait sifflé à l'oreille de Jessie qu'elle prendrait juste la place de la jeune fille : « Tu resteras peut-être un peu plus longtemps. Mais je ne compterais pas dessus. » Et Jessie avait répondu, de la voix la plus calme qu'elle avait pu trouver, que Bella devait compter dessus, au contraire. Bella pourrait toujours compter sur elle. À présent, couchée sur le matelas, les yeux fixés sur le plâtre écaillé au plafond, elle espère qu'un jour, Bella verra dans Applecote une expression physique de cette promesse.

Hier, elle et Will se sont démenés pour tenter de rendre la maison vide accueillante pour les filles, Will en s'efforçant de monter le lit de Romy, elle en éparpillant des tapis et des coussins dans le vieux salon pour qu'une pièce, au moins, paraisse familière. Puis, quand les filles se sont enfin endormies – Romy dans une chambre voisine de la leur, Bella dans la petite pièce bizarre au dernier étage, préférant les vampires et les gaz toxiques à la proximité de sa famille –, elle et Will ont ouvert une bouteille de champagne tiède. Et ils se sont promenés, main dans la main, émerveillés, pouffant comme des gamins entrant en cachette dans ces grandes pièces pleines de courants d'air, éclairées par des ampoules nues, sans arriver à croire que cette maison leur appartenait.

Jessie a été surprise par les traces calcinées d'un feu de bois dans la cheminée du salon – noires, pas argentées de poussière comme tout le reste –, car elle était sûre qu'elles n'étaient pas là quand ils avaient parcouru le manoir en janvier, ni à leur dernière visite en mars. Will a dit en plaisantant qu'un intrus avait dû pénétrer chez eux pour griller des marshmallows, et elle a chassé son anxiété en riant, pour ne pas refroidir l'ambiance. Ensemble, ils ont titubé sur la terrasse sous un lacis d'étoiles féeriques, se disant qu'Applecote était plus proche des éléments que les autres maisons qu'ils avaient explorées, que le bouleversement en valait la peine. Vers minuit, Will, n'en pouvant plus, s'est écroulé, tel un enfant à Noël. Mais Jessie n'a pas pu dormir, enchantée par le silence de la campagne, le craquement du bois, le *tac-tac* d'un tuyau, une cavalcade furtive, l'impression que la maison remuait autour d'elle dans le noir, sortait de son sommeil, observait ses nouveaux habitants.

Sa première nuit agitée à Applecote a fait remonter à sa mémoire son passé récent. Vacillant au bord du sommeil, elle a vu sa vie clignoter dans les ombres de la chambre, comme des rushs de vieux films, et le changement de cap radical qui l'a propulsée dans une tout autre existence…

L'appartement à loyer modéré qu'elle partageait avec son amie Lou, avant la période Will. Le papier peint à motif de flamants roses. Un fauteuil œuf orange des années soixante, acheté dans une boutique de Brick Lane. Un sèche-linge qui brûlait les dessous fragiles. Jessie aborde la trentaine : la décennie des faire-part de mariage a commencé, les premières grossesses, et les rencontres lui semblent tenir vaguement du jeu des chaises musicales, personne ne voulant finir en carafe. Le plus souvent, pense-t-elle, c'est absurde : ce qui doit arriver arrivera. Elle préfère être seule que mal accompagnée. Pourtant, elle ne peut s'empêcher de se demander pourquoi ça ne lui est pas encore arrivé.

Penchée sur un miroir doré dans une pièce à la lumière flatteuse, elle se met du rouge à lèvres. Jessie a un visage large, juvénile, le teint pas encore altéré par les nuits hachées de la maternité, une peau claire et sans rides car elle n'a jamais pu prendre le soleil. La chambre qui se reflète dans la glace est minuscule, encombrée par un vieux portant – des robes chics des années cinquante, des santiags, des talons hauts, beaucoup trop de bottines dans la quête vaine, ruineuse de la paire parfaite –, une étagère croulant sous les magazines, les livres d'occasion de son stand favori sous le Waterloo Bridge, et des photos qu'elle n'a jamais eu le temps de classer dans un album.

À travers le mur fin de la chambre voisine, elle entend pouffer Lou et son petit ami, Matt, un prélude au bruyant coït qui va suivre – le sexe dont elle est privée, et ce depuis six mois. Dans sa hâte de partir avant d'être mal à l'aise, elle oublie sa carte de métro. Elle aime bien sa carte Oyster. Sa colocation. Sa vie urbaine bien remplie. Elle la ravit toujours car Jessie, comme tous les Londoniens d'adoption, porte en elle la conscience de l'endroit d'où elle vient : un cottage du Somerset, les odeurs et les bruits familiers de sa mère, vêtue de son uniforme d'infirmière, préparant un copieux petit déjeuner avant son départ pour l'école de design à Londres ; elle, serrant dans un fourre-tout ses tenues les moins ringardes, sous le regard humide de sa mère, ce qui la rend encore plus coupable et pressée de partir. Son jeune moi critique ne sait pas que, plus tard, elle-même aura une fille, et la larme à l'œil à l'idée que celle-ci quitte un jour la maison. Ni que la maternité la fera aspirer au genre de paysage qu'elle fuit aujourd'hui : la terre humide, retournée par les vers, de l'enfance campagnarde que sa mère a travaillé si dur pour lui offrir.

Son moi célibataire raffiné gagne son travail, l'« atelier » de design – un grand bureau beige – bourdonnant du zèle discret de jeunes employés surqualifiés, de bips de mise à jour de logiciels, du sifflement de la cafetière, grande comme une machine industrielle. Le stylisme d'emballage : Jessie est bonne dans ce domaine, elle a la réputation d'être créative, un peu non conformiste, de travailler très tard. En sirotant un latte au soja, assise sur une chaise ergonomique citron vert, elle déplace des lignes sur un écran, fait tourner des formes tridimensionnelles, étudie la typographie d'un tube de dentifrice, pendant qu'une zone cérébrale plus profonde, l'aire irrationnelle, imprévisible, où siègent les rêves et le désir, se demande si cet homme sera encore au parc à l'heure du déjeuner.

Même banc de Saint James's Park, près de la Horse Guards Parade[1], où l'on peut sentir le crottin et entendre

1. Grande place londonienne où se tenaient, sous Henri VIII, les joutes équestres et employée, à partir du XVIIe siècle, pour diverses cérémonies, défilés ou parades militaires, notamment la revue « Trooping the colour », pour l'anniversaire de la reine. *(Toutes les notes sont de la traductrice.)*

gronder les voitures diplomatiques autour de Downing Street. Plus âgé qu'elle, peut-être à la fin de la trentaine – ça lui a toujours plu, sans doute parce qu'elle a grandi sans père, suppose Lou –, il n'est pas spécialement grand mais carré d'épaules comme un nageur, avec une tignasse brune et un air chiffonné de Parisien bohème. Il est facile de l'imaginer fumant nu dans son lit, une photo en noir et blanc. Elle est intriguée par la manière dont il tend les jambes, noue les doigts derrière sa tête et lance un regard noir vers le ciel, comme s'il le provoquait. Parfois, lorsqu'elle passe devant lui, leurs regards s'accrochent – ses yeux sont d'un brun tacheté peu courant – et elle sent une attraction physique.

Après, elle se demande si elle a imaginé cette attirance pour rivaliser bêtement avec Lou sur le plan érotique. Elle ne peut pas croire que cet homme existe en dehors de Saint James's Park. Mais par une chaude soirée de juin, il se matérialise miraculeusement sur un toit-terrasse de Bloomsbury, à une fête donnée par un ami d'amis. Éclairé par un faisceau halogène clignotant sur un mur de bambou, il passe les doigts dans ses cheveux et fume d'un air sombre. Comme s'il ne voulait pas être là. Elle l'observe jusqu'à ce qu'il la remarque et change d'expression : il paraît surpris, aimanté. Il écrase sa cigarette et se fraye un passage à travers la foule. « Vous êtes la fille du parc », dit-il d'une voix douce, basse, déjà intime. Elle hoche la tête, soudain timide. « Je m'appelle Will », ajoute-t-il en lui serrant la main. Son sourire la transperce.

Ils s'agenouillent sur le banc qui domine le mur du toit-terrasse, la ville étalée sous leurs yeux, paysage lumineux. La soirée, derrière eux, est déjà loin. Will ne rit pas beaucoup, mais il a une chaleur boisée dans la voix qui l'attire, un fin sens de l'humour ; et contrairement à la plupart des hommes, il lui pose beaucoup de questions et écoute attentivement ses réponses. Il lui dit qu'il est dans « la branche rébarbative de la logistique », mais qu'il est incapable de transporter ses lunettes de soleil dans une fête sans s'asseoir dessus, avant de sortir une paire brisée de sa poche de chemise. Elle rit, se demande pourquoi elle n'a jamais trouvé la logistique fascinante jusqu'ici – on commande des objets un jour, ils arrivent le lendemain ! – et voit, aux yeux brillants de Will, qu'il prend plaisir à sa compagnie, à son enthousiasme improbable, à leur conversation. Elle a l'impression qu'ils pourraient parler de cela toute la nuit, qu'il y a un monde sous ce monde qu'elle n'a jamais pleinement apprécié et qu'on tient pour acquis, telle l'électricité ou la wifi, mais bientôt, ils passent à d'autres sujets : l'exposition de la National Gallery, leur horreur de la gym, leur faible pour Woody Allen, la fumée de feu de camp, les chemins fauchés dans les hautes herbes, ses rêves naïfs d'être un jour illustratrice indépendante, d'avoir un atelier d'art chez elle, le rêve de Will de vendre son entreprise, de mener une vie moins frénétique…

Puis, sans prévenir, comme un homme contraint de déclarer d'urgence sa vraie identité, il lâche que sa femme est morte dans un accident de vélo à peine un an plus tôt. Au loin, un feu d'artifice fumant, une giclée de sang. « Je suis navrée », dit-elle en s'oubliant, un peu grise, et elle lui prend la main. Avant qu'elle ait eu le temps de se sentir bête, les doigts de Will se referment sur les siens comme s'ils les attendaient, et, dans leur pression, elle sent son besoin de contact. Ils s'assoient en silence, le corps traversé par un courant électrique. Ce sont les dix minutes les plus étranges, mais les plus intensément naturelles de sa vie. Lorsqu'elle lève les yeux, des gens partent en leur jetant des regards curieux. Il ne prend pas son numéro de téléphone. Pour une raison obscure, elle pleure jusque chez elle.

Le soir suivant, pourtant, Will a trouvé son e-mail. Il suggère un rendez-vous au parc lundi, à l'heure du déjeuner. Ça paraît adorable, chaste… elle le vit comme une invitation à un week-end cochon à Paris. « Très, très compliqué… » prévient Lou qui, s'étant renseignée sur Will, a découvert une fille « qui dort en serrant contre elle un pull de sa mère morte », et un veuf séduisant, connu pour n'être sur le marché que pour du sexe torride, sans engagement. « Il est meurtri, déclare-t-elle à Jessie. Il te brisera le cœur. »

Jessie l'admet. Elle le voit lundi quand même. Il a des poils bruns, aplatis, sous sa montre. Elle ne peut s'empêcher de les regarder. Le sourire de Will commence toujours dans ses yeux et s'épanouit lentement, restant dans ses prunelles même quand il ne sourit plus. Il a une manière un peu fraternelle de la taquiner, comme un homme qu'elle aurait connu toute sa vie. Ça lui plaît, bien qu'elle n'ait pas du tout l'impression d'être une sœur pour lui. De façon attachante, il est intrigué par sa créativité et semble voir en elle une artiste, pas une styliste de sachets de soupe. Il lui fait remarquer qu'elle a perdu son objectivité, comme un conjoint cesse de voir l'autre tel qu'il est dans un couple usé : elle a oublié qu'elle pouvait interrompre le trajet de sa vie, le redessiner complètement. Ils se retrouvent tous les jours cette semaine-là, car s'en priver semble un gaspillage de bonheur insensé. Ils visitent des galeries, où ils voient d'un œil neuf des œuvres d'art familières. Ils flânent dans les ruelles de Londres, qui n'a jamais paru plus beau. Il n'essaie pas de l'embrasser.

Un jour, Jessie rentre en courant du bureau et tombe, désespérée, dans les bras de Lou. Catastrophe. Alerte rouge. Elle est tombée amoureuse d'un homme à qui elle ne plaît pas. « C'est le stade tenue d'Ève sous un manteau de fourrure », conseille Lou, qui lui verse un verre de vin blanc en déchirant un paquet de chips avec les dents.

C'est ainsi que, trois semaines après leur rencontre, à midi sous le soleil de juillet, elle le retrouve dans sa robe ravageuse – taille cintrée, décolleté renversant, rouge tranchant sur ses cheveux cuivrés – et lui enseigne des pas de swing dans le parc, ceux qu'elle a appris à son cours du soir. Ignorant les regards, elle le presse contre elle, et sent s'adoucir le corps noué de Will, quelque chose céder en lui. Après, ils s'allongent dans l'herbe en riant, puis il la cloue au sol et ils s'embrassent pour la première fois. Elle l'épate, lui dit-il, les yeux pleins de larmes en frôlant des lèvres son oreille, une bouffée de paradis, une lumière au fond d'une mine. Plus tard ce jour-là, après le travail, dans la chambre minuscule de Jessie, il lui enlève cette robe rouge (celle qui ne lui va plus depuis la naissance de Romy) et embrasse son ventre de célibataire plat comme un tambour, ses cuisses, son cou, encore et encore jusqu'à ce qu'il soit impossible de dire où elle commence et où il finit. Le bruit du bureau, des ébats de Lou et Matt, la circulation grondant sous la fenêtre de sa chambre, la douleur d'une ampoule laissée par une sandale, tout ça est éclipsé par le pur bonheur sensuel qui fait d'elle une de ces Londoniennes qui sourient et rougissent pour elles-mêmes en se balançant dans la touffeur d'un wagon de métro…

Le souvenir a commencé à s'estomper : à l'aube, une lueur pêche s'est infiltrée dans leur chambre d'Applecote, balayant son ancienne vie, l'air de dire : « Vois-tu comme tous ces moments disparates étaient liés pour aboutir à cette vieille maison, dans cette lointaine vallée des Cotswolds ? Tu es là, maintenant. Dors. » Et elle s'est assoupie.

— Oh, Jessie… (Will ouvre un œil, contemple son cadre étrange. Un sourire ensommeillé relève les coins de sa bouche.) Où sommes-nous ? Que nous as-tu poussés à faire ?

Elle rit et l'embrasse sur les lèvres. Elle aime son odeur animale le matin.

— Du café ? Je vais chercher la cafetière. (Elle attrape dans sa valise les vêtements les plus proches : une robe jaune liberty, qui sent la maison de Londres.) Brrr… Il faut réchauffer cette baraque.

— Je couperai du bois plus tard. (Il sourit.) Tu sais, j'ai peut-être attendu de dire ça toute ma vie.

Appuyé sur un coude, Will regarde sa femme brosser ses cheveux emmêlés par cette nuit agitée.

Lorsqu'elle était enceinte, Will les brossait pour elle, les yeux rivés aux siens dans le miroir. Ses cheveux, embellis par les hormones, volaient sous l'électricité statique comme ils semblaient le faire au-dessus de la vie quotidienne. Tous deux ont eu peu de moments de ce genre depuis la naissance de Romy, et dans les derniers mois frénétiques depuis qu'ils ont choisi de déménager. Cet été, pense Jessie, ces deux dernières semaines d'août, nous trouverons le temps de redevenir ce couple. L'angoisse de la prise de décision est passée. Ils sont là. Pour le meilleur et pour le pire.

En entrant dans la cuisine, le poids chaud de Romy sur sa hanche, elle peut sentir le temps qu'il fait. La pièce est pleine de courants d'air, humide, brassée par les odeurs matinales du jardin bien que les fenêtres soient toutes fermées, et le fourneau semble assez mal chauffer. C'est la plus vieille partie d'Applecote. Il est facile d'imaginer une cuisinière courtaude mitonnant des tartes ici, une bonne frottant des pommes de terre, les poutres encrassées par la fumée des lampes. Jessie adore l'évier ancien grand comme une baignoire, le billot de boucher marqué par les traces de couteau et de brûlure, les immenses placards encore bourrés de casseroles cabossées.

Elle aime cette pièce parce qu'elle est l'antithèse de leur cuisine londonienne en acier inoxydable, l'antre de Mandy, théâtre des dîners gênants, indélébiles, des débuts de leur mariage : Romy hurlait à travers le babyphone ; les amis de Will, plus âgés, plus prospères et bien plus sérieux qu'elle, finissaient par s'enivrer. Alors, les maris la fixaient d'un air étrange où l'envie se mêlait au soupçon, et taquinaient Will en disant qu'il était renvoyé aux couches-culottes ; les épouses, elles, fondaient en larmes au souvenir de Mandy, s'excusaient en agitant les mains, puis lançaient qu'elles étaient sûres que Jessie était charmante aussi, ce qui était encore pire. Oui, elle est heureuse de quitter tout ça. Quand même, un lave-vaisselle serait sympa.

S'exhortant in petto à appeler le plombier, Jessie installe Romy sur le coussin d'une chaise d'Applecote – elle est encore trop petite pour atteindre la table de ferme, et sa chaise haute s'est cassée dans le déménagement. Romy s'assoit, sans gigoter pour une fois, et contemple la pièce avec étonnement, mangeant des céréales dans un bol en plastique.

On dirait le premier jour dans une maison de vacances. Jessie tire la cafetière d'une caisse, la pose sur le vieux fourneau et croise les doigts. Au bout d'un moment, une goutte substantielle tombe sur la plaque chauffante, puis roule et pétille jusqu'à disparaître en grésillant, comme leur vie de Londres.

— Bell-Bell... entend-elle dans la bouche de Romy.

Jessie se retourne en souriant... et sursaute. Bella porte un déshabillé de soie gris tourterelle qu'elle ne lui a jamais vu avant, et ses cheveux détachés tournoient théâtralement sur ses épaules.

— Ouah ! Où as-tu... ?

— C'était à maman, dit Bella par défi tout en quêtant son approbation.

Le mot aspire l'air de la pièce. Le négligé ondule. Il a un fin liseré en dentelle noire, une discrète sensualité, et paraît hors de prix. Un cadeau. Pour la Saint-Valentin, peut-être. Jessie a conscience du risque de dire ce qu'il ne faut pas à cet instant.

— Il était dans les caisses des trucs de maman, celles que papa a descendues du grenier à Londres...

Bella observe attentivement sa réaction.

Jessie hoche la tête, la bouche sèche. Dans le chaos des toutes dernières heures, elle avait oublié ces deux caisses, les Caisses de Mandy. Elle a toujours ignoré ce qu'elles contenaient – des photos peut-être, certaines des affaires les plus poignantes de Mandy –, il semblait trop intrusif de poser la question ; elle savait juste que Will les avait rangées peu après son installation chez lui, un geste qui avait paru alors gentiment symbolique.

— Eh bien, c'est... très chic, dit-elle en se ressaisissant. Comment as-tu dormi dans ta nouvelle chambre ?

— Comme un mauvais trip, rétorque sèchement Bella en attrapant la boîte de céréales, la laissant craindre que l'allusion soit sérieuse, fondée sur une réelle expérience de drogue.

Elle soupire en silence. Il est stupide de croire que Bella adhérera d'emblée au déménagement. Ces deux dernières semaines d'août seront une période de transition. Ils doivent se montrer patients jusqu'à ce qu'elle entre au Squirrels Ladies College, y trouve une nouvelle routine stable. Squirrels, comme on l'appelle, est une école privée, contrairement aux anciens collèges de Will et Jessie, et ruineuse. Mais les bonnes écoles publiques n'avaient plus de place, et ils ont renoncé aux vacances à l'étranger et aux travaux coûteux pour ne pas prendre de risques avec l'éducation de Bella à une période aussi sensible. En outre, Squirrels a une directrice imperturbable qui n'a pas reculé devant le dernier bulletin de la jeune fille.

— *Mais*... (Bella s'adosse au fourneau, picore ses céréales avec les doigts.) J'ai eu une excellente vue sur notre rôdeuse de ma fenêtre.

Où donc pourrait-elle trouver leur première voisine indiscrète ? Jessie se rappelle clairement celles de son enfance, des femmes du village aimables et empressées, au courant de vos affaires sans qu'on leur en ait jamais parlé. Elles débarquaient toujours sur le seuil des nouveaux arrivants avec des Tupperware bourrés de scones. Elle aimerait bien la saluer. En tout cas, c'est un excellent prétexte pour explorer le jardin.

Elle envoie un flot de baisers à Romy et à Will par la fenêtre de la cuisine, puis s'éloigne, le cœur battant, de la terrasse en pierre. Le jardin est devenu presque méconnaissable depuis janvier. Plus de trouées entre les branches nues et clairsemées, mais des murs de verdure poussant à toute vitesse. Dédale feuillu de crêtes, de départs et d'impasses, on dirait un jardin impénétrable, qui pourrait changer de forme lorsqu'on le traverse, vous transporter d'un siècle à l'autre.

Il y a des roses partout, aux tiges débridées comme des ados sauvages qui ont pris le pouvoir en l'absence de leurs parents (Jessie en sait quelque chose). Des blocs d'if et de buis se tassent dans les pelouses envahies par la végétation. Au-delà, le sol commence à onduler, enflant entre les racines écartées, suivant les pentes de sentiers oubliés, de bassins et de parterres, retrouvant la structure initiale du jardin, telle une colonie disparue. Et le Wilderness est si enchevêtré qu'il ne ressemble en rien à un jardin. Le minuscule vieux puits – scellé, Dieu merci – est à peine visible sous une grosse ruche de ronces, pareille à une cheminée de hobbit.

Rien ne correspond tout à fait au souvenir de Jessie. La porte de la réserve de pommes est entrouverte, révélant un ancien nid de guêpes, qui pend aux chevrons comme un énorme fromage. La fenêtre a été frottée de l'intérieur en cercle : on voit encore les traces de doigts. En regardant au travers, Jessie remarque des empreintes boueuses sur le plancher, et repense aux restes calcinés dans la cheminée du salon. Quelqu'un est venu ici récemment. Elle éprouve une pointe d'inquiétude.

En revanche, le verger l'accueille par un joyeux claquement de choucas, un bourdonnement de guêpes dans les pruniers. Et c'est en levant la main pour cueillir une pomme tentatrice qu'elle voit bouger une ombre derrière le mur qui s'affaisse et se rappelle sa mission. Montant sur une souche, elle regarde par-dessus les pierres, juste à temps pour voir une femme s'éloigner : foulard à motif léopard, noué sur des cheveux gris bouclés, deux labradors noirs. La même femme que celle qu'a décrite Bella. Jessie lance timidement :

— Bonjour !

Les chiens lui jettent un coup d'œil, en tirant sur leurs laisses. Mais la femme presse le pas, vite cachée par des haies au détour du sentier.

Oh… pense Jessie. Peut-être est-elle juste dure d'oreille, ou bien les manières à la campagne ont-elles changé. Elle reste là un moment, s'accrochant avec ses petites mains fortes, sa robe jaune flottant autour des jambes. C'est beau, les nuages cotonneux, les fleurs sauvages et les oiseaux, mais elle se sent étonnamment seule.

Pour ne pas rentrer sur un bémol, Jessie s'enfonce dans le jardin, écrasée par les arbres comme une biche vulnérable, cherchant la pièce d'eau rectangulaire qu'elle voit de la fenêtre de sa chambre. Le portail de la piscine s'ouvre en tremblant, semant une écaille de peinture myosotis sur sa paume. Bordé par un if imposant et trois murs couverts de roses grimpantes, cet espace a l'air complètement coupé du reste du jardin, étrangement séduisant. L'eau de pluie recueillie dans le bassin a l'éclat des perles de jais, le froid visible d'un lac souterrain. Et à chaque angle de la piscine se tient une statue de déesse, belle, fragile, brisée, semblable à une rescapée d'une terrible catastrophe naturelle.

Ce cadre fantastique la retient. Elle s'assied au bord de la piscine et laisse pendre ses sandales, dont les reflets miroitent comme des poissons pâles. Alors, l'angoisse qu'elle a si souvent éprouvée ces derniers mois remonte, la prenant par surprise, peut-être avivée par les feuilles pourrissant dans le bassin, l'idée qu'elles se refermeraient sur sa tête si elle y tombait. L'attraction vertigineuse de l'eau. Jessie ne peut s'empêcher de repenser à ce qu'a fait Bella à Londres, à l'appel terrifiant de son école ce jour-là : *Bella Tucker ? Oui, sa belle-mère à l'appareil, son père est absent, oui, oui, vous pouvez absolument me parler...* Elle a promis à Will de l'oublier, de croire Bella sur parole. Seulement elle ne l'a pas crue, pas tout à fait.

Pour échapper à ces pensées, elle contemple la cime des arbres, agitée par des coups de vent imperceptibles au niveau de la piscine. Les yeux mi-clos, elle laisse le jardin l'envelopper, les sons se changer en couleurs : le jacassement fluo d'un chant d'oiseau, le bleu du vent, et un bruit sépia, léger, des pas d'enfant. Elle sursaute et jette un coup d'œil au portail, s'attendant à voir Romy et Will.

— Romy ? lance-t-elle d'une voix hésitante. Will ? Bella ?

Silence. Il n'y a personne, bien sûr, rien qu'une trace de magnésium qui zèbre la piscine et l'aveugle un instant, puis dévoile une ombre qui la pousse à se pencher en avant, le cœur battant, à écarter les feuilles pour vérifier que la tache sous l'eau n'est pas un corps flottant au fond de la piscine, juste une illusion d'optique.

4

Maman avait raison. Le manoir d'Applecote n'a pas changé : le même portail en fer, la maison couleur crème, compacte comme une glace à la vanille. Des nuages de lavande, des abeilles somnolentes. La Daimler noire d'oncle Perry dans l'allée, poudrée de pollen. Les hauts murs du jardin, qui semblent maintenant un peu plus bas, s'ornent d'énormes roses pâles, de la taille des chapeaux de maman, bien différentes des fleurs sauvages qui explosent près des anciennes zones bombardées de la capitale et s'insinuent dans notre jardin en terrasse. Derrière le mur de pierre blanchi au soleil, la tête d'un paon topiaire qui me faisait penser, petite, à un enclos du zoo de Londres, même si ses animaux étaient en buis taillé, délicatement sculptés avec des cisailles par des jardiniers.

Les cinq dernières années semblent avoir été coupées aussi. Même le ciel est pareil à mon souvenir, immense, bleu, chaud, et l'air transparent – pas teinté d'eau de vaisselle comme à Londres –, vibrant de papillons et de nuées d'oiseaux. Tant de choses n'ont pas changé que cela fait ressortir la seule différence atroce, incroyable : Audrey ne va pas sortir de la maison en chantant à tue-tête, ni courir dans l'allée en m'appelant avec enthousiasme.

— Margot, ça va ? demande Flora, soucieuse, quand le taxi venu nous chercher à la gare s'éloigne. Tu sembles un peu patraque. Ne vomis pas sur tes sandales. Tu ne pourrais jamais ôter l'odeur infecte.

Je me plie en deux, prise de vertige, ne sachant comment expliquer que nous sommes toutes plus âgées, au seuil de l'âge adulte – dans mon pantalon noir corsaire, je me prends pour Françoise Sagan –, et qu'Audrey sera toujours une fille en robe couleur bleuet.

— Ah, les règles ! diagnostique Pam. C'est la poisse par cette chaleur ! Il va falloir tenir, Margot.

Je me redresse lentement, me demandant comment il se peut que mes sœurs ne le perçoivent pas. Jusqu'à ce jour, la disparition d'Audrey n'a laissé qu'une légère empreinte sur nos vies – le sujet tabou, rarement abordé, trop affreux pour être envisagé, incompatible avec le joyeux tracas de notre quotidien –, mais là, elle est physique, interne, un craquement d'os sous la peau.

— Ça va mieux ? demande gentiment Dot.

J'acquiesce, bien que je craigne que ce soit juste le début.

Le soleil nous transperce. Nous levons la main en même temps, nous protégeant de ses rayons. Un petit geste dilatoire pour faire durer ce moment – le goût familier de Londres encore poussiéreux dans nos bouches, l'humidité du dernier baiser de maman – avant de nous diriger, le gravier de l'allée crissant sous nos pieds, vers l'ombre mousseuse de la porte d'Applecote. Dot remonte ses lunettes sur son nez. Le silence tremblote dans la chaleur. Mon pantalon colle derrière mes jambes.

— Donc, nous voilà, abandonnées par notre mère chérie dans un trou horrible, où les jeunes filles ont l'habitude gênante de disparaître les soirs d'été, observe Pam.

Dot se blottit contre moi, comme si je pouvais la protéger d'un tel sort, d'autant plus terrifiant qu'on n'en sait guère plus car Audrey n'a jamais été retrouvée, morte ou vivante.

— Arrête, Pam, jette Flora en grimaçant.

— Il faut bien que quelqu'un le dise, déclare Pam.

Pam et Flora n'ont jamais cru que ce jour – une toquade du mois de mai – arriverait vraiment, qu'il y aurait un terme aux bals, aux cancans et aux soupirants de Londres ; que maman, dépassée par des événements qu'elle a déclenchés (n'espérant sans doute pas que Sybil accepte son idée farfelue, pour commencer), prendrait la mer demain pour l'Afrique.

— Margot... murmure Dot. (Ses lunettes sont salies par des empreintes graisseuses, laissées par les sandwichs qu'on a mangés dans le train.) C'est très calme.

— Comme une tombe, lâche Pam, balançant sa lourde valise avec aisance.

— Ils ont peut-être oublié qu'on venait, suggère Dot avec espoir.

— Non, non, dis-je. Ils doivent être dans le jardin par ce beau temps, c'est tout.

Par-dessus les arbres, un vol d'oiseaux, des dizaines de M noirs, tels qu'Audrey et moi les dessinions. À nouveau, mon estomac se noue.

— Les jardins sont paradisiaques, Dot, glisse Flora, tentant de rassurer notre petite sœur.

— Oui, ricane Pam, et en nous réveillant demain à la campagne, on aura peut-être bien l'impression d'être mortes.

— N'aggrave pas la situation, dit Flora. Elle te taquine, Dot, ne t'inquiète pas. Venez, on ne va pas rester ici éternellement.

Elle commence à marcher vers la maison en frôlant la lavande avec sa jupe bleu clair, qui capte son parfum dans ses plis. Dot, Pam et moi suivons dans son ombre, comme toujours, le soleil tapant sur nos jambes pâlichonnes.

Quand nous approchons d'Applecote, Londres s'effaçant au point de sembler inexistant, j'ai l'étrange sensation de remonter le temps, de pouvoir peut-être même changer les cinq dernières années, en éloignant Audrey avant qu'il n'arrive une chose terrible. L'impression que, si je fais assez d'efforts, je peux l'empêcher de disparaître.

C'est tante Sybil. Ce n'est pas tante Sybil. Une femme arrose énergiquement une cascade de roses près du portail du jardin, les doigts sur la gâchette d'un vaporisateur. Une tignasse de cheveux raides, d'une blancheur de sel, a remplacé ses vibrantes boucles auburn. Amaigrie, tout en os et en ombres, la tête large sur un cou de girafe, elle ne porte pas sa robe jaune désinvolte, celle dans laquelle je l'imagine toujours, mais une tenue lourde, bleu marine et informe, comme si elle vivait toujours en hiver. Vingt ans, plutôt que cinq, paraissent avoir marqué son visage. Sybil, qui a l'âge de ma mère, semble n'avoir jamais été jeune.

Se retournant avec lenteur, elle a l'air choquée par notre arrivée.

— Les filles de Bunny ? Bonté divine ! (Elle nous regarde prudemment tour à tour. Ses yeux sont petits, humides, des flaques incolores.) Vous êtes toutes si grandes... dit-elle, trois rides se serrant entre ses sourcils telle l'empreinte d'une fourchette à fruit, comme si elle trouvait insupportable que nous ayons grandi, et pas Audrey. Si grandes... répète-t-elle, hébétée.

Nous sourions avec gêne, ne sachant comment combler le fossé entre ce jour et la dernière fois où nous l'avons vue, notre enfance et notre féminité, les genoux écorchés que nous avions alors, les soutiens-gorge que nous portons maintenant, le fait que nous sommes là, et pas sa fille. Sybil ne cherche en rien à réduire la distance. Elle ne nous ouvre pas les bras, comme elle le faisait naguère, comme si nous toucher, trop s'approcher, pourrait la brûler.

— Tu es une belle jeune femme, Flora. (Avec un effort visible, elle sourit en étirant ses lèvres fines. Flora incline modestement la tête, l'air de prendre ce compliment pour une nouveauté, pas une remarque qu'on lui fait tout le temps. Sybil se tourne vers Pam, la regardant des pieds – deux pointures de plus que maman – à ses larges épaules de sportive.) Juste ciel... J'ai lu quelque part que la taille des filles avait augmenté depuis la fin du rationnement. (Elle cache un sourire plus naturel sous ses doigts aux ongles rongés.) Tu es très sculpturale, ma chérie. De quoi Bunny te nourrit-elle ?

Pam se hérisse. Elle n'oubliera pas facilement la réflexion de Sybil.

— Mieux vaut que tu ne le saches pas, ma tante.

Sybil penche la tête de côté.

— Oh, mais c'est… la petite Dorothy ? (Dot traîne la patte derrière Pam, raclant le gravier avec ses sandales, cherchant à se cacher dans un nuage de poussière.) Dorothy, la dernière fois que je t'ai vue, tu étais… (elle baisse la main jusqu'à sa hanche. Il y a un hoquet, un souffle retenu, après « la dernière fois ». Un petit rire nerveux se brise dans sa gorge comme du verre) … une très jeune pousse. Quel âge as-tu maintenant ?

Dot rechigne à le dire. L'âge qu'avait Audrey. Tout, ici, revient à Audrey, le nord magnétique d'Applecote.

— Douze ans, parvient-elle à répondre.

Un muscle tressaille sous la peau de Sybil. Peut-être compare-t-elle Dot à sa fille. Heureusement, elles sont si différentes, l'antithèse l'une de l'autre, que Sybil arrive bien vite à se reprendre.

— Tu as la peau mate pour une Wilde, Dorothy. Comme une jeune Italienne. (Le silence s'étire en forme de question, comme toujours quand des gens évoquent son teint exotique.) J'imagine que tu ne te rappelles pas très bien Applecote, non ? demande-t-elle du ton pédagogique que prennent stupidement les adultes avec Dot. La piscine ? Le verger ? Les pierres dans le pré ?

— Je me souviens juste du chiot, marmonne Dot. (Enroulant un pied derrière l'autre, elle oublie complètement les instructions de maman : parler gaiement, d'une voix forte, nous montrer enchantées d'être là.) Et de la confiture.

Je me rappelle alors la gouvernante, Moll, qui nous donnait des pots de confiture d'Applecote – prune, fraise des bois et groseille à maquereau – à rapporter à maman à la fin des vacances. Elle le faisait toujours en douce, quand Sybil et Perry n'étaient pas là, de sorte que ça fleurait délicieusement la contrebande.

— Bon, il y a sans doute beaucoup à retenir ici pour une petite fille. La maison est grande. (Sybil contemple son manoir entre des cils blond-roux, et son regard tombe sur l'œil-de-bœuf au dernier étage. La fenêtre d'Audrey. La chambre d'Audrey. En réponse, le vitrail clignote, comme s'il s'apprêtait à nous révéler un secret.) Bien trop grande… (le silence s'étire péniblement. Soudain, nous savons toutes ce qu'elle va dire) … maintenant.

Pam aboie un rire déplacé, de ceux qu'elle lâche aux réunions d'élèves quand la directrice annonce le « décès » d'une vieille enseignante méprisée. Je regarde mes pieds.

Sybil tourne vers moi ses oxfords à lacets sur le gravier. Je lève lentement la tête, et nos yeux se croisent pour la première fois. Un spasme agite les siens, une vive dilatation des pupilles.

— Bonjour, Margot, murmure-t-elle.

— Tante Sybil.

Elle fronce les sourcils à la vue de mes jambes, et du pantalon noir.

— Comment va ta peau, derrière tes genoux ? demande-t-elle, comme si cela pouvait expliquer ma tenue.

Gênée, je marmonne qu'il y a des hauts et des bas. Je déteste que ce soit mon attribut le plus mémorable.

— Bon, les filles… (Elle hésite, ses yeux errant toujours vers mon visage, comme aimantés par mes traits quelconques.) Quittons cette chaleur intolérable, voulez-vous ? Je ne me rappelle pas avoir connu un été pareil. Londres doit être un enfer.

Un silence tendu, du genre qui suit une querelle terrible, plane dans le hall frais aux dalles de pierre. Je sens de l'encaustique, du vinaigre, un ordre domestique auquel nous ne sommes pas habituées. L'escalier en chêne, large de plusieurs mètres, se déploie dans l'entrée avec le même tapis grenat, inusé par de jeunes pieds ces cinq dernières années. Le mobilier, contrairement à ce que j'ai parfois imaginé, n'a pas disparu avec Audrey, aspiré par les fenêtres pour se répandre en lambeaux de crin, de soie et de linge à travers les Cotswolds. Je parcours des yeux l'entrée, me demandant où est mon oncle comme on cherche un taureau dans un champ, mais je ne vois que deux bottes géantes en cuir fané.

— Margot ? (Flora me donne un coup de coude, puis dit avec un sourire forcé :) Le cadeau ?

— Oh… Oui, pardon ! (Fouillant dans ma sacoche, j'en extrais le gâteau que Betty, la bonne de maman, a préparé quelques jours plus tôt. Effondré, dégorgeant d'humidité, il ballotte dans son moule.) Ma tante, c'est de la part de maman. Elle espère que tu l'aimeras.

Sybil force le couvercle à distance respectueuse.

— Mon Dieu… lâche-t-elle dans un souffle qui tient du pff de pompe à vélo. Comme c'est gentil !

— Un cake, explique Dot, de peur qu'il ressemble à autre chose après le long voyage en train.

— Oh, je ne savais pas que votre mère faisait de la pâtisserie…

Et les vieilles tensions resurgissent, claquant telles des cordes à sauter. Conscientes de ce qu'elle veut vraiment dire – « Votre mère ne s'est jamais intéressée aux tâches ménagères » –, nous claironnons en chœur :

— Oh, mais si ! avec une telle loyauté passionnée que le mensonge est flagrant.

Ma tante regarde le cake en fronçant les sourcils. Je me rends compte qu'elle doit souffrir du fait que maman, qui porte si légèrement sa maternité, a des filles à n'en savoir que faire alors qu'elle, qui a pris son rôle de mère très au sérieux, a perdu son enfant unique.

— Les Wildling ! tonne une voix derrière une porte.

Même Sybil sursaute, comme un lièvre.

Il nous tourne le dos : des épaules massives, un cou épais gonflé par son col de chemise, le corps affaissé sur le fauteuil. Moppet, le whippet gris nuage qui n'a plus rien d'un chiot, lève les yeux, surpris à fureter dans les pantoufles en velours de son maître.

— Mon dos me fait souffrir le martyre aujourd'hui. (Des doigts rouges boudinés pianotent dans l'air.) Venez ici, les filles.

Lentement, nous le contournons pour lui faire face, écarquillant les yeux avec impolitesse. Si les cinq dernières années ont amaigri Sybil et l'ont rendue exsangue, mon oncle a énormément grossi. Son visage, beau naguère, est boursouflé : je suis sûre que si on le piquait, des fluides en jailliraient. Même sa tête s'est dilatée et ses traits – le front plat et carré, la mâchoire saillante en forme de gant de boxe – semblent plus grossièrement taillés. Une odeur faisandée monte de lui par cette chaleur. Il répète :

— Les Wildling, en hochant la tête avec une satisfaction bourrue.

C'est bizarre de l'entendre. Personne ne nous a appelées ainsi depuis cinq ans. Le surnom affectueux que Perry nous a donné – tiré des pommiers sauvages, aux graines dispersées par des oiseaux solitaires, pas soigneusement plantés comme ceux du verger – a toujours contenu une critique de mes parents. Tout le monde savait que Perry et papa ne s'étaient jamais entendus, même enfants. (« Les frères veulent toujours s'entre-tuer, disait maman en haussant les épaules. C'est des sœurs qu'il faut se méfier. Ce sont elles qui peuvent vous briser le cœur. »)

— Alors, la tribu est revenue.

Perry nous scrute à travers son verre, léchant des yeux Flora comme le font tous les hommes.

Sybil se tient avec raideur, en se mordant la joue.

— Nous sommes ravies d'être de retour à Applecote. C'est si gentil à vous de nous accueillir. (Nul ne sait mentir aussi bien que Flora. Elle pourrait tuer impunément, dit toujours maman.) Nous vous sommes très reconnaissantes, mon oncle.

— Inutile d'exagérer, lance Perry avec un franc-parler qui fait même rougir Flora. Vous êtes des Wilde, après tout. On n'allait pas vous laisser à la merci des rues de Londres pendant que Bunny sautille dans les clubs du Caire, non ?

Je corrige, un peu trop pédante :

— Du Maroc.

Il hausse un sourcil, plisse l'œil gauche et me remarque pour la première fois. Je transpire dans mon pantalon.

Moppet nous flaire nerveusement, en se recroquevillant, et n'accepte qu'une caresse de Dot, à qui tous les animaux semblent faire confiance d'instinct.

— Maman travaille, mon oncle. Au consulat, jette sèchement Pam en prenant la défense de notre mère, elle qui est sa plus dure critique. Elle a besoin de gagner de l'argent.

Au mot tabou, je retiens mon souffle. Le silence forme une pente glissante. Alors, le rire de Perry tonne, d'abord lointain, puis de plus en plus sonore, déchirant l'air de la pièce. Sybil se tourne vers lui et le fixe, stupéfaite, comme s'il s'était mis soudain à parler une autre langue.

— Tu n'as jamais laissé les bonnes manières contenir ta franchise, hein, Pam ? Je m'en souviens, maintenant. Parfait, parfait… (Perry hoche la tête, le ventre secoué par l'écho de son rire.) Mon Dieu, le manoir ne sait pas ce qui l'attend. J'espère que tu es prête pour ces Wildling, Sybil, et que tu réalises pourquoi Bunny t'a fait son numéro de charme.

— Je vais dire à Moll de les accompagner à leurs chambres pour qu'elles puissent s'habiller pour dîner, réplique Sybil d'un ton acerbe. (Difficile de l'imaginer charmée par quiconque, encore moins par ma mère. Il me semble qu'elle doit avoir ses raisons de nous offrir l'hospitalité, mais je ne vois pas lesquelles.) Moll ?

Comme si elle avait écouté derrière la porte, Moll entre en lissant sa blouse d'une main affairée. Trapue, carrée et la poitrine énorme, Moll a gardé le même visage rond, pareil à une vieille pomme. J'attends qu'elle sourie.

— Vous vous rappelez mes nièces ? lance Sybil d'une voix forte. Les filles de Clarence, ajoute-t-elle en semblant s'excuser d'avance.

C'est alors que Moll sourit : et le voilà, le trou noir d'une dent manquante où je voyais, enfant, une petite porte. Pour une raison quelconque, je suis bien contente qu'il soit toujours là.

— Heureuse de vous revoir, les filles. (Cette voix… Cet accent… Gorgé de boue de la campagne, de mûres cueillies dans les haies. D'autres choses aussi. De vieilles chansons jamais écrites, seulement chantées dans cette vallée. De superstitions, de présages, de traditions rurales inexplicables.) Si vous voulez bien me suivre, dit-elle d'une voix hésitante, guère habituée aux invités.

Nous montons bruyamment l'escalier derrière elle, éraflant la rampe cirée avec nos sacs. Pam fait mine de se trancher la gorge. À mi-hauteur, Flora m'empoigne le bras.

— Oh, regarde, Margot ! Une photo de toi.

Je m'approche du cadre. Un portrait, fait sous un soleil vif qui blanchit les traits d'une fille aux cheveux tressés, au sourire effronté. Elle me ressemble un peu, je suppose, prise dans une lumière particulièrement flatteuse.

— C'est Audrey, corrige Moll dans un murmure, portant les doigts à son crucifix.

— Argh, pardon… dit Flora en faisant la grimace.

Pam renifle.

Sur ce, nous montons un peu plus vite, le long de paliers aux portes closes, aux fenêtres garnies de rideaux sépulcraux. Les photos d'Audrey prolifèrent, comme un cœur paniqué qui s'emballe et, plus nous gravissons l'escalier, plus la maison devient sombre et étouffante, au point qu'au dernier étage, celui d'Audrey, Applecote semble aussi hermétiquement fermé qu'un pot de confiture pour empêcher l'air frais d'entrer, de pourrir le contenu soigneusement préservé.

Les dernières marches sont pareilles à mon souvenir, le palier aussi étroit. La porte de la salle de bains est ouverte, révélant la baignoire familière à pattes de lion, la longue chaîne de la chasse d'eau et la tache humide sur le mur, de la forme de l'Irlande, causée par la gouttière qui se bouche toujours dehors. Je me rappelle qu'Audrey me montrait fièrement les noms des évacués de l'East End – P. L. Trotter, May et Teddy – griffonnés sous le lavabo et qu'elle avait ajouté le sien, un autographe soigneusement fignolé, pour le jour où elle deviendrait célèbre. Comme si elle savait.

— J'espère qu'il ne fait pas trop chaud pour vous là-haut, dit Moll sans nous regarder en face. (Elle sort un mouchoir de sa poche, essuie la sueur sur sa lèvre poilue. Nous entrons dans son jeu, feignant de croire que tout est normal, qu'une fille de douze ans n'a pas disparu d'Applecote il y a cinq ans.) Je vous ai installées dans les mêmes chambres d'amis.

— Magnifique ! s'exclame Flora, clairement soulagée qu'aucune de nous ne soit placée dans l'ancienne chambre d'Audrey.

Difficile de ne pas la fixer. À l'autre bout du couloir, la porte blanche semble pulser dans l'obscurité, attirer l'attention comme une tombe fraîchement creusée. Je m'aperçois que Moll me regarde, les sourcils froncés, troublée par quelque chose dans mon expression.

— Je dois vous dire que la chambre d'Audrey est strictement interdite, glisse-t-elle très vite.

Pam frissonne.

— Comme si on avait envie d'y mettre les pieds…

En attendant que mes sœurs viennent me chercher pour notre premier dîner, je retrace le dernier trajet d'Audrey par la fenêtre de ma chambre : sous le soleil d'août, en début de soirée, elle avait filé dans le jardin avec son piège à écrevisses, cachée dès qu'elle avait atteint le Wilderness ; puis elle avait longé la piscine, franchi le portail et traversé le pré jusqu'à la berge déserte de la rivière, où Moll avait trouvé plus tard une écrevisse détalant à l'entrée du piège, comme un indice.

Je pose mes mains sur la vitre, furieuse qu'Audrey ne soit toujours pas là. La seule chose qui me console un peu est qu'elle aurait adoré le mystère, l'idée de disparaître. Faire autant sensation. À ma grande honte, cela m'a plu aussi, mais je pense qu'Audrey aurait compris. Sa disparition m'a donné une célébrité rare dans la cour de récréation de Squirrels. Les belles filles populaires qui m'ignoraient avant m'encerclaient, se pressaient contre moi, suspendues à mes lèvres. Je me rappelle le nouveau pouvoir étrange que j'ai ressenti quand elles ont commencé à sangloter, l'une après l'autre, chacune plus fort que la précédente, s'étreignant, rivalisant à qui éprouverait le plus de chagrin. L'émotivité explosive s'est répandue à la vitesse de la grippe, terrassant des classes entières, éclatant lors du Notre-Père, comme si c'étaient elles ou leur sœur qui avaient disparu, pas une fille dans les journaux qu'elles n'avaient jamais connue. Pas ma cousine chérie du manoir d'Applecote.

Ou peut-être voulions-nous toutes être un petit peu Audrey, avec ses yeux myosotis, ses tresses blondes, sa photo dans les journaux. Nous voulions être remarquées. Manquer aux autres. Mais pas mourir. La mort n'était pas fascinante. La mort évoquait la tuberculose, des complications de la rougeole, une noyade à Margate dans une mer agitée. Mais disparaître, comme Audrey, c'était un délicieux mystère, des vacances secrètes. Cela signifiait que tout était possible : découvrir, par exemple, qu'on était adopté. Pour moi, cela impliquait aussi que je n'avais pas à faire le deuil d'Audrey, comme je l'avais fait pour papa. Je n'avais pas à penser à des vers frétillant dans des globes oculaires. Et cela voulait dire qu'elle reviendrait. Seulement, elle ne l'a pas fait.

Ces cinq dernières années, Audrey m'a toujours paru vivante, mais muette, comme une correspondante ayant découvert les garçons. Souvent, certaines choses audreyennes me reviennent en mémoire : les boutons rouges en forme de cœur sur sa robe couleur bleuet – que j'admirais éperdument, celle dans laquelle « *elle a été vue pour la dernière fois* », son lit de princesse, dont la tête en osier imprimait une constellation d'étoiles sur nos épaules nues. J'enviais tant de choses qu'elle avait : un père (vivant), une chambre à elle sous les toits avec un œil-de-bœuf et un ciel renversant, un grain de beauté rouge coccinelle sur son genou, la chance de ne pas devoir partager l'eau de son bain.

Pourtant, je savais que j'avais ce qu'elle désirait le plus au monde : des sœurs. Elle détestait la solitude de l'enfant unique ; elle avait déchiré l'utérus de ma tante en s'échappant par le siège, puis grandi avec une folle envie de compagnie, de l'amour inconditionnel, protecteur d'une sœur. « Ton esprit fonctionne comme un jeu d'échecs, me lançait-elle parfois. Et tu es très douée pour dessiner les orteils. Si seulement je pouvais t'épouser… »

Tout le monde disait que nous avions beaucoup de traits communs : ce que les gens taisaient, c'est qu'Audrey était plus jolie, ses traits plus harmonieux, plus finement ciselés. Elle était aussi plus blonde. Plus intelligente. Plus riche. Au fond, Audrey était mieux en tout – un sirop âpre et doux, non dilué par des sœurs – et en lui ressemblant, mais avec deux ans de moins, sans lui arriver à la cheville, je rendais sa supériorité évidente, et elle aimait ça.

Pam, bien placée pour parler, trouvait qu'Audrey me menait par le bout du nez et que je ne devrais pas l'accepter. Mais j'étais heureuse de me soumettre pour goûter à la rare douceur d'être la favorite : Audrey me donnait l'impression d'être élue, à part. Pendant quinze jours, l'été, c'était tout ce qui comptait. Elle traitait Pam avec prudence – une attitude sensée. Elle adorait Flora, mais à distance respectueuse. Elle déclarait pompeusement Dot trop jeune pour être intéressante : « Un peu insignifiante seule, sans vous trois. » J'en convenais avec déloyauté, même si je ne voyais vraiment pas Dot comme ça. Les mots qui sortaient de la bouche d'Audrey me semblaient toujours délectables.

Je me demandais en secret quelle sœur je sacrifierais pour la remplacer par Audrey. La victime changeait chaque semaine, suivant l'attention qu'attirait tel jour Flora, ou que Pam avait glissé un mot sous la porte de ma chambre, disant : « Chère Margot, tu as volé mon stylo, je te hais. Ta sœur qui t'aime, Pam. » Audrey et moi n'étions jamais mises à l'épreuve, contrairement à des sœurs, jamais réunies assez longtemps pour être déçues. Il n'y avait rien pour nous accabler : ni père mort, ni manque de charbon l'hiver. Ainsi, le temps que nous passions ensemble à Applecote avait la légèreté d'une lune de miel. Et bien sûr, c'était toujours l'été, une parenthèse où nous étions suspendues comme les fraises dans les splendides gelées qui sortaient de la cuisine généreuse.

Applecote exauçait tous les caprices d'un enfant, pas juste les envies de gelée. C'était une réserve inépuisable de ballons multicolores pour le seul plaisir d'Audrey, d'immenses placards contenant davantage de jouets, de jeux de société et de livres illustrés que je n'en avais jamais vu. Sa vie de famille semblait une éternelle fête d'anniversaire, quoique sans invités jusqu'à notre arrivée. Dès que nous étions réunies, avec un an de plus qu'à notre dernière rencontre, nous nous enfermions dans le même monde de cache-cache, d'ombres chinoises, d'équilibre sur les mains contre le mur du verger. Nous nous imaginions qu'un jour, si le vent était fort, si nous avions assez de ballons et pas trop mangé pour goûter, nous pourrions nous envoler. Peu importait où nous irions tant que nous planions – ou atterrissions en catastrophe – ensemble.

Mais ce dernier été, Audrey ne s'intéressait plus aux ballons ni à la gelée, les jugeant infantiles. Quelque chose changeait chez ma cousine. J'ignorais quoi jusqu'au matin où elle m'a attirée dans la réserve de pommes, forçant Dot à rester dehors, et, en déboutonnant son corsage, m'a montré combien ses seins avaient poussé, impressionnants à douze ans. Elle me les a fait tâter, petits monts veloutés, chauds et durs sous le mamelon. Tous les deux ou trois jours, nous retournions dans l'ombre fraîche de la réserve pour voir s'ils grossissaient, telles des tomates de serre. Elle me rassurait en disant que l'année suivante, j'aurais des seins aussi. Secrètement, je n'étais pas sûre d'en avoir envie.

Il est terrible aujourd'hui de me rappeler le plaisir que j'ai eu à lui dire au revoir cet été-là, comme tous les ans, l'émotion avivée par l'idée que j'allais lui manquer. J'étais également soulagée d'échapper à la confusion due aux seins de ma cousine pour retrouver la simplicité combative de ma vie avec mes sœurs. Chaque été, elle demandait à nous accompagner à Londres – Audrey adorait maman autant que ses parents la réprouvaient –, mais Sybil ne la laissait jamais venir à Chelsea, craignant que le désordre de notre famille soit contagieux, qu'on lui bourre la tête de poux et de mauvaises pensées.

Au fond, elle aurait été plus en sécurité à Londres. Cinq jours après notre départ d'Applecote, elle s'était volatilisée. « Elle a simplement disparu, la pauvre chérie », m'a dit maman d'une voix tremblante. Pendant des années, je n'ai pas contesté le récit évasif, elliptique donné par ma mère parce que, foncièrement, je refusais d'y croire. Son manque de détails m'autorisait à le pimenter d'aventure et d'espoirs, à mêler de faux souvenirs aux vrais, pour rendre la disparition d'Audrey aussi anodine que les histoires de fantômes qu'elle et moi nous chuchotions au crépuscule dans le pré. Je me rends compte à présent que ne pas voir mon oncle et ma tante ces cinq dernières années m'a confortée dans cette attitude : éviter les Cotswolds, rarement entendre parler d'Audrey. Mais maintenant que nous sommes revenues à Applecote ? Ignorer ce qui lui est arrivé implique que même descendre ce soir pour dîner ressemble à une mission en terrain miné. Pour la première fois depuis sa disparition, je réalise que j'ai désespérément besoin de connaître la vérité.

La salle à manger est d'un vert dense très pâle, telle la chair des pommes Bramley, et son centre occupé par une longue table en acajou, polie comme un miroir, munie de nombreux pieds à des endroits gênants. Sybil est assise à une extrémité, raide, droite, les yeux vifs et fébriles, Perry à l'autre bout. Nous ne sommes pas assez habillées dans nos robes d'été : Perry arbore un nœud papillon et une chemise à plastron, Sybil une robe longue démodée, funèbre, à col haut, à la jupe mal coupée, qui sent la naphtaline. Je note un lacis de veines rougeâtres sur son visage sans fard – maman ne les supporterait pas un instant : elle les couvrirait de fond de teint.

Pas de gaspacho : porc, pommes de terre, petits pois, boulettes de pâte, une énorme saucière. Moppet, qui n'a droit à aucun morceau, gît tristement sous la table. Sybil mange du bout des dents, l'air de ne rien apprécier, et son visage se reflète dans sa cuiller en argent, dont la déformation semble révéler son tourment intérieur. Perry, en revanche, dévore comme un homme qui a un trou en lui impossible à combler. Les lèvres enduites de graisse, il attend avec impatience Moll, qui s'affaire entre la cuisine et la salle à manger avec la présence ferme, voltigeuse, d'un ramier.

L'air bourdonne de non-dits, la conversation est guindée. Perry parle peu. Son regard paraît souvent errer de façon déroutante vers nos bouches. Sybil nous interroge poliment sur nos études, nos week-ends à Londres, puis tousse dans sa serviette quand Pam lui raconte la soirée d'anniversaire d'une amie au Dorchester, les tambours de l'orchestre de calypso qui semblaient vibrer en elle, à la place de son cœur. Là, pour la première fois, Perry pose sa fourchette et écoute avec attention, comme pour absorber les derniers détails d'un monde dont il avait oublié l'existence. Quand Pam se tait enfin – Flora lui donne des coups de pied sous la table –, Sybil dit sèchement qu'ici, nous ne trouverons rien de ce genre car la campagne est un endroit calme, où l'on n'aime pas la musique étrangère et les soirées bruyantes.

— C'est bien dommage, marmonne Perry, et la bouche de Sybil forme la ligne, mince et dure, d'une fermeture Éclair.

Le dessert arrive, juste à temps, des bols fumants de crumble aux pommes nappé de crème. Sybil en prend une bouchée, savourant le fruit de son verger, mais ne touche pas au reste, comme si elle risquait d'avoir trop de plaisir à le manger. Son regard est sans cesse attiré vers la fenêtre, semblant chercher et voir une chose qui nous échappe. Même quand elle parle, son attention paraît distraite, flotter un peu au-dessus de la conversation, telles les petites mouches au-dessus du compotier ; en cela, elle est tout le contraire de maman, qui a le don de vous faire sentir, ne serait-ce qu'un instant, que vous êtes le seul être qui compte dans l'univers.

Ce n'est que plus tard, lorsque nous montons l'escalier en traînant les pieds, épuisées par la contrainte de parler poliment, avides de nous retrouver entre sœurs pour pouvoir nous taire, que je m'aperçois que ce doit être Audrey que Sybil cherche distraitement, Audrey dont elle discerne la forme vague dans les coins de la pièce, étalée dans les arbres, comme l'image de notre téléviseur à Londres se règle brièvement, avant d'être brouillée par une moto qui passe.

Contente de cette observation, j'expose ma théorie à mes sœurs, blotties avec moi sur le palier, qui hésitent en bâillant à se disperser dans leurs chambres.

— On dirait presque que deux dimensions du temps – Audrey ici, Audrey absente – ne se sont pas séparées, mais se confondent, vous ne trouvez pas ?

— Non, Margot, soupire Pam. On dirait un week-end dans un manoir macabre, sans autres invités, où il n'est pas évident de survivre jusqu'au matin.

Je ne peux pas dormir. Les paroles de Pam semblent moins saugrenues dans le noir. Je crois entendre des pieds trottiner devant ma porte, une respiration laborieuse. Vers onze heures, je sursaute quand Dot frappe sur le mur voisin. Je la trouve en pleurs, les draps tirés sous le menton. Elle me dit qu'elle a ouvert les rideaux pour voir le ciel et qu'il paraissait bien trop vaste alors que la terre semblait effroyablement petite, fonçant à travers le néant dans un espace froid. Je la serre dans mes bras et lui caresse les cheveux jusqu'à ce qu'elle s'endorme, puis je retourne seule dans mon lit.

Maintenant, il est minuit, à mi-chemin entre le soir et l'aube, comme Applecote semble pris entre le passé et le présent, la vie et la mort, une maison claquemurée, attendant une nouvelle qui ne vient jamais. Je retourne mon oreiller, libérant un parfum d'eau de lavande qui me fait regretter les rudes odeurs de Londres : les gaz d'échappement, les Lucky Strike dans les boucles de fausse blonde de maman. Les bruits aussi : les fêtards ivres dans la rue, l'afflux de l'eau brûlante dans les bains de minuit sans-gêne de ma mère, puis le *slap slap* du gant de toilette sur son double menton imaginaire. Ici, juste un silence ouaté, brisé par les plaintes des renards et des chouettes, qui ressemblent à des cris d'enfants. Des images d'Audrey percent les ténèbres qui virevoltent au-dessus de mon lit. Je vois sa tête tournée vers moi sur l'oreiller, cherchant à me dire ce qui s'est passé ce jour-là, mais les mots se brouillent toujours, coincés dans sa gorge. C'est à ce moment-là que je me lève.

— Margot ! siffle Flora.

La poignée de la porte d'Audrey est chaude dans ma main : j'ai dû la tenir pendant un certain temps.

— Qu'est-ce que tu fais ? On n'a pas le droit d'entrer là-dedans.

La lumière de la lune éclabousse sa chemise de nuit, la perle de son visage.

Je bégaye :

— Je... j'étais juste curieuse, soulagée d'avoir été interrompue.

Où donc avais-je la tête ?

Elle s'approche de moi et chuchote :

— La curiosité est un vilain défaut, Margot.

— Je n'y serais pas vraiment entrée. (Mais je n'en suis pas sûre. Je me suis oubliée un moment ici, attirée vers la chambre par un courant dangereux.) Qu'est-ce que tu fais là, toi aussi ?

Flora écarquille les yeux.

— J'ai entendu un bruit.

— Oh... dis-je, le souffle coupé.

— Je me suis mis dans la tête que c'était oncle Perry. Qui rôdait sur le palier.

Perry. Bien sûr. C'est bon de mettre un nom sur cette vague sensation de menace devant la porte de ma chambre.

— Mais c'était toi, soupire Flora, presque déçue.

Je m'exclame, ranimant notre peur :

— Non, non ! J'ai aussi entendu quelque chose.

Nous jetons un coup d'œil dans l'escalier sombre, nous attendant à moitié à voir Perry caché, pressé contre le mur.

Flora croise les bras sur sa poitrine en frissonnant.

— L'oncle a un drôle d'air, tu ne trouves pas ?

— Un peu.

J'éprouve soudain une fièvre, une impatience qu'arrive une sorte de drame.

Flora ouvre la porte de sa chambre, puis hésite.

— Je ne peux pas m'habituer au silence, confie-t-elle. Même l'atroce ronflement de Pam me manque.

— Tu veux que je vienne un moment dans ta chambre ?

Je n'aime pas tellement l'intimité à laquelle je croyais tant aspirer.

Flora allume sa lampe de chevet. Un papier peint aux motifs botaniques nous entoure, pareil à une forêt. Je monte dans son lit et m'allonge sur le ventre.

Flora s'affale près de moi, chaude et fraternelle.

— Tâche de ne pas trop penser à Audrey, Margot.

— Comment faire ?

— Eh bien, ne ressasse pas, c'est tout.

Elle s'interrompt, et une impression de déjà-vu traverse ce moment, tel un fil d'argent : une proche soirée d'été à Londres, où je tente de parler de l'accident de papa et où Flora dit, de même qu'aujourd'hui : « Si nous y pensons trop, ça nous accablera, ça nous rendra la vie impossible. » Comme si nous étions quatre oiseaux qui doivent continuer à voler vers le haut pour ne pas tomber du ciel.

— Pour moi, être à Applecote sans Audrey, c'est comme emprunter un objet sans le demander. (Je baisse la tête.) C'est sa vie. Sa maison.

— Elle te prêterait volontiers sa vie, à toi plus que quiconque.

Une part de moi s'éclaire. Avant, je n'avais jamais vu les choses ainsi. Je m'appuie sur les coudes, pose mon visage dans mes mains, sentant pétiller une possibilité. Je m'imagine glisser dans la vie d'Audrey comme sous une couverture.

— Mais ce n'est pas pareil, n'est-ce pas ? Avant, ici, tout semblait incroyablement libre et facile. (Flora lève les jambes en frôlant les miennes.) Tu te rappelles les bains de minuit que sa mère nous emmenait faire dans la rivière ?

L'image de Sybil – ses boucles rousses mouillées, aplaties sur sa tête, ses épaules nues sortant de l'eau sous le ciel étoilé – flotte vers nous.

— Elle n'a pas l'air d'humeur à le faire maintenant.

— Non, vraiment pas. (Flora examine ses cheveux sous le halo de la lampe, cherchant des pointes fourchues. Elle lève les yeux et rit.) Sauter par-dessus la margelle du puits ! Mon Dieu… Tu te souviens de ça ?

— Oui, mais tante Sybil n'allait pas jusque-là. (Son rire me gagne, c'est bon d'avoir ma grande sœur à moi toute seule, pour une fois.) Elle n'était pas au courant de ça. Audrey m'avait fait jurer le secret.

La clé, disait Audrey, était d'imaginer le puits étroit comme une mare peu profonde. Seule la peur faisait hésiter. On peut tout faire si on n'a pas peur. (Elle usait de la même méthode pour escalader les hêtres géants, dans le Wilderness.) C'était l'unique chose que je refusais, le saut par-dessus le puits, et à aucun moment, je ne laissais Dot s'approcher de lui. Ce n'était pas juste un trou obscur. Pour Audrey, c'était l'entrée du monde souterrain, un labyrinthe de tunnels qui s'enfonçaient jusqu'au noyau en fusion de la terre. Voilà pourquoi, si on y jetait une pierre, on n'entendait pas l'eau gicler. Elle continuait à tomber, telle une roche dans l'espace.

— Et les étoiles. Toutes ces étoiles… soupire Flora d'une voix mélancolique.

Nous ouvrons sa fenêtre. La nuit entre en rafales. Nous dressons l'encolure de nos chemises de nuit comme un filet pour la saisir, presser le sombre air frais contre notre peau, avant de nous installer, le menton sur le bord.

— Regarde. (Flora tend le doigt, comme nous le faisions il y a des années de cette même fenêtre.) La Grande Ourse… Tu la vois ?

J'acquiesce, mais je peux seulement discerner le visage en forme de cœur d'Audrey, des étoiles pailletées à la place des yeux.

— Elle doit être morte, Margot, murmure Flora, lisant dans mon esprit. Elle s'est noyée. Tout le monde le pense.

Les yeux d'Audrey scintillent, puis sont masqués par un nuage gris.

— On n'a pas retrouvé son corps.

Flora secoue la tête. Ses boucles ponctuent mon bras.

— On dit que, certains jours, la rivière peut vous emporter jusqu'aux docks de Londres.

Je suggère, sans y croire vraiment :

— Elle aurait pu s'enfuir…

— À quoi bon ?

— Enfin, un truc du genre…

Flora me dévisage avec méfiance.

— Toi, tu as eu des détails par maman ce matin. Je t'ai entendue la tanner. Et je le vois à ton air.

Je souris, forte de mon savoir, en pensant à maman, adossée au mur vert malachite du salon, entourée de ses malles, une main pressée sur son front tant je l'exaspérais par mes questions. À la fin, elle a rendu les armes et m'a livré le peu qu'elle savait, les failles entre les faits.

— Vas-y, parle.

— Des bateliers, dis-je, énigmatique.

Flora plisse le nez.

— Des bateliers ?

— Une théorie. Ils l'ont enlevée. Des Tziganes des rivières, à la peau noire de suie, qui voulaient adopter une jolie petite blonde.

J'aime cette version, Audrey se balançant sur le pont d'une péniche, vert et or, tel un bateau de cirque, pleine de chats maigres, d'enfants sales et heureux, courant pieds nus le long de son toit plat. Audrey sourit, pieds nus elle-même, les nattes souillées de vase, libre et sauvage comme une loutre.

— Je pense que les bohémiens peuvent faire des choses bien pires aux jolies blondes, Margot, dit sombrement Flora.

Je m'empresse de lancer, pour cacher ma naïveté :

— Oui, bien sûr ! (J'éprouve une drôle de chaleur en imaginant ce qui pourrait arriver à une blonde comme Audrey, comme moi, entre les mains d'un pirate tzigane. Je serre les cuisses et change de sujet.) En plus, on a signalé un homme dans les parages. (Je marque une pause, savourant l'impatience de Flora, la brise qui joue autour de mon cou.) Le principal suspect. Près du pont. Avec un chapeau.

— Oh...

Une chauve-souris tourne près de la fenêtre, puis s'éloigne. Suivie d'une kyrielle d'autres, pareilles à des points d'interrogation.

— La police ne l'a jamais trouvé.

— Bah... Est-ce qu'elle a trouvé *quelque chose* ?

Je secoue la tête.

— D'après maman, elle est nulle. Les flics ont balancé une torche dans le puits au bout d'une corde. Examiné les bêches dans la cabane pour chercher des traces de sang. Oh, et fouillé les maisons du bourg appartenant aux types bizarres... tu sais, les hommes qui ne se sont jamais mariés, l'idiot du village... enfin, le genre meurtrier d'enfant. Mais c'était trop peu, trop tard. Après, il y a eu un petit scandale. Un policier a perdu son poste. (Je prends la voix aiguë, imposante de maman, et l'imite en battant des cils.) Chérie, si tu veux disparaître et préfères être retrouvée, je te conseillerai de le faire à Londres sous l'œil perçant de Scotland Yard !

Le rire de Flora faiblit, vaincu par la tristesse. Un moment, nous restons assises en silence, chacune plongée dans ses pensées. Puis elle s'exclame :

— Mais la piste évidente ?

La conversation plonge soudain dans des eaux plus sombres. J'admets :

— Moll est la dernière personne à l'avoir vue, c'est vrai. Sybil était sortie avec Perry ce soir-là, mais elle avait permis à Audrey d'aller pêcher avant leur départ, m'a dit maman. Donc, ce n'était pas la faute de Moll si elle était seule au bord de la rivière. Et c'est Moll qui l'a cherchée inlassablement, en faisant des kilomètres avec un bâton dans les champs, qui n'a pas abandonné Perry et Sybil après, comme le reste du personnel. Enfin, tu ne te rappelles pas combien elle adorait Audrey ?

Flora murmure, d'une voix à peine audible :

— Je ne parle pas de Moll.

— Oh…

Un non-dit va et vient entre nous. J'en ai la chair de poule.

— Les flics, même balourds, ont sûrement dû l'envisager, Margot, malgré son alibi.

Je sens mon cœur s'accélérer. Je pense à son cou de taureau. À ses épaules larges. À l'étrange manière dont maman a mentionné Perry en serrant les lèvres autour d'une cigarette, empêchant d'autres détails de sortir.

— Tu sais, Flora, en y réfléchissant, j'ai bien eu l'impression que maman ne me disait pas tout.

À ma grande surprise, Flora ferme la fenêtre.

— Ça suffit. Audrey a disparu depuis longtemps.

Je lance, perplexe :

— Tu ne veux pas en parler ?

Toutes ces années passées à éviter le sujet me pèsent tant que je n'en peux plus.

Elle secoue la tête.

— Ne commence pas à tout disséquer, comme toujours.

— Il le faut !

— Oh, Margot, je t'aime beaucoup, mais je suis fatiguée. Il est tard. Et on se bourre le crâne de bêtises qui vont rendre cet été encore plus invivable. On doit seulement tenir quelques semaines, c'est tout. (Elle tire un drap sur ses genoux et se rallonge.) Jusqu'à début septembre. Après, tu retourneras à Squirrels et tout redeviendra normal. (Flora tend une main gracieuse vers la lampe). Bonne nuit.

— Bonne nuit, dis-je en fermant sa porte, frappée par l'impression étrange, écrasante, que rien ne sera plus jamais normal, que cet été va tout changer.

Je suis prête, quoi qu'il doive arriver.

En maillot de bain, je ne peux pas échapper à la réalité de mon corps. J'ai la peau marbrée, mauve. Une éruption violente enflamme mes seins charnus. Le dos hideux, repoussant de mes jambes m'irrite là où il touche le bois du transat. Impossible de ne pas regarder avec envie Flora, ses longs membres étalés dans une pose alanguie comme pour un amant, sa peau soyeuse et ferme rayonnant d'une lumière diaphane, la pointe exquise de ses seins coniques. Je me demande si le corps d'Audrey serait maintenant pareil au sien, féminin, désirable, un peu traître. Pour tenter de penser à autre chose, j'ouvre mon roman, mais j'ai du mal à lire – la sueur coule de mes sourcils –, et je me couvre le visage de mon livre, dans l'espoir qu'on invente un moyen de lire une histoire en l'aspirant.

— C'est intolérable ! (La voix de Pam. À ma gauche. Nous avons disposé d'instinct nos transats en un arc protecteur près du bassin, tels des chariots de Far West.) On est quel jour ?

Je réfléchis. Le temps, ici, est sans forme et les heures indistinctes, se coulant l'une dans l'autre par cette chaleur.

— Mercredi ?

— J'ai l'impression qu'on est dimanche. Ça va être un été de dimanches ennuyeux à mourir, grommelle Pam. Et il n'y a pas trois jours qu'on est là !

Je soulève mon livre. Un soleil brûlant. Une libellule, longue et bleue comme un crayon.

— On pourrait être au bord de la mer, Margot, ou de la Serpentine[1]. En train de nager avec des amies. Et des *hommes jeunes*. Tu te souviens de cette espèce ? Plus rare dans les Cotswolds que des faisans sur le Mall[2].

Je souris. Pour nous distraire, nous n'avons que Billy Waters, le nouveau jardinier d'Applecote, grand, blond, au hâle brun noix ; il a une manière singulière de porter une bêche et un sourire timide qui le transfigure. Ou le fantôme du pilote qui s'est écrasé dans le pré, le portrait craché, pensons-nous, de James Dean. Nous ne nous soucions plus

1. Lac artificiel situé à Hyde Park, à Londres.
2. Large avenue londonienne.

qu'il soit allemand, sans tête, ou mort. C'est quelqu'un dont nous pouvons rêver, en nous tordant dans nos draps, par les nuits étouffantes.

Pam soupire théâtralement.

— Oh, cher Londres bien-aimé...

— Il fait plus chaud à Londres qu'en Afrique ces jours-ci, déclare Dot. (Perchée au bord de son transat, elle jette des miettes de pain aux mésanges bleues sur la terrasse, un maillot ample bâillant sur son fin corps d'enfant.) Je l'ai lu dans le journal de l'oncle au petit déjeuner. C'est une vague de chaleur officielle ; et elle ne semble pas près de s'arrêter.

— Pas étonnant que maman ait voulu émigrer. (Pam se penche, tâtant son mollet musclé pour traquer la repousse des poils.) Elle a toujours eu un bon instinct de conservation. Quelqu'un a envie de nager ?

Je titube dans l'eau glacée, les bras au-dessus de la tête, haletant, m'enfonçant, cherchant le choc de la sensation. Les pétales de rose qui flottent à la surface collent à ma peau comme des petites langues. Pam et Flora plongent avec assurance, formant d'emblée une boule tournoyante de cheveux et de membres. Chacune tente de surpasser l'autre, agrippe ses chevilles, laisse des bulles dans son sillage, émerge brusquement, peste en riant. Dot s'assied au bord de la piscine et agite légèrement les pieds. L'immersion totale est trop froide pour elle, sa peau n'est pas assez épaisse. Il me vient à l'esprit que notre façon de nager reflète ce que nous sommes.

Après, nous nous écroulons au bord du bassin et mangeons des pommes, mordant chacune dans celles des autres, jusqu'à ce que Pam pose un doigt sur ses lèvres.

— Chut... Quelqu'un vient !

Nous nous hâtons de prendre une pose plus séduisante, dans l'espoir que ce soit Billy, le jeune jardinier, avec ses beaux yeux verts comme la rivière.

Mais ça ne ressemble pas à son pas léger. On dirait qu'une bête écrase le sol. Les oiseaux se lancent des avertissements électriques. Le portail de la piscine s'ouvre à toute volée et la bête apparaît : Perry, haletant, s'éventant le visage avec son chapeau.

— Ah, les Wildling !

Un moment, nous restons sidérées, incrédules. Sybil a dit qu'elle et Perry n'allaient jamais à la piscine. Nous devrions être à l'abri ici. Dot me lance un regard de détresse pendant que notre oncle ahane vers la cabine de plage, dans la nette intention de nous rejoindre.

Dès que la porte claque, nous nous levons très vite, étouffant nos gloussements horrifiés, tirant nos robes par-dessus les maillots, coinçant nos cheveux emmêlés par le bain dans les boutonnières. Dot siffle :

— Dépêche-toi, dépêche-toi, oh, Margot, il…

Elle s'interrompt, bouche bée.

Notre oncle sort à grands pas de la cabine. Puis il se campe, jambes écartées et mains sur les hanches, la belle musculature de son ancienne ligne à peine visible sous les bourrelets, son caleçon en tricot gonflé par son contenu. La vue de cet horrible slip, l'idée sommaire de ce qu'il y a dessous, nerveux comme un tuyau d'arrosage, juste séparé de nous par une couche de tissu, me donne une impression bizarre. Je prends soudain conscience des cercles moites sur le buste de nos robes, mouillées par les maillots : la douce innocence de nos étés d'enfant a fait place à quelque chose d'assez inquiétant. J'essaie de détourner les yeux, mais, de manière déroutante, ils sont à nouveau attirés par son caleçon, comme si mon esprit et mon corps se scindaient, développaient des avis différents.

— C'est magnifique de vous voir ici, les filles, que la piscine reprenne vie.

Nous sourions poliment, échangeons des coups d'œil, tâchant de convenir en silence d'une échappatoire.

Je fixe les mains de Perry, fichées dans la chair de ses hanches, des mains puissantes, aux doigts épais, larges comme des pelles, qui semblent capables de tout. L'air devient lourd. Et soudain, je me rappelle un autre été, Perry jetant Audrey dans la piscine, ses cris perçants, son *plouf* somptueux, ma jalousie de voir qu'elle avait un père fort, à la voix de stentor, qui pouvait la soulever, la balancer, et pas moi. Je n'arrive pas à mettre de l'ordre dans mes pensées, à concilier les deux Perry. Il y a toujours ce décalage entre eux, une longue goutte d'obscurité, où la vérité sur le sort d'Audrey pourrait se trouver.

— Bon, nous allons vous laisser en paix, mon oncle, dit Pam, repoussant son sac de plage sur son épaule.

De l'eau goutte vulgairement de sa robe sur les dalles de pierre.

— En paix ? (Son rire bref résonne à travers la piscine.) Tu crois que je pourrai trouver un jour une paix quelconque, Pam ?

Même elle ne sait pas quoi dire.

— Nagez avec moi ! jette-t-il en levant le menton comme s'il provoquait un homme en duel.

— Avec plaisir, une autre fois, lance Flora, volant à la rescousse de Pam. (Nous acquiesçons toutes, hypocrites.) Là, je crains que nous soyons épuisées.

— Oh…

Son front se plisse, sa bravade envolée, remplacée par une expression un peu perdue, confuse. Puis nous filons par le portail de la piscine, courant, trébuchant, pourchassées par le monstre dans nos têtes. Arrivées dans le pré, nous nous effondrons, haletantes, prises d'un rire étouffé, horrifié.

Je glisse un œil dans le triangle de mon coude plié. De longues herbes jaunes, ondulantes. Un ciel bleu et chaud. Un gros morceau de pierre, étoilé de lichen. Les orteils frétillants de Dot, cherchant à se rafraîchir.

— Quand pourrons-nous retourner tranquillement à la piscine, à votre avis ?

— Dans une heure, marmonne Flora, assise sur la vieille pierre près de moi, sa robe relevée sur sa tête pour avoir un peu d'ombre. Deux, par prudence.

— Je vais périr de soif… gémit Pam.

— On dirait maman, lâche Flora, caustique, de l'intérieur de sa robe.

— Très drôle. Ah, au fait, pendant que nous rôtissons dans cette prairie perdue, échappant au troll lascif d'Applecote…

— Pam ! s'écrie Flora, feignant d'être choquée, mais pour l'encourager.

Dot pouffe nerveusement.

— … Maman sirote des Gin Slings à l'ombre d'un palais au Maroc, poursuit allègrement Pam. (Un coup de soleil lui barre le nez, telle une peinture de guerre.) À propos, Billy n'est pas dans les parages, Flora. Tu perds ton temps à étaler tes dessous.

Elle lance un regard irrité aux jambes minces, bien faites, de notre aînée.

— Il y a toujours le pilote mort, blague Flora qui émerge de sa robe, la lissant sur ses cuisses.

— Très juste. Il t'a même laissé des fleurs, réplique Pam.

C'est Dot, avec son œil de lynx, qui a repéré le bouquet flétri dans le trou creusé dans le pré, où l'avion est tombé il y a bien des années : une petite brassée improbable, liée avec de la ficelle. Nous ne comprenons toujours pas qui a pu la laisser là ni pourquoi.

— Ça pourrait être l'épitaphe de cet été, vous ne trouvez pas ? enchaîne Pam. « Il y a toujours le pilote mort. » Un été où les hommes jeunes sont si rares qu'il a fallu déterrer un cadavre.

Flora éclate de rire, et lui chatouille le bras avec un brin d'herbe.

Au bout d'un moment, le soleil baisse, offrant un soulagement, une chaleur plus paisible. Nous nous affalons contre les pierres. Dot entame une guirlande de pâquerettes, travaillant rapidement avec ses petits doigts, qui pincent, enfilent, arriment chaque tige à la précédente ; mon cerveau tente de fonctionner aussi vite que ses doigts, mais je n'arrive pas à relier les faits dans l'histoire d'Audrey. Je m'adosse à la pierre chaude, les paupières lourdes, songeant que mon corps touche une chose qu'Audrey a touchée, et quelqu'un d'autre avant, et ainsi de suite jusqu'au doigt sale d'un ancêtre, comme j'en serai un pour une fille encore à naître, qui se prélassera, elle-même vaincue par la chaleur, fermant lentement les yeux jusqu'à ce que tout devienne chants d'oiseaux, herbe roussie et nuages roses…

— Margot, il y a un Dieu…

Pam tire sur mon gros orteil.

— Aïe ! Quoi ? (Je me frotte les yeux. Tout semble aussitôt différent. Le visage de Pam est coloré, magiquement éclairé. Le ciel du couchant flamboie, volcanique et irréel, comme si quelque chose pouvait bien arriver.) Où ça ?

— Regarde, Margot. Là-bas. Oui, oui, au niveau de la rivière.

Flora désigne les deux hautes silhouettes au loin, à la lisière du pré. Masculines. Sans nul doute. Et avec l'énergie de la jeunesse, à voir la manière dont elles fendent les hautes herbes vers nous, exsudant une assurance impudique, se croyant tout permis comme si la prairie, le soir doré, chacune de nous, leur appartenaient.

5

Après un déjeuner tardif, Jessie et Will se prélassent sur les marches de l'orangerie, profitant du soleil de l'après-midi, jambes écartées, pieds nus sur les pierres moussues explorées par de petites fourmis noires. La télévision bourdonne dans la maison, une émission culinaire, l'un des rares programmes que Bella et Romy apprécient toutes les deux, ce qui permet à Will et Jessie d'être seuls pour une fois.

C'est le dernier jour d'août, clair, humide, déjà automnal. Des oiseaux nichent dans le lierre qui tapisse la maison. Les insectes sont partout : libellules, phalènes, moucherons, abeilles, perce-oreilles, et plus de papillons que Jessie n'en a jamais vu. Pendant quelques secondes, un petit blanc du chou se pose sur l'épaule tannée de Will, puis s'éloigne en voltigeant quand il lève sa canette de bière. Jessie le regarde disparaître dans les broussailles, pique une fraise sauvage dans le bol posé entre ses genoux, dans les plis de sa robe rouge, et se tourne vers Will en souriant.

— Ouvre.

Will l'avale en faisant la grimace.

— Mince ! Celle-là est très acide !

— Comme une fraise doit l'être.

Il rit.

— Je savais que tu dirais ça.

Jessie en croque une à son tour. Elle aime sa texture granuleuse, sa saveur douce-amère, le fait qu'elle ait poussé dans une fissure des pierres de la terrasse. Quelque part, dans la maison, le portable de Will sonne une nouvelle fois.

— Oh, ne décroche pas… (Elle sourit, pose la tête sur l'épaule de son mari.) C'est dimanche. Il fait presque beau. Et nous sommes encore officiellement en congé.

— Plus ou moins.

Elle frôle de ses lèvres le menton de Will.

— Le meilleur, dans ces vacances, c'est que nous sommes déjà chez nous, murmure-t-elle. Elles sont sans fin.

Will lève les yeux vers le ciel.

— Et on ne risque jamais d'attraper des coups de soleil…

Quelques secondes plus tard, il pleut à verse. Ils se lèvent d'un bond en criant. Jessie, refusant de laisser Will fermer les portes vitrées de l'orangerie, se bat en riant avec lui. Elle ne veut pas s'isoler du dehors, pas encore : elle aime le bruit de la pluie gouttant des arbres, l'odeur des pommes et de la rivière. Will cède, comme elle s'y attendait et, debout derrière elle, l'enlace par la taille en ôtant les chardons pris dans ses cheveux.

Cet été, le plus humide depuis vingt ans, n'a pas été la belle saison qu'ils avaient imaginée. Will a vraiment dû commencer à couper du bois, et s'est ouvert le pouce avec une hache la semaine dernière. (Six points de suture. « La marque d'un vrai bûcheron », a-t-il dit, impressionné.) Le chauffage central s'est révélé provisoirement fantasque. Jessie a dû attiser des feux dans des cheminées tirant mal et crachant de la fumée dans le manoir, qui semble avoir des siècles d'hiver coincés dans ses murs. Les promenades dans la campagne ont été moins bucoliques que rustiques.

« De folles randonnées dans la tourmente », grommelle Bella, même si Jessie la soupçonne de les apprécier en secret.

Le temps a rebuté presque tous les visiteurs, sauf les plus résolus : la mère dynamique de Jessie ; les parents âgés de Will ; Matt et Lou qui, en entrant dans la maison, a ri, puis lâché, les mains plaquées sur sa bouche : « Oh ! mon Dieu, vous n'êtes pas sérieux ? » ; un petit groupe d'amis de Will, qui sont partis un jour plus tôt que prévu, heureusement, car leurs hôtes semblaient passer leur temps à faire la lessive, la cuisine, et à justifier leur décision de quitter Londres sans heurter ceux qui étaient restés.

Jessie a largement préféré les moments où ils étaient seuls, repliés dans leur vieille maison au creux de sa vallée, comme des Robinson suisses dysfonctionnels. Aucun d'eux n'est encore retourné à Londres. Ils ont vécu une tout autre vie, brumeuse, irréelle, une longue série de jours humides : elle et Will faisaient l'amour près du feu longtemps après le coucher des filles ; Romy pataugeait dans une boue caramel, ses boucles de bébé changées en dreadlocks ; Bella s'isolait sur les vieilles pierres en portant ses gros écouteurs argentés et, à la consternation muette de Will, les caftans d'été retrouvés dans les Caisses de Mandy, lesquelles, a commencé à craindre Jessie, ont l'air sans fond, déversant leur contenu tels les trésors perdus d'une tombe égyptienne. Par moments, Jessie a aperçu un voisin, au cou orné de laisses de chien, regardant à travers leur portail ; et plus d'une fois, elle a eu la quasi-certitude que c'était encore cette femme, celle aux deux labradors. Mais dès qu'elle a voulu la saluer, elle s'est évanouie dans la bruine.

— Papa ! crie Bella de la maison, par-dessus le tambourinement de la pluie. Téléphone !

L'entendant approcher, Jessie et Will s'écartent instinctivement. Jessie va fermer la porte vitrée. Elle voit alors que la pluie a giclé sur sa robe, la marquant de taches sombres, rouge sang.

Bella arrive, suivie de Romy qui, vêtue inexplicablement d'un bonnet de bain et d'une culotte, agite des plumes sales au-dessus de sa tête. Bella parle dans le portable de Will.

— Je te le passe, Jackson.

Will lui jette un regard interrogateur.

— Il dit que c'est urgent, explique Bella en haussant les épaules, repoussant un peu trop brutalement la main de Romy qui tient les plumes.

Will respire, faisant un effort mental pour quitter le mode Applecote, et porte l'appareil à son oreille.

— Jackson, vieux, qu'est-ce qui se passe ? (Il s'interrompt, fronce les sourcils.) Je suis désolé… Quoi ? Attends…

— Qu'y a-t-il ? murmure Jessie, se demandant pourquoi l'associé de Will l'appelle un dimanche, pourquoi son mari prend tout à coup un air si grave.

Mais Will ne l'entend pas. Il s'éloigne déjà.

Jessie inspire et plonge dans le chenal de la rivière. Le courant est étonnamment fort après la lourde pluie de la veille, charriant une eau trouble, brun-noir comme la moelle d'un os. Quand elle émerge, ses cheveux forment un casque sur son crâne, du même cuivre que les tuyaux d'Applecote, et son visage brille du froid minéral, saisissant de la rivière. Bien qu'elle soit bonne nageuse, elle peut soudain imaginer l'étreinte insidieuse, mortelle de ce froid, la manière dont il raidirait les muscles, affaiblirait les bras. Elle n'a jamais éprouvé ça en nageant avec Will. Il lui manque : il a quitté Applecote hier pour une réunion de crise avec Jackson, et passé la nuit dans un hôtel. L'été lui manque déjà.

Jessie sent qu'une page s'est tournée, et ignore ce que l'avenir leur réserve.

Aucun des deux n'aurait pu prévoir la bombe lâchée par Jackson : sa sœur, en Australie, a un cancer du sein. Jackson veut être à ses côtés. Célibataire sans entraves, il pense depuis longtemps à s'installer au pays d'Oz. (Première nouvelle pour Will.) C'est un avertissement, dit-il. Will a changé de vie, réduit ses activités… Pourquoi pas lui ? La seule différence, c'est qu'il ne peut pas diriger de Brisbane une boîte basée en Europe. Il est vraiment navré de se désister, mais il veut vendre sa part.

Ça n'aurait pas pu arriver à un pire moment. Will a beau comprendre, cela ressemble à un divorce : vieux copains d'université, lui et Jackson ont créé leur société sur une table de cuisine il y a des années, et ce départ le plonge dans un dilemme : soit trouver une grosse somme pour racheter la part de Jackson, soit la vendre à un inconnu, en perdant le contrôle de la moitié de la compagnie, ce qu'il ne peut envisager. S'il veut réunir lui-même les fonds, Will doit plus que jamais être à Londres, ne pas lever le pied comme prévu, mais repartir plein gaz. Comment diable va-t-il le faire d'ici ?

Jessie écarte cette pensée – ils vont se débrouiller – et se met à marcher dans l'eau en faisant des signes aux filles sur la berge.

Recroquevillée sous un sweat à capuche, Bella l'observe attentivement, d'un œil protecteur même, négligeant la petite sœur qu'elle doit surveiller, qui trottine sur la plage caillouteuse de la rivière dans son maillot de bain à motif d'abeilles, armée d'un seau où s'entrechoquent des galets. Quand Romy commence à patauger dans l'eau, ne sentant ni le froid sur ses cuisses dodues, ni la pente soudaine du lit de la rivière, Bella ne fait rien pour l'arrêter.

En hâte, Jessie revient à la nage et hisse Romy sur la berge.

— Bella, qu'est-ce que tu attendais ? demande-t-elle d'un ton un peu trop sec, encore tendue par l'incident de la nuit dernière.

En entendant des bruits à l'aube dans la chambre de Romy, Jessie, accourant par prudence, a eu la frayeur de sa vie. Une forme immobile se tenait dans le noir près de son petit lit : Bella, le visage impassible, prise d'une crise de somnambulisme. Jessie, ébranlée, l'a ramenée à l'étage. Ce matin, Bella ne se souvenait de rien, ce qui, en un sens, aggrave les choses.

— Elle n'avait rien à craindre… (Bella hausse les épaules, lui tend une serviette. Une petite bruine commence à tomber, comme un nuage qui s'effondre. Bella lève les yeux au ciel.) Sérieusement, il ne peut pas rester de l'eau là-haut. (Elle déplie ses jambes de héron et se lève, fourrant les mains dans les poches de son short en jean.) Bon, j'y vais. J'ai des photos à mettre dans ma chambre.

— Ah oui, j'avais oublié. Très bonne activité pour un après-midi pluvieux. Ça te permettra de te sentir enfin chez toi dans cette chambre. Attends-nous.

Mais quand Jessie a ôté le maillot de bain de Romy, le pré est vide, hormis les pierres, groupées comme des petits vieillards en manteaux gris. Cela ne lui plaît guère, maintenant que Will est à Londres et elle pleinement responsable des filles.

L'isolement qu'elle a savouré ces deux dernières semaines semble maintenant un peu terrifiant. Pendant tout le mois d'août régnait un calme presque surnaturel – « Le coin a peut-être un retard de deux siècles », disait finement Bella – et Jessie aimait que les routes soient presque désertes. Par moments, un car de touristes s'arrêtait devant Cornton Hall, la maison majestueuse en bordure du village, bien qu'elle soit couverte d'échafaudages et de filets verts gonflant au vent, telles des voiles. Parfois, il semble que tout le monde soit parti, sauf eux.

— Chien, annonce Romy avec un sourire.

Jessie lève les yeux de son sac de plage, et sent aussitôt quelque chose d'anormal. Deux chiens noirs chargent le long de la berge, comme appelés par leur propriétaire, une vague silhouette cachée sous un parapluie, qui s'éloigne rapidement. Est-ce à nouveau cette femme ? L'a-t-elle secrètement regardée nager ? Cette idée la met mal à l'aise. Jessie fourre en hâte les serviettes dans son sac, pressée de rentrer.

Elle est soulagée quand le portail du pré se ferme derrière elle. Plus encore lorsque Romy s'écrie « Bell-Bell ! » en montrant avec enthousiasme, entre les arbres, Bella, adossée à un grand hêtre, inspectant quelque chose dans sa main.

— Oh, Rom, attends ! lance Jessie, exaspérée, courant après Romy, qui file chaque jour plus vite.

Les deux filles sont fascinées par les détritus que recrache le sol d'Applecote : vieilles tasses de thé, fragments d'assiettes, fourches rouillées, menus objets brisés que Bella rassemble pour créer un portrait des anciens occupants du manoir : « Puisqu'il n'y a rien d'autre à faire », explique-t-elle, au cas où Jessie penserait que ça l'amuse.

Dans la maison, Bella a découvert des noms griffonnés sous le lavabo de sa petite salle de bains, aux lettres presque illisibles, excepté un grand A, tracé avec une boucle tourbillonnante pleine de panache. La semaine dernière, un journal jauni, friable, est tombé d'une cavité dans un placard de la cuisine. La manchette, « C'est une vraie canicule ! », portait sur une vague de chaleur en 1959. « Ce qui montre que la maison, au moins, a le sens de l'humour », a observé Bella en montant ce butin dans sa chambre. Et puis, il y a les objets pour enfants que Will a trouvés dans le grenier : une chaise haute, un landau miniature, quelques vieux cubes en bois couverts de pastels fanés garnis de lettres de l'alphabet.

Maintenant, Jessie peut se figurer l'ancienne propriétaire, Mrs Wilde : une robuste campagnarde, gaie, mère de belles filles espiègles, berçant du pied un couffin près du feu. Elle la voit pétrir de la pâte dans la cuisine, déployer des draps amidonnés sur les lits à l'étage. Elle a toujours eu l'habitude d'imaginer la vie des autres, des femmes âgées en particulier. (Un de ses « trucs », dit affectueusement Will.) À Londres, dès qu'elle voit des vieilles dames attendre aux arrêts de bus, elle les transforme en survivantes du Blitz, en cryptologues, en beautés d'antan en vison, méconnaissables sous des doudounes beige sale. Pour cette raison, elle leur offre toujours sa place dans le métro, ne manque pas de sourire et de parler de la météo. Mais quand sa propre mère donne des signes de vieillesse, perd ses lunettes dans son sac ou demande ce qu'est une appli, ça l'agace, remarque Will. Mais les mères sont différentes. Tout le monde est irrité par la sienne. Sauf Bella, dont la mère sera toujours parfaite.

Plus tard cet après-midi-là, quand la pluie a enfin cessé, Jessie frappe à la porte de la chambre de Bella en tenant une pile d'uniformes de Squirrels, qu'on vient de leur livrer. Silence. Depuis sa première visite d'Applecote, Jessie trouve que cette porte a un curieux champ de force. Même le palier paraît chargé d'une atmosphère étrange, se comprimer sur son passage.

— Bouton, marmonne Romy en pressant un œil sur le trou de la serrure, comme si elle pouvait apercevoir le bouton que Bella a trouvé dans le Wilderness, un drôle de petit objet en plastique rose qui, jadis, a peut-être été rouge, en forme de cœur.

Jessie frappe à nouveau. Rien. Pensant que Bella doit avoir ses écouteurs sur la tête, elle pousse la porte avec précaution.

— Alors, tu as réussi à mettre tes photos... ?

Elle pousse un cri de surprise.

Bella est invisible. Mais Mandy, Mandy est partout. Des dizaines de photos que Jessie n'a encore jamais vues : Mandy enceinte, épanouie, Will embrassant son ventre ; Mandy et lui berçant une mignonne petite Bella sur un tas de feuilles d'automne ; Mandy couchée sur une plage, portant l'un de ses fameux caftans, riant, la tête de Bella sur les genoux. Une galerie de moments intimes dont Jessie sera à jamais exclue.

Elle a toujours su que de tels moments avaient dû exister, même si elle et Will en parlent rarement ; mais les voir vraiment, affichés sur les murs d'Applecote, le lendemain du départ de Will, l'ébranle profondément. Il semble qu'ils la poursuivent et, un instant, elle en a le souffle coupé.

Romy explore la zone interdite fascinante de la chambre de sa sœur, pendant que Jessie erre dans une sorte de transe. Les photos jaillissent des murs sombres : Bella a insisté pour les peindre d'un gris boueux, exactement le même que celui de leur maison londonienne, et Jessie l'a fait avec elle la semaine dernière pour rendre la pièce plus douillette. Bella pensait-elle depuis longtemps à la couvrir de ces photos ? Le savait-elle déjà, cet après-midi-là, pendant qu'elles peignaient côte à côte en écoutant la radio ? Attendait-elle que Will soit parti de la maison ? Jessie ne peut s'empêcher de se sentir trahie.

Mais le pire – et Bella ne devait pas l'ignorer – est le couple renversant que formaient Will et Mandy. Mandy a un visage ciselé, androgyne – l'antithèse de la beauté simple de Jessie – et un regard d'une intelligence perçante sous une coupe à la Audrey Hepburn, une coiffure sérieuse qui ne va qu'aux femmes sûres de leur profil. Contrairement au style de Jessie, un méli-mélo de périodes et de couleurs, celui de Mandy est parfait, une palette mesurée de beige, de noir et de bleu marine, une balafre de rouge. Elle respire l'assurance d'une femme qui a de plus vastes pensées le matin que le choix de ses bottines : d'une avocate spécialiste des droits de l'homme, après tout. Jessie est bouche bée devant elle, douloureusement consciente de sa propre robe froissée, de l'odeur de la rivière sur sa peau, de la vieille plume crasseuse que Romy a plantée dans ses cheveux roux, épinglés à la diable.

C'est seulement la manière qu'a trouvée Bella de ne pas oublier sa mère, se dit-elle. Ça n'a rien à voir avec moi. Elle doit fermer la porte, descendre au rez-de-chaussée et affronter calmement Bella, comme si rien ne clochait, mais elle n'en fait rien : une force puissante la retient dans cette chambre où elle est confrontée à ses cauchemars, pétrifiée par la femme à laquelle elle espérait échapper.

Il semble que Mandy vienne de se dévêtir à l'instant ici : un feutre mou repose sur une chaise, le déshabillé de soie bruisse au dos de la porte, un caftan indigo est jeté en travers du lit – le même, réalise Jessie avec un sursaut intérieur, que celui de Mandy sur la photo de la plage.

C'est comme être immergée dans Mandy. Comme plonger en elle. Peut-être est-ce pour cela que Jessie le fait : cette chambre a un courant, une attraction qui la pousse à poser les uniformes scolaires et à prendre le caftan, à tâter sa broderie, puis, sachant qu'elle ne devrait pas, qu'elle franchit une ligne, à le laisser froufrouter sur ses jambes et couler par terre. Elle presse le coton frais sur sa poitrine, sur la pompe de son cœur qui s'accélère.

— Joli, maman.

Jessie tressaille. Romy, assise sur le lit, tient le bouton en forme de cœur, déroutée par cette nouvelle image de sa mère.

Horrifiée par elle-même – et si Bella entrait ? Que penserait Will ? –, Jessie jette le caftan sur le lit. Troublée, elle arrache le bouton du poing fermé de Romy et l'entraîne à la hâte hors de cette chambre étrange où, pendant quelques instants, elle a cru pouvoir se perdre complètement.

6

Le soleil du soir, doré, immense, fait briller les silhouettes qui se découpent sur le ciel, jaillir des rayons de leur tête. Nous captons les voix des jeunes gens, bulles portées par la brise en haut de la colline, éclatant quand le vent change de sens. Nous n'osons pas parler, de peur de gâcher ce moment déjà parfait que nous avons créé, pour ainsi dire, par la force collective de notre désir.

Ils marchent tranquillement, nonchalamment, jusqu'à ce que l'anticipation soit presque insoutenable, leurs pas synchronisés avec le crépitement de notre cœur, l'accélération de notre souffle. Nous voyons bien qu'ils ne sont pas d'ici : ils ont des pantalons ajustés, contrairement aux gars de la campagne. Des cheveux bien coupés, souples en haut, courts sur les côtés. Lorsque la brise se lève, elle aplatit des chemises d'été sur des corps musclés, qui n'ont pas la carrure massive des fermiers.

— Je ne suis pas sûre de vouloir rester, dit soudain Dot, décapitant du pouce une pâquerette. On ne devrait pas rentrer pour dîner ?

— Chuut, Dot…

Pam arrange sa robe autour de ses jambes pour n'exhiber que son plus beau mollet, braquant ses yeux bleu marine sur leurs cibles avec une concentration prédatrice.

Quand le charme des hommes devient plus évident, la conscience d'en manquer me donne des complexes, atténués seulement par l'idée qu'ils n'auront d'yeux que pour Flora, de toute façon. Je souffle :

— On se lève ?

— Tu as perdu la boule ? réplique Pam.

Flora, voyant ma tête, se met à rire.

— Oh, Margot, quelle grimace ! Tu as l'air d'une meurtrière. Sois naturelle…

— Désinvolte, siffle Pam.

— Souris, marmonne Flora à travers son propre rictus.

Je souris tellement que ma mâchoire se crispe. Les hommes laissent une traînée d'herbes foulées dans leur sillage, comme une queue de comète. Nous pourrions être les deux derniers groupes de survivants sur la terre, chacun se croyant le seul jusqu'à cette rencontre. Un étrange silence tombe lorsqu'ils s'approchent. On n'entend que le bruissement des graminées dans la brise, le craquement fibreux de leurs pas. Nous nous encourageons discrètement – Pam tapote mon genou, Flora effleure le bras de Dot avec ses orteils – par solidarité fraternelle, avant de reprendre nos poses de sirènes.

— Mesdames…

Il parle sans trace d'accent de la campagne. Puisqu'il est bien trop beau pour que je le regarde en face – brun, avec des traits italiens, il a dû tomber d'un tableau de la Renaissance –, j'observe ses doigts élégants, tannés, écraser sa cigarette contre une pierre. Des étincelles jaillissent, embrasant une touffe d'herbe sèche. C'est l'autre jeune homme, le moins grand, aux cheveux blond vénitien et au visage rond, semé de taches de rousseur comme une lune d'automne, qui l'éteint en la piétinant.

— Nous n'allons pas déjà incendier cet été.

Quel âge ont-ils ? Dix-neuf ? Vingt ans ? Je ne connais pas assez d'hommes pour bien l'estimer. Tout ce que je sais, c'est que le plus petit, le blond, me fixe avec des yeux léonins, noisette tirant sur le jaune, et que le point où nos regards se croisent dans l'air paraît se solidifier jusqu'à devenir palpable.

— Pardon, j'oublie mes bonnes manières. Je m'appelle Harry. Harry Gore.

Le nom me dit quelque chose, mais je ne peux pas le situer.

Il sourit et laisse tomber par terre son panier de pique-nique, dont dépassent des goulots de bouteille en verre brun.

— Et voici mon cousin, Tom. Le pyromane.

Tom sort une autre cigarette de son paquet, puis allume d'un coup de pouce un briquet en argent, comme celui qu'avait papa dans l'armée.

— Moi, c'est Pam.

Ma sœur se lève d'un bond et fait une révérence extravagante, un pied derrière l'autre, en se penchant très bas, ce qui fait rire tout le monde et brise la tension. Mais le regard des cousins glisse déjà vers Flora. C'est totalement injuste : même si Pam et moi étions les filles les plus gentilles, les plus fascinantes de la terre, ces hommes auraient toujours les yeux rivés sur notre exquise sœur aînée.

— Et toi ? demande doucement Harry, couvant du regard Flora depuis ses pieds nus – elle a enlevé ses chaussures sans se faire remarquer ; si nous l'avions vu, Pam et moi l'aurions imitée – jusqu'à la boucle blonde, librement enroulée autour de son doigt, comme une question dont elle seule connaît la réponse.

— Flora, dit-elle lentement d'une voix de miel.

Elle tourne ses yeux violets vers Tom, les baisse, puis les relève vers lui. Il la fixe en silence, impressionné.

— Flora, répète Harry dans un murmure, s'arrachant si difficilement à sa contemplation pour me regarder que je regrette de l'en priver.

Je le devance, confuse, avant qu'il se sente forcé de le demander :

— Moi, c'est Margot.

Je note les oppositions de son visage : son sourire insouciant, juvénile, semble jurer avec son grave froncement de sourcils. Quelque chose crépite autour de nous, comme la flamme dans l'herbe.

Il penche la tête, cherchant à me remettre.
— Nous nous sommes déjà rencontrés ?
— Je ne pense pas. (J'ignore quel ton prendre. Comment m'asseoir. Que faire de mes mains. Pour détourner son attention de mes joues brûlantes, je dis très vite :) Et voici notre petite sœur, Dot.
— Ah, Dot… (Harry s'accroupit auprès d'elle, un stylo à capuchon d'argent dépassant de la poche arrière de son pantalon.) Tu sais, je crois que c'est la guirlande de pâquerettes la plus longue que j'aie jamais vue.
Dot sourit timidement. Il me plaît pour avoir remarqué cette couronne. À cause du stylo dans sa poche. Avec sa beauté moins évidente que celle de son cousin, ses traits un peu imparfaits, qui font son charme.
— Nous sommes du manoir d'Applecote, annonce Pam, lâchant de but en blanc nos fraîches lettres de noblesse. Nous y logeons chez notre oncle et notre tante. Les Wilde. Avec un *e*. Vous les connaissez ?
À ce nom, d'innombrables petites cordes semblent soudain se tendre sous la peau de Tom et d'Harry.
— Oui, répond Harry, prenant le briquet des mains de Tom et plantant une cigarette dans sa bouche pour éviter d'avoir à en dire plus.
— Notre mère est à l'étranger, explique Flora, sentant le malaise dans l'air, tentant subtilement de nous distancier d'Applecote. Alors, nous avons été expédiées ici de Chelsea.
— Comme des évacuées, glisse malicieusement Pam.
Harry tire une bouffée de fumée, croise le regard de Tom… et un fragment d'un vieil été me revient en mémoire : Audrey et moi dans le pré, en début de matinée ; deux garçons plus âgés lui faisant signe à travers la brume planant sur la rivière, Audrey leur rendant leur salut. Les mots s'engouffrent dans le silence avant que je puisse les arrêter :
— Vous connaissiez notre cousine Audrey ? Audrey Wilde ?
Pam écarquille les yeux pour m'intimer de me taire.

Trop tard. Harry a encore changé d'expression, comme tout le monde chaque fois que je parle d'Audrey : un spasme de reconnaissance, suivi d'un regard vide, gêné.

— Oui, un peu. Quand nous étions enfants.

La pomme d'Adam de Tom monte et descend. Il offre à Flora un sourire sincère, contrit.

— Une affaire terrible. Je suis vraiment navré.

Harry écarte légèrement les lèvres, comme s'il avait davantage à dire sur le sujet.

Mais Pam me plante un doigt dans les côtes pour que je ne pose plus de questions et, comme toujours, Audrey est balayée par des raclements de gorge, des regards fuyants, à nouveau réduite à une absence.

— Et vous, où logez-vous ? demande Pam d'un ton gai en ôtant une herbe de sa robe.

— À Cornton Hall, chez mes parents. (Harry montre le manoir au loin comme si c'était une bicoque au toit de chaume et non la plus somptueuse maison à la ronde, dressée sur la colline en bordure du village.) Vous connaissez ?

Pam et Flora échangent un sourire à la dérobée.

— Mais nous n'y sommes pas souvent. (Il penche la tête en arrière et souffle des ronds de fumée, un, deux, trois, pareils à des nœuds coulants.) Mes parents préfèrent leur maison de Londres, ces temps-ci.

— Ou ce petit bouge miteux sur la Côte d'Azur, plaisante Tom, ce qui me fait soupçonner qu'il ne vient pas d'une famille aussi riche.

— La Côte d'Azur… soupire Pam avec envie, oubliant sa nonchalance. Quelle chance !

Harry secoue la tête, comme s'il n'y croyait pas vraiment.

— En tout cas, ils nous ont donné les clés pour un dernier été ici. (Le mot « dernier » plane dans l'air immobile, créant une impression d'urgence, de perte imminente.) Le dernier tour de piste avant que je parte à Oxford et Tom au service militaire, explique-t-il avec un sourire plus franc. On s'en sort plutôt bien sur le front intérieur, hein, Tom chéri ? (Son cousin rit.) Un parfait petit couple. Jusqu'ici, nous avons juste inondé une salle de bains et cassé deux vases.

— Nous ? *Toi.*

Le ton vif de Tom suggère qu'ils ont déjà eu cette dispute. Ils se mesurent du regard, chacun refusant de détourner les yeux, dans une vieille rivalité que nous pouvons seulement deviner, jusqu'à ce qu'Harry se baisse pour prendre une bouteille de bière et une pile de timbales usées. Je me demande, en les voyant, s'ils savaient que nous étions là.

— Je fais le service ? propose-t-il.

Nous échangeons des coups d'œil furtifs, chacune tâchant de déchiffrer la réaction de l'autre. Nous pourrions siroter une coupe de champagne à une fête, mais de la bière dans un pré avec des jeunes gens bizarres ? Impensable.

— La variété locale. Elle est meilleure qu'il n'y paraît, je le promets.

— C'est très gentil à toi... commence Flora, pour donner l'exemple.

— Oui, merci.

Pam tend la main, rejetant ses cheveux en arrière. Dot écarquille les yeux derrière ses lunettes.

Flora, froissée que Pam l'ait fait paraître guindée, lance :

— Depuis quand bois-tu de la bière, Pam ?

Pam hausse les épaules.

— Je meurs de soif.

Flora hésite, puis lâche un rire bref.

— Tu sais quoi ? Je vais en prendre aussi.

— Flora... dis-je, stupéfaite, me demandant où cela va mener, si nous sommes restées dehors trop longtemps au soleil ou simplement grisées par les pierres, leur ombre qui s'allonge en léchant l'herbe et en faisant tourner le ciel rouge.

Mais Harry verse déjà la bière, qui mousse, telle une crème épaisse, par-dessus les timbales. Il les tend à Pam et à Flora, qui flairent leur contenu avec curiosité, comme si c'était un élixir étrange.

— Tu es peut-être *un peu* jeune pour la bière, souffle Harry à Dot avec gentillesse. Alors, je vais t'offrir l'eau de ma gourde. (Puis il s'adresse à moi, avec une lueur dans ses yeux jaunes.) Mais toi…

— Margot, dis-je, déçue qu'il ait déjà oublié mon nom, espérant qu'il me trouve assez âgée pour m'offrir de la bière.

— Margot, répète-t-il, impassible. Margot Wilde, avec un *e*. (Il sourit, et une tache de rousseur s'aplatit sur sa lèvre.) Puis-je te tenter ?

— Non, merci.

Je ne sais même pas pourquoi je refuse alors que j'ai désespérément envie d'accepter, que ma langue est si sèche qu'elle colle à mon palais.

— Mais cette bière porte ton nom. (Il tire son stylo de sa poche et trace un « M » sur la mousse.) Tu vois ?

J'éclate de rire, étourdie comme si j'en avais déjà bu des barils. Il place la timbale dans ma paume, puis enroule un à un mes doigts autour du métal, délicieusement froid contre ma peau. La bière poisseuse goutte sur ma main. Des chauves-souris commencent à tourner en boucle derrière Harry, noires comme la nuit à venir. Je porte lentement la timbale à ma bouche, sentant le monde pencher, se détendre. Le bord frais du métal exerce une pression sur mes lèvres et je goûte la bière, à la fois douce et amère, foin et miel.

En arrivant à la maison, nous croisons Billy, penché sur l'arrosoir, qui verse un filet d'eau argenté. À sa façon de me regarder, je me demande s'il nous a vues, s'il sait où nous sommes allées. Mes sœurs aînées passent devant lui avec fièvre, à peine conscientes de sa présence – éclipsée par les Gore en un instant – lorsqu'il se redresse, ôtant poliment son chapeau de paille. Quelques secondes après, je me retourne pour lui sourire, me rappelant mes bonnes manières trop tard, car il est parti.

L'orangerie est une cloche de verre, Sybil et Moll ses papillons. Moll évente Sybil, affalée dans un fauteuil en osier, avec les ailes grises d'un journal, faisant voler ses cheveux blancs au-dessus de son front pâle. De dos, je peux voir sa colonne vertébrale sous sa robe en coton, les os autant que les boutons dont le dur regard métallique, reflété dans la vitre sombre – il est si tard que ça ? –, nous suit lorsque nous traversons les dalles de pierre.

— Ma tante ? dit gentiment Flora. Nous avons raté le dîner ?

Elle ne se retourne pas.

— J'étais morte d'inquiétude.

— Nous sommes vraiment navrées, reprend Flora, la tête baissée comme une nonne, en me lançant un sourire furtif : nous ne sommes pas désolées du tout.

— J'ai cru qu'il était arrivé quelque chose, Flora.

Nous brûlons de dire : « C'est exactement ça. » L'été est devenu soudain bien plus intéressant.

Sybil tend à Moll une coupelle où des tranches de pêche virent au brun, et se retourne dans son fauteuil.

— Je pensais que vous étiez des filles raisonnables.

Moll recommence à l'éventer avec le journal, qui bat des ailes dans ses doigts tachés d'encre. La suavité du jasmin s'infiltre par une fenêtre ouverte.

— Nous avons perdu la notion du temps, lance Dot avec courage, quêtant des yeux l'approbation de Pam. Il est passé en un éclair.

Pam l'approuve d'un signe de tête. Notre petite sœur apprend vite.

— C'est vrai que les heures filent par cette chaleur. (Moll jette à Dot un sourire bienveillant, dévoilant la porte noire de sa dent.) Il reste un peu de viande froide à la cuisine, ne vous inquiétez pas.

— Et Flora a dix-sept ans, signale Pam. Margot et moi n'en sommes pas loin. Maman nous laisse…

— Je me fiche pas mal de ce que Bunny vous permet de faire, crache Sybil d'un ton étonnamment aigre. Vous êtes sous *ma* responsabilité tant que vous êtes à Applecote.

Nous échangeons des regards consternés : l'horizon de notre été se resserre, juste au moment où nous croyions pouvoir l'étendre de façon palpitante.

Flora cherche à nous sauver. Elle s'agenouille près de Sybil, les yeux brillants après cette soirée délicieuse.

— Ma tante, nous étions seulement dans le pré. Bien à l'abri, je te le promets.

— Vous n'êtes en sécurité nulle part, Flora. Nulle part.

Elle lève la main pour que Moll cesse de l'éventer. Et il est impossible de voir, dans cette femme nerveuse et émaciée, la tante au rire léger qui nous disait de déguerpir après le déjeuner, de nous amuser et de tâcher d'être de retour pour le thé.

— Mais les hommes étaient terriblement gentils… laisse échapper Dot.

Pam lui donne un coup de coude, trop tard.

Un silence déchire la soirée humide.

— Des *hommes* ?

Flora s'empresse de corriger :

— Des jeunes gens, en réalité. Des garçons. Juste un peu plus âgés que nous. Qui passent l'été à Cornton.

Sybil sursaute et se redresse dans son fauteuil, portant une main à sa gorge.

— À Cornton ? Cornton Hall ? Tu es sûre ?

Flora opine avec enthousiasme.

— Tom et Harry. (Je sens l'amertume de la bière sur ma langue. Il me semble que je ne pourrai jamais l'oublier.) Les cousins Gore.

— L'un s'apprête à partir à Oxford, l'autre au service militaire, explique Pam, se hâtant d'ajouter ces références impeccables.

Sybil se lève un peu trop brusquement, sa jupe longue froufroutant autour de ses jambes.

— Vous saviez cela, Moll ?

Moll fait bouffer des coussins sur le divan, feignant de n'avoir rien entendu.

— Je vous demande pardon, Mrs Wilde ?

— Des Gore sont revenus à Cornton Hall. Vous étiez au courant ?

Moll baisse les yeux, mal à l'aise.

— Des rumeurs couraient ce matin au café de la salle communale.

— Des rumeurs ? répète sèchement Sybil, attendant que Moll entre dans les détails.

— La vieille Mme Peat a dit qu'elle avait dû envoyer son Brian là-bas, l'autre jour. La salle de bains était inondée, et les moulures du plafond dans un sale état au rez-de-chaussée. (Elle hausse un sourcil.) Il y a eu des frasques. Apparemment, les jeunes Gore avaient fait un tour à la cave.

— Les jeunes *Gore* ? (La voix de Perry éclate, tourne autour de la pièce. Il se tient dans l'embrasure de la porte, les narines dilatées comme une jument. Moppet se faufile jusqu'à Dot.) Qu'y a-t-il avec ces fichus Gore ?

Nous lui expliquons avec précaution, ne pouvant déchiffrer les émotions contradictoires qui virevoltent sur les traits de notre oncle. Au bout d'un moment, il pose une main sur sa bouche, prenant conscience d'une vérité horrible.

— Pourquoi sommes-nous toujours, toujours les derniers à savoir ce qui se passe au village, Sybil ? Rien ne changera donc jamais ? Nous restons enfermés dans cette maison comme des gens qui ont quelque chose à cacher.

Je l'observe avec soin, me demandant si cette provocation n'est pas une fine manœuvre.

Sybil se tord les mains, formant un pistolet avec ses doigts. L'échange ressemble à une vieille querelle.

— C'est la baignade de cet après-midi. Enfin, qu'est-ce qui t'a pris ? Tu n'as pas nagé depuis des années, Peregrine. Ça va te donner un tour de reins. Et ça t'a mis dans tous tes états, je le vois bien.

— Nous agissons comme des *coupables*, Sybil, insiste Perry. (Son gros visage s'empourpre.) En nous terrant ici.

Au mot « coupable », Flora hausse un sourcil vers moi.

— Je… je retournerai bientôt au village, bégaie Sybil. Oui, je dois faire un effort pour redevenir à la page. Aller dans les comités et tout ça. J'ai beaucoup trop tardé. (Elle regarde les collines au loin par la fenêtre, avec un singulier mélange de peur et de nostalgie.) J'inviterai Lady Anne à un cocktail, poursuit-elle, les mots se bousculant dans sa bouche, comme souvent quand on n'y croit pas. Je suis sûre qu'elle reviendra dans la maison cet été, si Harry est là-bas.

— Si tu les invites, ils se diront « très occupés » comme tous les autres, maugrée Perry, debout devant la croisée, les mains nouées derrière le dos, perdu dans ses pensées. (Soudain, il semble porter le poids du monde sur ses épaules, courber sous ce fardeau.) Retournons la situation à notre avantage.

— Je te demande pardon ? s'étonne Sybil.

Perry fait volte-face, les yeux brillants.

— Pourquoi penses-tu que Bunny nous a envoyé ces jouvencelles, en réalité ? Ce n'était pas juste pour qu'on l'aide, ou qu'Applecote résonne à nouveau de rires de filles, je peux te l'assurer, quoi qu'elle ait pu te dire.

J'entends la voix chantante, sans vergogne de maman, parcourir l'étendue assoiffée du vide maternel de Sybil. J'en rougis.

— Elles ne sont pas là pour s'engraisser de la confiture de Moll. Ou tu préférerais qu'elles épousent Billy, le jardinier ? Il est assez fringant.

Sybil porte une main à sa gorge.

— Mon Dieu…

— Moi, mon oncle, je vais devenir infirmière ! s'écrie Pam, indignée.

— *Infirmière ?* (Un gros rire jaillit de la bouche de Perry, tel un faisan de l'herbe.) Ah, très bien, très bien… Enfin, tu devrais travailler un peu le contact avec les malades d'abord, ma petite chipie. (Il se tourne vers Flora.) Mais toi, j'espère que tu ne nourris pas l'idée saugrenue de travailler pour vivre.

— Peregrine… l'avertit gravement Sybil, l'air de savoir ce qui va suivre.

Il lui lance un coup d'œil impatient.

— Et alors, ça ferait taire les commérages, non ? Qu'une de nos nièces entre dans la glorieuse famille des Gore.

— Peregrine, c'est ridicule. Tu es ridicule, jette sèchement Sybil.

Il s'approche de Flora, mains sur les hanches, un sillon de sueur au dos de sa chemise.

— Si tu as la moitié du bon sens de ta mère, je te conseille de viser Harry Gore, comme un missile des Boches. Tu m'entends, Flora ? Ne te laisse pas distraire par Tom. (Il balaie cette idée d'un revers de main.) Assez beau, mais il ne vaut pas un sou. Harry est celui qu'il te faut. Il est prometteur, souviens-t'en, brillant apparemment, et héritier d'une fortune dans le sucre. Compris ?

Flora hoche la tête d'un air impénétrable.

— Compris, mon oncle.

— Parfait, dit-il avec hésitation, ne sachant si elle est sincère ou si nous jouons toutes la comédie. C'est réglé. Ta mère te remerciera… et moi aussi. Le blason des Wilde a besoin d'être redoré. Nous n'avons pas eu de bon mariage dans cette famille depuis une génération. (Il se tourne dédaigneusement vers les cadettes.) Et vous, vous vous battez pour Tom, hein ? Découpez-le en trois pour éviter les querelles. Et cessez de flirter avec notre beau jardinier, ou je le renvoie immédiatement.

Alors, un petit sanglot se brise dans la gorge de Sybil, un bruit de craquement, de noisette écrasée sous les pieds. Elle tire un mouchoir de sa manche et se tamponne les yeux. Nous regardons par terre, feignant de n'avoir pas entendu.

— C'est encore le pollen, hein, Sybil ? glisse Perry d'une voix émue.

Mais on entend clairement le son affreux des pleurs de Sybil. Moll sort en catimini.

Sybil renifle.

— Pardonnez-moi, les filles.

— Pas maintenant, Sybil… murmure Perry avec lassitude.

Sentant qu'elle va dire une chose qu'il ne veut pas entendre, je l'encourage, ignorant Pam qui me fait signe d'éviter la discussion gênée sur Audrey que l'on sent tous venir, telle une chute de pression avant l'averse :

— Qu'y a-t-il, ma tante ?

— Je... je pensais juste au petit Harry déjà adulte, sur le point de partir à Oxford. (Sa voix s'éteint et sa douleur à vif est là, dans la pièce avec nous, griffant ses jambes comme un enfant.) Et... Audrey...

— Sybil, chérie... souffle plus gentiment Perry.

Sa main plane au-dessus du bras de sa femme, prête à la consoler, puis retombe comme s'il ne savait comment s'y prendre.

— Audrey sera ravie de retrouver Harry au village quand elle rentrera à la maison, dit Sybil, parvenant à sourire. Et c'est quelque chose.

Un silence enfle sous la verrière de l'orangerie, tel un bruit aigu près de la fracasser... et soudain, nous voyons toutes clairement que sa croyance au retour de sa fille est sa force vitale, sa raison de vivre, et que Perry voit les choses très différemment.

— Femme, pour l'amour du ciel... (La voix de Perry tremble au bord d'un gouffre terrible.) Audrey ne va *pas* rentrer.

Quand il sort en trombe, laissant ses paroles suspendues dans l'air immobile, embaumant le jasmin, je me demande comment mon oncle peut en être certain.

Mon réveil marque cinq heures du matin. Pourtant, je n'ai pas senti le temps passer depuis hier soir : la bière d'Harry, le choc du nom des Gore fusant dans l'orangerie, les sanglots de Sybil et les cris de Perry, le passé déchirant l'étoffe du présent, le montrant aussi fragile qu'un linge antique. Dehors, un coq chante.

Que ferait Audrey maintenant si elle était à ma place, moi à la sienne, si nos sorts avaient été échangés comme des canotiers, ce qui aurait facilement pu arriver dans le méli-mélo de la fin de l'été ?

J'enfile ma robe de chambre. Évitant la marche supérieure qui grince, je descends furtivement dans le cœur frais de la maison jusqu'à ce que je n'entende plus les ronflements géologiques de Perry. C'est palpitant d'être éveillée quand tous les autres dorment. Je ne me sens pas pressée. Ni observée. Le temps passe autrement, se moule autour de moi comme un gant épouse la main chaude d'un enfant.

Dans la bibliothèque, je note la menaçante collection de fusils de Perry sur les murs sang-de-bœuf. Mais le salon ne recèle qu'une boucle blonde dans un tiroir et, pire, un sachet en tissu contenant des dents de lait. Troublée à cette vue, je file en douce dans la cuisine. Là, je vole deux scones sous une cloche en treillis – un pour moi, un pour Moppet, ravi – et commence à inspecter le dédale de petites pièces autour de l'arrière-cuisine, chose impossible dans la journée car c'est le territoire de Moll et de Sybil.

Ces pièces me sont si familières que j'ai l'impression de retrouver un vieux jeu de cache-cache. L'une d'elles, aux murs de brique, renferme des étagères bourrées de conserves : chutneys, pickles, friandises dans des bocaux en verre. J'aimais la surabondance de cette pièce, son organisation de ruche, le fait que Moll me chargeait avec Audrey de poser la collerette en vichy sur les pots, de les ficeler après. Puis vient le garde-manger, avec ses pièges à souris, ses paniers de pommes de terre, ses fraîches caves à fromage. Le placard à balais où Flora s'est cachée un jour et, trébuchant dans le noir, s'est coupé la lèvre au bord d'un seau en fer avant de sortir précipitamment, la bouche en sang, faisant crier tout le monde. La buanderie, chaude, humide, comme un bébé fraîchement baigné, ses draps blancs suspendus sur des perches en bois – c'était tout un art de se tenir entre eux en respirant légèrement sans les faire trembler –, l'essoreuse où je séchais mon maillot de bain, juste pour la satisfaction de tourner sa lourde manivelle. Son mécanisme me fascinait : à Londres, nous envoyions toujours notre linge à laver dehors. Et, près de la buanderie, un débarras où je retiens mon souffle.

La lumière est verdie par la fenêtre pailletée de lierre, l'atmosphère agitée par un courant d'air, venant d'une large fente sur la vitre du bas. Là s'entassent des reliques d'enfances lointaines – de papy, Perry, papa, Audrey –, attendant une nouvelle génération qui ne peut pas naître : une chaise haute en bois, aux longs pieds d'insecte ; un bol en porcelaine, Peter Rabbit courant le long du bord. Le landau jouet d'Audrey, au matelas mâchonné dans un angle, héritage mémorable du temps où Audrey et moi pouponnions « Bébé Moppet » avec trop d'enthousiasme. Des cordes à sauter, des puces, des cubes d'alphabet et une petite boîte de dominos en bois – j'ai presque l'impression, à sa vue, d'avoir trouvé un de mes trésors depuis longtemps perdu. Je tire sur son couvercle, me rappelant les parties que je faisais avec Audrey les après-midi de pluie, en la laissant gagner pour ne pas troubler l'ordre des choses. Ses empreintes, je pense, doivent être sur chacun de ces dominos, les miennes aussi : une partie d'elle, de nous. Impulsivement, j'en sors un blanc, un talisman, et le jette dans la poche de ma robe de chambre. Je referme la porte derrière moi, impressionnée par mon audace.

Quand je quitte la cuisine et passe dans le jardin, le matin est doux, merveilleusement frais. Je m'assieds sur un banc et prends lentement conscience d'un bruit : dur à identifier, métallique, rythmé, venant du côté de la maison. Je me lève et regarde prudemment au coin.

— Bonjour, Margot, dit Sybil, sans même me regarder, coupant avec un sécateur le lierre qui grimpe sur une fenêtre du rez-de-chaussée, celle à la vitre fendue.

Mon estomac se noue. Elle a dû me voir. J'attends qu'elle se retourne et me crie de ne plus jamais, jamais fouiner dans les affaires d'Audrey, et de rendre le domino sur-le-champ. Mais je n'entends qu'un frottement de métal, la chute d'un bras de lierre amputé par terre, et un sourire déroutant flotte sur les lèvres de ma tante.

Pendant notre première semaine de vacances, Sybil ne cesse d'apparaître en silence, notant nos allées et venues. Par deux fois, elle me surprend devant la porte d'Audrey, luttant contre l'envie de l'ouvrir. Perry nous suit, lui aussi, d'un pas lourd de Minotaure, une main sur les reins, suggérant des baignades ou des parties de bridge. « Ce qu'il veut réellement, c'est nous manger tout cru », dit Pam. Mais notre oncle et notre tante s'évitent, comme les invités d'une fête brouillés depuis longtemps.

C'est un étrange spectacle. Toute notre vie, nous avons été portées à désirer ce que Sybil possède : un mari bien né, une grande maison, une domestique fidèle, des pinces à sucre en argent, une pendulette en or tictaquant jusqu'au prochain anniversaire de mariage ; et pourtant, elle moud du poivre sur son œuf à la coque, le matin, comme si elle voulait tordre le cou à la poule qui l'a pondu.

Même si elle descend toujours tout habillée au petit déjeuner, le visage presque à vif à force d'avoir été frotté – impossible de l'imaginer traîner en négligé, savourer un café et les potins du journal, comme maman –, depuis cinq ans, elle n'est pas allée plus loin que l'église du village. Elle s'est emprisonnée derrière ses rideaux à festons et à fleurs.

En plus, il devient évident qu'elle veut nous enfermer aussi. Lorsque Audrey était là, nous jouions des heures dans le pré, crapahutions à travers champs dans l'obscurité, nagions dans la rivière, couronnées de lentilles d'eau. Hier, la suggestion d'une sortie au village, à une demi-heure de marche, a plongé son visage dans un spasme d'angoisse. Elle a tenté de nous convaincre de faire autre chose : un bain dans la piscine ? Une partie de croquet ? Un pique-nique dans le verger, peut-être ? Comme notre mission secrète – rencontrer « par hasard » les Gore – semblait menacée, Flora lui a offert de nous accompagner, sachant pertinemment qu'elle refuserait. Sybil a cillé et pâli, tiraillée, et j'ai bien vu qu'une part d'elle-même brûlait de dire oui. Mais elle s'est abstenue. Ou elle n'a pas pu.

Elle n'a pas raté grand-chose. Un spectacle pour enfants sur la pelouse du village, près de la mare aux canards, et des dizaines de paysans bouche bée. Je ne sais pas très bien si c'était la jupe de Flora, au coton transparent au soleil, ou juste la vue de quatre sœurs clairement venues d'ailleurs qui a troublé l'air du village tandis que nous marchions dans les ruelles pavées, passant devant des vitrines arrondies, laissant une sorte de malaise dans notre sillage. Des rideaux en dentelle s'écartaient légèrement aux fenêtres des cottages, se refermaient en tremblant. Des femmes chuchotaient derrière leurs mains en coupe, des enfants stupéfaits se sauvaient et, parfois, j'ai entendu les noms de mon oncle et de ma tante fendre l'air. Personne ne nous a souri. En rentrant à la maison, abattue et perplexe, j'ai vu Sybil nous observer d'une fenêtre à l'étage, une main sur le rideau, très pâle. Je me suis demandé si elle savait quel accueil nous avions reçu au village, si elle avait même tenté de nous en protéger.

*

Juste au moment où nous avons presque renoncé à avoir des nouvelles des Gore, ils trottent le long du mur du verger sur des chevaux d'un noir velouté et nous lancent une invitation, comme un bouquet de fleurs. Sybil nous l'interdit. Perry n'en tient pas compte :

— Vas-y, Flora. Séduis Harry à mort.

Daphne est une petite barque, bleue et rayée, qui semble prête à couler. On y tient facilement à six, prétend Harry, si on se serre. L'eau n'est qu'à cinq centimètres du bord et gicle sur les côtés, ce qui nous fait rire et hurler chaque fois que quelqu'un bouge. Le courant nous porte paresseusement dans la rivière, large comme un chemin de campagne, serpentant entre des saules qui embrassent sa surface vert trouble.

Harry est assis près de moi, en short, sa cuisse cognant contre la mienne. Il a des poils sur les jambes qui ressemblent à des fils de cuivre. Mon corps, à son contact, est insupportablement vivant.

Les garçons commencent à ramer. Je sens la chaleur de la jambe d'Harry, l'effort onduler à travers son corps. De temps en temps, il me glisse un demi-sourire, un peu perplexe. Celui qu'il adresse à Flora est plus franc et simple : radieux. On dirait qu'il veut la lécher.

Quand les cousins cessent de ramer, nous dérivons en aval, plus vite lorsque le courant reprend. Nous évitons les branches en surplomb, les colonnes de moucherons, tâchons de garder les pieds hors de la flaque qui s'est formée au fond de la barque, tout en laissant traîner nos doigts dans la rivière comme des actrices de film. Des hirondelles bleu-noir, à la queue fourchue, piquent au ras de l'eau. Des souvenirs d'Audrey fusent, tels des farfadets épiant entre les joncs : Audrey avec des nattes à sept ans, promenant sa corde à sauter comme une queue ; Audrey à douze ans, l'après-midi d'été où une pluie diluvienne est soudain tombée, trempant nos chemisiers jusqu'à les rendre transparents, et où nous sommes rentrées en courant, riant, la bouche grande ouverte, tirant la langue pour attraper des gouttes.

Quand je repense maintenant à cette journée, je ne cesse de me demander si quelqu'un nous observait, remarquait l'épanouissement de la beauté d'Audrey, l'étalage de notre joie insouciante. Notre bonheur a-t-il poussé quelqu'un à éprouver son manque cruel et à vouloir le capturer ? Un pêcheur solitaire peut-être, accrochant des vers frétillants à son hameçon. L'homme au chapeau, guettant sous l'ombre humide du pont.

— Terre ! s'écrie Harry.

Il attrape une branche de saule pendillant comme un cheveu de fille, et fait glisser la barque sous l'arbre, éloignant ces pensées troublantes.

Nous jetons une nappe sur la rive, laissant Flora et Harry écoper. Allongée sur le ventre, le menton dans les mains, je regarde ma sœur courber sa taille fine, pouffer derrière un rideau de cheveux blonds, tandis qu'elle vide l'eau avec un seau et qu'Harry la frôle d'un peu trop près. Tom aussi les observe, avec un air de désir frustré. Et Pam contemple Tom.

Quand Harry et Flora finissent par nous rejoindre, empourprés, rayonnants, il est évident qu'ils sont devenus plus proches, que ces quelques minutes seuls ensemble leur ont suffi pour former une sorte d'alliance, dont nous sommes exclus. En mangeant du jambon persillé, des cuisses de poulet froid, Pam tâche d'attirer l'attention de Tom, mais ça ne marche pas. Alors, elle en rajoute. Rentrant sa robe dans les côtés de ses sous-vêtements, elle exhibe ses cuisses fermes et bronzées, regagne la barque à grands pas en balançant les bras et déclare qu'elle va ramer pour tous nous ramener. Les garçons poussent des cris de joie.

— Moi *et* Margot ! hurle Pam par-dessus son épaule.

Je secoue la tête.

— Margot ! Margot ! scande Harry en se tapant la cuisse.

C'est la première fois qu'un garçon scande mon nom.

En quelques secondes, j'ai mal aux mains. L'arrière de mes genoux râpe le banc. Mais il y a quelque chose de plus en jeu que prouver que nous ramons mieux que les garçons, même si je ne sais pas trop quoi. Vers la fin, je sens que rien ne peut m'arrêter. En accostant dans le pré, les jambes tremblantes, les robes mouillées de sueur, Pam et moi échangeons un sourire triomphal. Puis nous jetons un coup d'œil à la ronde, espérant des applaudissements, ou du moins une œillade admirative des cousins. Mais Tom lance un regard noir à Harry, qui fait rire Flora en lui chuchotant à l'oreille et s'attarde, comme s'il la reniflait – *elle* ne pue pas la sueur. Alors, je me rappelle que je suis juste Margot Wilde, la fille quelconque à la peau qui gratte, invisible une fois de plus.

Les rideaux sont tirés dans la chambre de Dot, coupés par un rai blanc dans l'après-midi brûlant. Je m'assieds sur le lit où Dot, roulée en boule face au mur, a l'air plus petite et plus sombre que jamais.

Je murmure en lui caressant l'épaule :

— Encore étourdie par la barque ?

Ses orteils se contractent, mais elle ne dit rien.

Je m'accroupis.

— Oh ! Dot, tu pleures. Qu'est-ce qu'il y a ? C'est parce qu'on n'a pas de nouvelles de maman ?

Les bateaux postaux sont irréguliers, d'après Sybil. Mieux vaut l'oublier complètement, conseille-t-elle. Nous sommes des filles d'Applecote, à présent.

Dot sourit faiblement.

— Ça ne me dérange pas que maman ne soit pas là si je t'ai, Margot.

— Alors, qu'est-ce qui ne va pas ?

— Je suis trop puérile. J'essaie de ne pas l'être, mais je suis un frein pour vous trois, je le sais.

Je souris, touchée par sa gentillesse.

— Tu nous freines en quoi ?

Elle pince ses lèvres rouge sombre.

Je demande timidement :

— Tu veux dire, pour les garçons et tout ça ?

Elle acquiesce, et me jette un petit sourire de gratitude pour l'avoir comprise.

— Oh, Dot, franchement, je suis aussi exclue que toi. Ils sont loin de me faire des avances, tu ne crois pas ? (J'écarte de sa joue une mèche collée par la sueur et les larmes.) Trois filles pour deux garçons, c'est encore une de trop.

Dot se redresse, pose la tête sur ses mains.

— Harry te regardait, Margot. Dans la barque. Quand tu ramais.

— Il n'a d'yeux que pour Flora.

Quand même, quelque chose bondit en moi.

— Personne ne me regarde jamais, soupire Dot.

— Patience. (Mon cœur commence à battre la chamade. Harry me regardait ? *Moi* ?) Tu es encore une enfant. Mais tu vas devenir une belle femme, ça se voit.

Dot secoue la tête.

— Je porte des lunettes. C'est une catastrophe.

— Des tas de filles en portent. Moi, j'ai la peau derrière les genoux qui ressemble à du porc séché.

Elle sourit.

— On peut cacher ses genoux.

— Pas en maillot de bain. Même en jupe d'été, sans bas couvrants, ça n'est pas très facile.

— Mais je ne ressemble pas à vous trois. (Son visage devient grave, elle parle dans un murmure.) Pourquoi ai-je le teint si mat, Margot ? Pourquoi ne suis-je pas blonde, comme les autres filles Wilde ? Pourquoi n'ai-je pas les yeux bleus ? Maman a les yeux bleus. Papa avait les yeux bleus.

— Oh, Dot, tu pourrais avoir la peau noire et être quand même une Wilde. Tu n'es pas une enfant échangée. Ne sois pas bêta. Bouge-toi. (Je grimpe sur le lit à côté d'elle, refusant de m'interroger sur sa couleur exotique parce qu'elle n'a jamais compté. Dot est étonnamment forte et musclée, pas la pâle citadine asthmatique qu'elle était encore la semaine dernière. Il semble que maman va rater un été marquant de notre croissance. Ça ne devrait pas avoir d'importance – après tout, il est parfaitement normal de partir un trimestre en pension, de revenir plus grandes –, mais, bizarrement, ça compte ici. Nous pourrions pousser un peu de travers au manoir d'Applecote, comme des roses le long d'un mur.) La journée a été longue et chaude. Fais une sieste. Tout ira mieux après, je te le promets.

— Je t'aime, Margot.

Elle bâille. Ses yeux se ferment déjà.

En sortant sur le palier, je suis confrontée à une vision sidérante : Moll entre dans la chambre d'Audrey avec un panier de lessive, comme si la pièce était aussi insignifiante que l'arrière-cuisine. J'étouffe un cri, recule chez Dot et attends qu'il arrive quelque chose : la fin du monde, une sorte de décharge électrique. Mais Moll ne s'enflamme pas, ne part pas en fumée… et laisse la porte entrebâillée.

Je la regarde, pétrifiée, changer le lit d'Audrey, le border de nouveaux draps, qu'elle lisse avec la main. Elle plie une couverture rose, que je me rappelle très bien : nous avons fait d'éternelles promesses, blotties dessous, que nous n'avons jamais pu tenir. Quand Moll se baisse, j'aperçois l'œil-de-bœuf et sa flaque de lumière par terre, tel du sirop de cassis.

Lorsqu'elle a fini, je me renfonce dans la chambre de Dot, jusqu'à ce que j'entende le déclic d'une porte qui se ferme et ses pas descendre l'escalier.

Personne dans les parages. Dot est endormie. Pam et Flora jouent au Monopoly dans le salon, avec Sybil et Perry. J'entends mon oncle beugler :

— Ah ! En prison, Pam !

Audrey me tape sur l'épaule : « Eh bien, tu attends quoi ? » Mon esprit arrive avant que mon corps suive.

La poignée de la porte tourne avec une aisance choquante dans ma main. J'hésite, comme bien des fois avant, le cœur battant. J'ai toujours peur que, si je pénètre dans cette chambre, une part de moi n'en ressorte jamais. « Allez, Margot… » Je sens ses doigts posés sur mes yeux. « Trouve-moi. Compte jusqu'à dix. » *Un, deux, trois…*

Quand je franchis le seuil, quelque chose en moi se relâche, une sorte de soupir : je me sens en sécurité, à nouveau petite fille. Rien n'a changé. On dirait qu'Audrey est sortie chercher une pomme. Elle va revenir bientôt, délogeant un pépin de ses dents. La chambre sent, non des choses perdues, mais l'eau de lavande. Les draps frais. Un bouquet de fleurs des prés repose sur son ancien pupitre – fraîches, roses et blanches, dans l'eau claire – et ses crayons, affûtés dans leur trousse, sont prêts pour ses doigts agiles. Sur la commode, sa brosse à cheveux à manche d'ivoire, quelques rubans jaunes dans un coquillage en porcelaine. De vieux souvenirs remontent en moi, non seulement les jeux, les déguisements, les histoires, mais la manière dont Audrey me faisait me sentir moi-même, pas juste une des quatre sœurs. Je me rappelle notamment le doux plaisir d'être choisie, d'être la favorite : tout le contraire de mariner sur la berge de la rivière, le corps endolori, l'arrière des genoux irrité, en regardant Harry courtiser Flora.

J'enlève mes chaussures, mes pinces à cheveux et, renversée sur le nuage du lit d'Audrey, je suis des doigts les bosses familières de sa tête en osier. Des larmes chaudes s'enroulent dans mes oreilles, pas juste pour Audrey mais parce que la vie file, s'éloignant du passé, qui se tasse comme un enfant oublié sur un quai de gare. J'ignore combien de temps je reste ici, pourquoi je m'assoupis. Lorsque j'ouvre les yeux, le ciel est roux dans la fenêtre ronde et je me sens différente, vidée mais calme : j'ai fait de la place en moi pour qu'Audrey vive. Je me lève lentement, un peu ensommeillée : mon visage, le sien se reflètent dans le miroir de la commode. La frontière entre nous ondule, se dissout, pareille à un profil dans la chaleur de midi. Et quand je descends l'escalier pour rejoindre mes sœurs, je laisse derrière moi non seulement mes barrettes oubliées, mais aussi un peu de moi, comme je m'en doutais.

J'ai découvert que j'aime assez avoir des secrets pour mes sœurs. C'est palpitant de tenir une chose serrée sur son cœur, au creux de ses mains closes, tel un petit oiseau. En plus, je sais que Pam et Flora seraient furieuses si je leur disais que j'ai visité la chambre d'Audrey, dormi avec le domino sous mon oreiller. À présent, elles ont Tom et Harry à perdre, la liberté précaire de l'été. Nous ne pouvons pas nous permettre de contrarier Sybil.

Je sais cela aussi. Mais je suis incapable de résister à l'attraction de la chambre d'Audrey. Tantôt juste pour passer la tête à l'intérieur, tantôt en m'attardant un peu trop, au risque de me faire prendre. À nouveau familière au point de paraître la mienne, elle est devenue un refuge contre toutes sortes de choses : que maman n'écrive pas ; qu'Harry déshabille des yeux Flora ; la peur excitante que, si Perry a fait une chose terrible à Audrey, il pourrait nous faire pareil ; la découverte d'un étrange bouquet dans le cratère du pré, une fleur rouge sombre et un rameau en bourgeon, liés avec une ficelle, telle une offrande païenne ; la brique brûlante de la chaleur omniprésente.

Une petite brise flotte aujourd'hui, mais elle est chaude et humide comme un coup de langue. Dot s'abrite sous un grand hêtre dans le Wilderness avec Moppet, préférant sa compagnie à la nôtre. Nous gravitons vers la piscine, cherchant de la fraîcheur, seulement Perry est déjà sur place. Nous entrons dans le bassin en le regardant avec méfiance. Ses bras s'étirent en rouleaux roses sur les bords de pierre, son ventre forme un tonneau sous l'eau, montant et descendant, et il nous observe.

Au bout d'un moment, il se hisse hors du bassin et s'endort, jambes écartées, dans un transat. Le renflement de son slip en tricot se contracte et saute quand il rêve, nous arrachant des éclats de rire étouffés. Il se calme. Le soleil tape. Je laisse mes sœurs aînées cancaner distraitement sur les Gore derrière le bouclier de leurs romans, si absorbées par le sujet qu'elles remarquent à peine mon départ.

Je m'arrête au portail de la piscine, avec une pointe de remords à la pensée des longs jours mornes qui s'étiraient avant que les Gore ne paillettent notre été, quand nous étions seules entre nous. Je n'aurais pas pu filer en douce dans la chambre d'Audrey, alors. Pam m'aurait retenue par la bretelle de mon maillot de bain. Flora aurait vu, en me regardant dans les yeux, le reflet de la chambre interdite comme dans l'un des miroirs convexes de l'entrée, arrondis, au cadre doré.

La porte de la penderie d'Audrey est entrebâillée. Impossible de résister.

Audrey était toujours la mieux habillée. Mes vêtements, venus de Woolworths ou de Marks & Spencer, étaient de troisième main, leurs ourlets fanés et froissés à force d'avoir été refaits. Audrey avait des robes neuves, façonnées par une couturière de Bath, ou achetées aux brillants comptoirs de Harrods. Elle me faisait essayer ces toilettes, même si elles étaient trop grandes, et tourner lentement en rêvant de ses robes, de sa vie splendide : je pense qu'elle ne pouvait apprécier pleinement ses beaux atours qu'en les voyant sur une autre.

Un peu de cette convoitise puérile me revient. Les mains déjà dans la penderie, je fouille parmi les cintres matelassés – broderie anglaise, crêpe de coton, de Chine, liberty, boutons de perle, en corne, brandebourgs, fermetures Éclair, œillets et crochets –, surprise de voir des robes de gamine faire place à des robes de grande fille, puis d'adolescente : assez de robes pour habiller Audrey chaque saison depuis sa disparition. À l'extrémité de la tringle, pressée contre le bois de cèdre, l'une d'elles ravive le passé comme une brûlure : bleue – la teinte des fleurs du pré, de l'immense ciel d'été –, au col Claudine blanc et aux boutons écarlate en forme de cœur, bouffant sur un jupon d'une finesse exquise. Et pourtant. Comment puis-je me rappeler une robe de cette taille, avec des pinces sur la poitrine ?

Je l'ôte du cintre et l'approche de mon corps, imaginant que nous pourrions danser ensemble autour de la pièce, qu'elle me révélerait ses secrets.

— Margot.

Sybil forme une ligne noire sur le seuil de la porte.

Mon estomac se noue.

— J'étais...

— Je vois bien ce que tu fais.

Je ne sais où me mettre, que faire de la robe, qui bruisse avec indécence sur mes jambes. Je reprends mon souffle, mais n'arrive pas à parler, me demandant pourquoi Sybil n'a pas encore crié.

— Audrey aura besoin de vêtements neufs quand elle rentrera à la maison, dit-elle d'une voix mal assurée comme si c'était elle qui devait s'expliquer. Pour qu'ils soient à sa taille.

Je baisse la tête, extrêmement mal à l'aise.

— Bien sûr.

— C'était sa robe préférée. Celle qu'elle portait ce... ce jour-là.

— Oui.

Je regrette de la tenir toujours dans mes bras.

— Alors, je l'ai fait refaire, exactement la même.

Je murmure d'un ton calme, comme si cela n'avait rien de bizarre :

— C'est gentil...

Sybil m'observe attentivement, jaugeant ma réaction, se demandant si elle peut me faire confiance.

— N'en parle pas à ton oncle, veux-tu ? Ça lui ferait de la peine. Il ne vient pas ici.

— Promis.

— Ni à tes sœurs.

J'hésite. Cela semble déloyal de promettre une telle chose.

— Margot, il faut vraiment le taire à tes sœurs. Elles ne comprendraient pas.

— D'accord, dis-je, parce qu'elle a raison.

Sybil respire, soulagée que j'accepte.

— Ce n'est pas la première fois que tu viens ici, n'est-ce pas ? reprend-elle d'une voix tendre, avec une douceur que je n'avais jamais entendue dans sa bouche cet été.

J'acquiesce. Soudain, il n'y a plus de distance entre nous, juste une entente qui n'a pas encore dévoilé sa vraie nature.

— Et si tu mettais cette robe ? murmure-t-elle d'une voix tremblante.

Je la regarde, abasourdie, espérant avoir mal compris.

— Je sais que tu en as envie, Margot. Nous n'avons pas à nous jouer la comédie. Plus maintenant. Pas ici.

Je secoue la tête.

— Je t'ai vue prendre le domino, Margot. J'ai vu ton visage ce jour-là. Je sais que tu n'as pas pu t'en empêcher non plus.

Le feu me monte aux joues.

— Ce n'était… qu'une impulsion stupide. Je… je vais le ranger.

Elle montre à nouveau la robe.

— Mets-la.

— Je ne… je ne préférerais pas, dis-je, défaillant presque de gêne. (Je ne me suis jamais sentie plus exposée de ma vie.) C'est celle d'Audrey.

Les yeux gris de Sybil commencent à se noyer de larmes.

— Cela me rendrait tellement heureuse, Margot. Je ne peux t'expliquer à quel point. Rien que pour un instant. Un petit tournoiement.

Mortifiée, incapable de refuser, je déboutonne avec maladresse ma robe chemisier et me retrouve en sous-vêtements. L'œil-de-bœuf jette un éclat mauve sur ma culotte blanche, la ligne de l'élastique sur mon nombril. J'hésite, imaginant l'air effaré de mes sœurs si elles pouvaient me voir.

Sybil hoche la tête pour m'encourager.

J'entre nerveusement, pied pointé, dans les plis de la robe.

— Oh. Elle te va ! Juste le bouton du haut ! (J'essaie de ne pas broncher sous ses doigts froids, qui tirent sur le corsage pour le fermer. Ça ne va pas aller. Mon dos est trop large.) Voilà. Presque parfait.

Le visage de Sybil est tout près du mien, à quelques centimètres, et m'adresse un sourire éclatant où je retrouve la tante de mon enfance.

— Oh, ça fait bien ressortir tes yeux bleus, Margot. Les mêmes que les siens. (Elle arrange quelques mèches autour de mes pommettes.) Non, il manque quelque chose. Une natte serait mieux. Audrey les adorait.

Elle m'entraîne dans un jeu de son invention, comme le faisait Audrey. Je commence à enlever la robe, tripotant les boutons.

— Mes sœurs m'attendent.

Je remets la mienne trop vite, déchirant un ourlet.

— Rien ne presse, chuchote Sybil. Voilà. Laisse-moi t'aider. (Elle se tient à nouveau trop près.) Oh, tu as un petit coup de soleil ici. (Elle touche mon épaule droite avec délicatesse.) Et un bouton de chaleur, je pense. Je vais dire à Moll de monter de la calamine. Comment vont tes genoux ? (Avant que je puisse répondre, elle soulève le bas de ma robe et se penche pour les inspecter.) Oh, ma chérie. Oh, pauvre chou…

— C'est moins grave qu'il n'y paraît.

La scène a beau être obscurément malsaine, je suis un peu séduite par la sollicitude maternelle, la trace lente d'un doigt frais sur le feu du prurit.

— Ta mère t'a terriblement négligée, je vois ça. Mais tu ne le seras plus, pas chez moi, ma bichette.

Elle laisse tomber la robe et la lisse d'un geste vif, qui semble me donner la permission de partir.

Je m'arrête sur le seuil de la porte.

— Je suis sincèrement désolée, tante Sybil.

— Oh, j'ai toujours su que tu viendrais ici, Margot, que de vous quatre, ce serait toi. N'aie pas l'air si surprise. (Son regard est étonnamment chaleureux.) Tu es juste comme la petite Audrey. Elle-même aurait pris ce domino. Et elle serait entrée ici, bien sûr.

Ce n'est qu'alors que l'évidence me frappe : Sybil a laissé ouverte exprès la porte de la penderie ; c'est elle qui a trouvé mes pinces à cheveux, pas Moll ; et elle a vu ma faiblesse quand j'ai fouiné dans le débarras. Peut-être savait-elle que c'était juste une question de temps.

Sybil penche la tête de côté, faisant rouler ses perles de rocaille sous ses doigts.

— Tu sais, j'avais prévu de condamner cette porte. (Ses yeux parcourent mon visage.) Mais pour je ne sais quelle raison, j'ai pensé à toi, Margot, et j'y ai renoncé. C'est curieux, n'est-ce pas ?

7

Un matin de septembre, le jour où l'été vire à l'automne. Une brume épaisse se presse contre les vitres. Romy trône sur la chaise en bois du grenier que Jessie a restaurée, et grignote une des premières pommes presque mûres du verger. La pendule tictaque sur le mur de la cuisine, fraîchement repeint de rose calamine. Le silence est assourdissant. Romy, d'un petit coup de coude, pousse la pomme qui tombe avec fracas sur le sol carrelé. Sa peau rouge éclate, révélant la chair blanche et humide.

— Oh oh…

Jessie jette un coup d'œil distrait au fruit, qui roule jusqu'au petit tipi qu'elle a construit avec des perches dans un coin pour Romy, puis un regard inquiet à la pendule, avant de remarquer Will. Les lèvres bleuies par sa douche glaciale, car le plombier n'est pas venu, il se tient à côté du fourneau, évitant de s'appuyer contre son flanc graisseux. Vêtu pour sa deuxième semaine de chasse aux investisseurs – costume marine cintré, chemise blanche et richelieus en cuir –, il jure presque comiquement avec son cadre, qui risque de le salir à tout moment : le billot de boucher, semé de la colle artisanale et des pâtes stylisées de Romy ; les peaux de mouton pelucheuses, dont Jessie a revêtu les chaises de cuisine pour les rendre plus confortables ; et sa propre femme, déjà debout depuis des heures – à présent, Romy se réveille avec les coqs, à l'aube, terriblement en harmonie avec son cadre –, vêtue d'une ample salopette en jean éclaboussée de peinture rose, aux genoux brillants à force de se pencher pour arracher des ronces.

— Que fait Bella en haut ? Je monte ? demande-t-elle, même si elle préférerait s'abstenir.

Elle ne s'habituera jamais à cette galerie de photos de Mandy.

— Donne-lui encore une minute, répond Will en fronçant les sourcils.

— Pomme, papa.

Romy tend impérieusement un doigt vers le sol.

— Tu dois me prendre pour un idiot, princesse.

Mais Will la ramasse, de la glaise entre les mains de Romy, et de Bella aussi. Il se sent également coupable. Bientôt, il devra dire au revoir.

Romy, ignorant le départ imminent de papa, sourit et balance ses pieds nus, qui semblent toujours sales à force de fouler les parquets en chêne du manoir, les siècles de poussière coincée dans leurs fentes et Dieu sait quoi encore. À nouveau, elle fait tomber la pomme de la table.

— Oh oh…

Jessie presse le pendentif sur sa chaîne en fixant la pendule avec anxiété, sentant le stress monter en elle telle une fièvre miliaire. Bella doit être à huit heures à l'arrêt du car scolaire. Bien que Will l'ait réveillée avec une tasse de thé il y a une heure, se faisant rembarrer, elle n'est toujours pas apparue. Depuis que Bella a eu les résultats de son brevet, quelques jours plus tôt, elle s'est renfermée en broyant du noir dans sa chambre, comme une jeune chouette sauvage. Ses notes ont été un coup dur, pas inattendu. Elles n'étaient pas trop mauvaises, mais Bella sait qu'elle peut faire bien mieux, qu'elle n'a pas rempli la promesse de ses premières années d'école, des rapports élogieux qui ont brutalement cessé à la mort de sa mère. Jessie a peur qu'elle abandonne, ou qu'elle refuse de partir à Squirrels, ce qui remettrait en cause une de leurs principales raisons de quitter Londres. Que feraient-ils dans ce cas ? Comment pourraient-ils justifier leur installation ici ?

La question lui serre la poitrine comme un étau. La réalité a frappé fort, ce matin. Will porte son costume, armé pour la guerre des affaires. L'air humide sent le cidre, la rivière commence à monter. Hier, Jessie a vu des hirondelles, de beaux petits oiseaux, tournoyer vers le sud pour l'hiver. Bizarrement, cette vue lui a mis les larmes aux yeux.

En entendant des pas dans l'escalier, tous deux se précipitent dans l'entrée. Leurs doigts se frôlent, n'osant s'entrelacer. Ils trouvent Bella à mi-étage, étonnamment timide, agrippant la rampe d'une main. Sauf qu'ils ne la reconnaissent pas. En jupe plissée, blazer de laine et cravate rayée, les cheveux noués dans le dos et le visage non maquillé, elle ressemble à une écolière d'autrefois. Rien à voir avec l'adolescente précoce qui rôdait à Londres en short et collants noirs telle une chatte de gouttière, les yeux baissés, en communion maussade avec son portable. Will rayonne. Il prend la main de Jessie et la tient serrée derrière son dos. Jessie sourit.

— Tu es magnifique, dit-elle sincèrement à Bella.

— Je me sens comme une vraie connasse.

Après un petit déjeuner rapide, Bella insiste pour aller seule à l'arrêt du car, refusant les adieux gênants. À la porte d'Applecote, Will recule, admiratif, lui prend les mains et lui balance les bras comme si elle était une petite fille en robe neuve.

— Je suis désolé d'avoir encore à passer toute la semaine à Londres. C'est seulement jusqu'à l'obtention du financement, OK ? Voilà. Je te retrouve. Tu n'as pas à faire semblant de me regretter.

Jessie détourne les yeux, en se sentant de trop. Quand elle regarde à nouveau Bella, sa belle-fille descend l'allée de gravier dans la brume, sa jupe frôlant la lavande argentée, une vision qui lui donne un pincement au cœur.

— Bella ! lance-t-elle.

Bella se retourne et il y a un moment de gêne lourd de sens, celui où une mère courrait naturellement embrasser sa fille. Jessie n'ose même pas essayer, de peur que Bella se dérobe.

— Bonne chance, dit-elle simplement.

Bella hoche la tête. Le moment est passé.

— Bye bye, Bell-Bell !

Romy agite la main avec enthousiasme. Bella poursuit sa marche, sans agiter la sienne.

C'est au tour de Will de partir. Il tire doucement Jessie vers lui par les bretelles de sa salopette jusqu'à ce que leurs fronts se touchent, le bout de leurs nez. Derrière l'épaule de Will, Jessie voit d'épais nuages noirs s'encadrer dans la vitre, leurs ombres s'approcher lentement comme de gros dirigeables par-dessus les collines. Elle est prise d'une appréhension.

Et pourtant, elle sait que c'est une décision raisonnable. Les jours où Will a eu du mal à gagner Londres, la semaine dernière, ont prouvé qu'une navette quotidienne était impossible, avec toutes ces réunions, ces trains annulés, ces départs à l'aube. Et il serait bête qu'il refuse la belle chambre d'appoint qu'on lui propose dans la semaine, même grossier qu'elle relève que son hôtesse, Kate, une charmante généraliste divorcée, était l'une des meilleures amies de Mandy. De plus, c'est juste une mesure provisoire. Il obtiendra bientôt le financement.

— Tu es sûre de pouvoir rester seule ici ? demande-t-il avec tact.

Jessie repense à la femme aux chiens, celle qui, selon Bella, était encore dans le chemin hier matin, les yeux levés vers la maison.

— Vise-moi cette salopette, ces vieilles bottes en cuir. (Elle sourit.) Tu t'attaquerais à une femme qui a cette allure ?

— Tu as l'air de pouvoir couper ton cigare à la hache, c'est vrai.

Jessie pense aux photos de Mandy, élégante, stylée, dans la chambre de Bella, et son sourire s'efface. Will compare-t-il parfois ses deux femmes ? Peut-il même l'éviter, avec toutes ces photos sous son nez ? Elle se rappelle l'avertissement de sa mère sur un départ à la campagne, ce qu'il peut faire à un mariage.

Will redevient sérieux.

— Maintenant que Bella est retournée en classe, tu pourras rencontrer d'autres mères des environs, et tout ça, glisse-t-il d'un ton hésitant, craignant de commettre une gaffe.

— Me civiliser ? réplique-t-elle.

— Je n'ai pas voulu dire ça.

— Ne t'en fais pas. Je vois ce que tu voulais dire. (Jessie ôte une poussière de l'épaule de Will, une de ces chenilles grises qui tombent du haut des poutres. Elle ne sait pas vraiment à quoi elle va employer son temps, seule ici, mais elle doute que les réunions entre femmes deviennent une priorité. Il y a trop à faire dans la maison.) Et je serai très occupée. Ne t'inquiète pas.

Will la dévisage, cherchant à se rassurer.

— Appelle-moi s'il y a le moindre problème avec Bella, hein ?

— Bella ira très bien, affirme-t-elle, consciente, comme Will, que ce sera la première fois qu'elle et les filles passeront plus d'une nuit à Applecote sans lui. (Bella, anxieuse d'entrer dans un nouveau collège, est aussi retombée dans la morosité. Ses émotions fluctuent, cherchant un exutoire. Quelques jours plus tôt, elle a été à nouveau somnambule : Will l'a trouvée errant comme un fantôme sur le palier du dernier étage.) On va s'éclater sans toi, les filles et moi. (Elle l'embrasse. Son nez s'attarde près de la joue de Will, cherchant à garder son odeur.) Pars, maintenant. Sinon, tu vas rater ton train, faire faillite en tentant vainement de racheter la part de Jackson et nous devrons vivre à jamais comme des paysans du XIIIe siècle.

— Ne crois pas que j'ignore que c'est ce que tu veux vraiment ! lance Will par-dessus son épaule.

Jessie le regarde s'éloigner, jusqu'à ce que sa voiture se perde dans la brume.

Jessie est surprise que Bella lui manque autant. Applecote paraît trop calme sans ses pas lourds, ses portes claquées et son humour insidieux, caustique. C'est ainsi pour l'instant, réalise-t-elle, juste Romy et moi, seules dans cette grande maison feutrée. Dans la chambre de Bella, elle pose le panier à linge sur le tapis, s'approche de la fenêtre ronde et regarde par sa vitre à losanges : elle donne une vue d'ensemble, ou bien d'adolescente, en élevant et détachant les choses, rendant toutes les autres dérisoires. La brume s'est enfin dissipée. Les pierres dans le pré ressemblent à des nageoires dorsales dans une mer lointaine. Jessie rêve d'être là-bas, dans les hautes herbes, pas dans cette chambre confinée avec le souvenir du jour où elle a pressé le caftan de Mandy sur son corps, enviant le charme d'une morte.

— Viens, Rom, dit-elle distraitement, avant de jeter un coup d'œil à sa fille. Eh, fofolle ! Qu'est-ce que tu fais ?

Romy, une brassière de sport sur la tête, fouille furtivement dans le panier à linge. Jessie rit, attrape le soutien-gorge de Bella.

— Ta sœur va te tuer. Non, tu ne peux pas mettre ça non plus. Allez, ouste, ma puce !

Elle éloigne le panier à linge de Romy et le place au milieu du lit. Avisant les deux caisses calées entre le mur et lui, elle se demande ce qui peut bien rester à l'intérieur.

Romy tourne autour de la coiffeuse et des curiosités que sa sœur y a disposées comme une nature morte : le bouton en forme de cœur, les journaux de 1959, une charmante tasse à thé ébréchée, ornée de fleurettes dorées, et une nouvelle trouvaille faite dans le Wilderness, un os blanc un peu troublant, trop long pour avoir appartenu à un lapin.

— Ne mets pas tout en désordre, cette fois, chérie.

Durement grondée par Bella pour avoir fouiné dans ses affaires ces jours derniers – « Tu ne vois pas que tu empiètes sur mon intimité ? » a sifflé l'aînée, et la cadette a hoché solennellement la tête, sans comprendre pour autant –, Romy examine le tout à distance, remuant ses petits doigts au-dessus des trésors de sa grande sœur, sans oser les toucher.

Jessie sourit, soulève une pile de sous-vêtements, ouvre le tiroir supérieur de la commode… et les voilà : les lettres.

Elle sent d'emblée qu'elle ne doit pas les regarder, ce qui contribue à la tenter. Elles ne sont pas rangées au fond du tiroir, comme des affaires privées, mais sur le côté, tassées contre des chaussettes. On dirait presque qu'elles ont été mises là à dessein pour qu'elle les trouve ce matin.

Jessie jette un coup d'œil à Romy, toujours absorbée par les objets sur la coiffeuse, et pousse la pile avec curiosité pour voir l'écriture. Celle de Will. Des lettres à sa fille ? Oh, et d'une autre personne à la main sûre, soignée. À l'instant, elle comprend que les lettres viennent des caisses. Elle ferme à moitié le tiroir, puis hésite : la femme qui a pris le caftan se coule à nouveau en elle, telle une ombre doucereuse, glisse sa main dans l'ouverture.

Envoyées au fil des ans de villes où Will est allé pour son travail – Bruxelles, Copenhague, Paris –, avant qu'il réduise ses voyages afin d'être là pour Bella, les lettres respirent l'ardeur du désir comme la tendresse conjugale – « Qu'avons-nous fait dans nos vies antérieures pour être aussi heureux ? » écrit-il –, et une intimité érotique qui fait rougir Jessie, balayant tout espoir que son mariage avec Mandy ait pu tourner à la relation affectueuse, routinière. Les yeux brûlants, elle parcourt les lettres de Mandy. Drôles, assurées, écrites avec bien plus d'aisance qu'elle n'en aura jamais, elles sautent des questions politiques mondiales aux sujets domestiques : un bobo de Bella, qui s'est coupé la lèvre sur une balançoire, la maîtresse d'un voisin débarquant à un barbecue, et combien il lui manque de tenir la main de Will en dormant. Plaisanteries, surnoms, jeux d'énigmes, ces échanges révèlent le monde privé, miné, dont Will et Jessie ne parlent jamais. Puis il y a leur réalité physique. Ce ne sont pas des textos ou des e-mails, mais des lettres romantiques à l'ancienne. En refoulant ses larmes, Jessie sent les mots la transpercer, comme des tessons de bouteille qu'elle aurait avalés. Et ce n'est qu'en voyant Romy chiper le bouton en forme de cœur, succombant à la tentation, qu'elle reprend ses esprits et range en hâte les lettres dans le tiroir, tâchant de les laisser exactement où elle les a trouvées, mais sans trop savoir où.

En arrachant un vieux papier peint dans la pièce dont elle va faire son atelier, Jessie entend claquer la porte d'entrée. Romy, qui dessine par terre dans la poussière avec un pinceau, s'arrête et lève les yeux.

— Bell-Bell rentrée.

Jessie acquiesce, un bras au-dessus de la tête, saupoudrant ses cheveux de poussière. Elle a pris des lettres dans un tiroir de sa belle-fille et a osé les lire. Elle est cette femme. Si Bella les a placées là exprès pour la mettre à l'épreuve, saura-t-elle, rien qu'en la regardant, qu'elle est passée à l'acte ?

Jessie n'en est pas certaine. Il y a un court instant lorsqu'elles sont dans l'entrée, un trou d'air où leurs yeux se croisent et où, semble-t-il, elles se comprennent très bien, avant qu'elle le dissipe en la mitraillant de questions sur les professeurs et les repas scolaires. Le lendemain, une fois Bella repartie au collège, Jessie rouvre le tiroir et constate que les lettres n'y sont plus.

Jessie appelle Lou pour lui confier son crime, tâter le terrain avant de le dire à Will. Mais Lou a les cancans de Londres à déballer d'abord – le coming-out d'un ami, son patron ivre de pouvoir, une station de métro fermée par une danse éclair –, qui ressemblent à une dépêche d'une autre planète. Quand Lou demande de ses nouvelles, Jessie hésite et décide de ne pas révéler l'humiliation des lettres. Elle n'est pas non plus très sûre de vouloir avouer sa faute à Will. Elle ne peut pas annuler son indiscrétion. Et en parler la ramènera au fait qu'elle a fouillé dans les affaires de Bella en semant une trace de méfiance, comme des empreintes sales sur un sol blanc.

La semaine continue sans Will, son rire, son odeur, son baiser ensommeillé du matin, mais pleine de pensées et de bruits troublants, et d'araignées d'automne. Jessie et Bella les capturent ensemble – rares moments d'harmonie où Bella s'écrie : « À droite, à gauche ! Oh, mon Dieu, c'est un monstre, vas-y ! » –, Jessie à quatre pattes avec un pot de confiture trouvé au fond d'un placard.

Jessie bourre ses journées d'efforts physiques : moins de place pour l'autoanalyse, moins de temps pour penser à Will et Mandy se tenant la main dans leur sommeil. Elle promène Romy en voiture à travers des vallées, des villages, des forêts de contes. Lors d'une de ces balades, elle tombe sur un café. À quinze kilomètres – à deux pas, pour les gens d'ici –, on dirait un havre de culture. Accolé à une pépinière, il accueille des soirées de jazz, des lectures de poèmes, des plaisirs qu'elle croyait avoir laissés dans une autre vie. Niché dans une vieille serre, orné d'œuvres d'artistes du coin, il est tenu dans un nuage de vapeur et d'ironie par une grande femme qui s'exprime bien. Une septuagénaire juvénile, au port de danseuse et au goût marqué pour les grands colliers de perles, des poignées de turquoise et de lapis-lazuli qui font ressortir le bleu vif de ses yeux. Elle a l'art de glisser un sourire à Jessie, comme si elle percevait le tumulte de ses pensées. Et le charmant pépiniériste, d'une beauté grisonnante à la Robert Redford, répond patiemment à ses questions de jardinière en herbe. Il lui vend un citronnier nain portant trois petits citrons couleur de soleil, qu'elle rempote dans l'orangerie. Elle prend une photo de Romy campée à ses côtés avec un déplantoir – une pose dont la mise en scène n'a pris que vingt minutes – et l'envoie par texto à Will, preuve du bonheur de leur nouvelle vie, puis la poste sur Facebook. La scène lui vaut quarante « like ». Ce qui la réconforte un peu.

Une publicité racornie, format carte postale : « Joe Peat. Chantiers. Menus travaux. Maisons et jardins. Même les plus petits boulots… » Jessie lui laisse un message sur sa boîte vocale. Le nom de famille, Peat[1], est rassurant. Elle note aussi des coordonnées de garderies, et bien qu'elle n'en

1. *Peat* signifie « tourbe » en anglais.

contacte aucune, pas encore, elle a au moins l'impression d'avoir fait quelque chose.

Vendredi, jour du retour de Will : Jessie réalise qu'elle a retenu son souffle pendant toute la semaine. Le monde devient plus léger. Le soleil pointe, filtrant entre des feuilles safran. L'air sent la fumée de bois flottant le long de la rivière. Jessie dresse mentalement une liste de bonnes nouvelles, de joyeuses anecdotes familiales à raconter à Will quand il rentrera : un raid sur les mûriers avec les filles, l'excursion aux vieilles pierres au crépuscule, avec une gourde de chocolat. Elle a aussi une liste d'inquiétudes qu'elle passera sous silence : Joe Peat ne rappelle pas ; un soir, Bella a emmené Romy voir les chauves-souris dans le Wilderness et l'a perdue dix longues minutes. Une fois sa fille installée avec les cubes d'alphabet du grenier, Jessie sort son livre de recettes le plus sûr, taché de mélasse, d'huile d'olive et de la sueur qu'elle a versée en apprenant à cuisiner pour une famille, après les années insouciantes où elle a vécu de falafels et de salades en sachet. Elle préparera de bons petits plats, se dit-elle. Un repas aussi bon que tout ce que Mandy aurait pu mitonner, ajoute une petite voix incertaine dans sa tête.

Will est très en retard. Jessie attend jusqu'à ce que le poulet fume, ratatiné, couvert de pommes de terre carbonisées. Malgré ça, elle sort des serviettes froissées, plante des bougies en cire d'abeille dans de vieilles bouteilles, éteint le néon de la cuisine. La lumière des bougies, qui danse sur les murs et les poutres, rend la cheminée sombre et profonde comme une grotte, renvoyant toute la pièce à une autre époque. Jessie, Romy cramponnée à sa jambe, se sert un verre de vin rouge.

— Ce n'est pas une nième coupure de courant ? lance Bella en braquant sur Jessie la torche de son iPhone.

Jessie lève une main devant ses yeux.

— Tu m'aveugles. On fête ta première semaine à Squirrels.

— Euh… en quel honneur ? dit Bella en fronçant les sourcils, éteignant son portable.

— Parce que c'est une grande chose et que tu t'en es sortie brillamment.

Bella, l'air sincèrement surprise, ébauche un petit sourire.

Jessie hisse Romy dans la vieille chaise pour enfant, qui vacille légèrement. Elle devra resserrer à nouveau les vis.

— Je crains que ton père soit en retard. Il est vraiment désolé.

— L'idée n'était pas qu'on s'installe dans le trou du cul du monde pour qu'il soit *plus* à la maison ?

Bella pique un haricot vert dans l'autocuiseur, mord dedans et grimace en se brûlant.

— Si. Et il va l'être, dit Jessie d'une voix un peu trop tendue. Mangeons pendant que le dîner est encore vaguement digeste.

Coupant un blanc de poulet sec en morceaux pour Romy, elle lève les yeux et s'efforce de sourire.

— Tu pourrais inviter une fille de l'école ce week-end.

— Je n'ai pas d'amies, répond Bella d'un ton détaché.

— Mais tu n'y es que depuis une semaine. Tu vas t'en faire.

Bella hausse les épaules, feignant de s'en moquer.

— Je ne suis pas comme elles. Je ne le serai jamais. (Elle relève ses cheveux en chignon lâche, qu'elle fixe avec une pince, dégageant son cou mince et gracieux.) Elles ne voudraient pas mettre le pied dans cette maison, de toute façon.

Jessie boit une gorgée de vin pour accuser le coup. Il lui brûle la gorge, et elle sent presque aussitôt son effet. Elle a déjà remarqué cela à Applecote, où son corps semble plus pur et plus sensible à l'alcool, chaque impression plus vive.

— Pourquoi dis-tu ça ?

Bella paraît assez contente d'elle-même, comme si elle détenait un secret.

— Il s'est passé quelque chose ici. Les filles, au collège, me l'ont raconté. C'est une légende à Squirrels. (Bella pèse soigneusement ses mots, guettant sa réaction.) Elles pensent que l'agent immobilier aurait dû nous en parler avant qu'on achète la maison.

Romy penche la tête, flairant un changement de ton. Elle regarde Bella, puis sa mère, sentant un sujet inquiétant grignoter les bords de la conversation.

— C'est-à-dire ?

— Une fille vivait ici il y a des années, une cousine de nanas qui allaient dans mon école. Elle s'appelait Audrey. Audrey *Wilde.* (Bella baisse la voix, exaltée, et la lumière d'une bougie vacille sur son visage. Ses yeux brillent comme si elle était assise à une table de spiritisme.) Il y a une photo d'elles, enfin de ses cousines, des Wilde aussi, quatre filles – l'une si belle qu'on dirait un top model –, dans le grand hall de Squirrels.

Jessie boit une grande gorgée de vin.

— Incroyable.

Bella oriente sa cuiller de telle sorte que la lumière de la bougie s'y reflète et ondule au plafond.

— Ce n'est pas tout. (Jessie ne l'a pas vue aussi animée depuis des mois.) Audrey a disparu. Du manoir d'Applecote.

Jessie tousse en buvant son vin.

— Quoi ? Enlevée par des extraterrestres ?

— Elle est descendue un jour à la rivière, explique Bella, irritée de l'entendre prendre ça à la légère. On ne l'a *jamais* revue.

Jessie sent son cœur se serrer. Elle songe à la rivière qui serpente dans le pré, à sa surface lisse vert-de-gris, à la force étonnante de son courant.

— Elle s'est noyée ? murmure-t-elle.

Romy, tournant entre ses doigts une pomme de terre brûlée, lui jette un coup d'œil pour se faire rassurer.

— Un homme a été arrêté.

Un homme. Un sale type. Jessie ne veut pas en entendre parler. Pas question qu'il soit arrivé quelque chose à une fille dans cette maison. Le manoir d'Applecote est leur refuge. C'est ici qu'ils vont devenir une famille heureuse, que Bella se remettra. Il ne lui est pas permis d'avoir une histoire trouble, malsaine. Elle se lève et commence à empiler les assiettes.

— Le père d'Audrey.

Jessie se retourne. L'odeur du poulet gras flotte dans l'air.

— C'est terrible. Et on… on l'a retrouvée ?

— Pas encore.

Un « encore » lourd de sens. Il laisse entendre que la fille pourrait toujours être ici, qu'ils pourraient soulever une lame de parquet… Non, elle devient aussi bête que Bella. C'est le genre d'histoire que les collégiennes inventent pour se donner des frissons. Elle aurait bien pu s'en passer, surtout aujourd'hui. Elle porte la main à son pendentif et sent son cœur battre contre l'or.

Bella, spontanément, débarrasse.

— Les filles de Squirrels disent que certaines d'entre elles l'ont *vue*, cette Audrey. Sérieusement. Ce n'est pas une blague. Elle est vieille maintenant – normal, depuis le temps –, mais elle revient rôder à Applecote. Une élève de terminale, Tania, qui a une acné terrible, est passée devant la maison pendant une leçon de conduite, il y a six mois. Le manoir était censé être vide, pourtant elle a vu un visage à la fenêtre, pressé contre la vitre. Une femme qui regardait *dehors* ! Elle a failli avoir un accident.

— Oh oh… fait Romy.

— Elles ont vraiment une imagination débordante, lance Jessie d'un ton sec.

Bella observe avec intérêt son malaise évident, et Jessie se demande si toute cette histoire n'est pas une ruse pour la déstabiliser.

— Tu te rappelles que j'ai senti qu'un truc grave s'était passé ici, le jour où on a visité la maison ? (Les flammes des bougies, agitées par un courant d'air, s'allongent et forment de longues langues rouges, projetant des ombres sur les murs.) Eh bien, j'avais raison, hein ? Je savais.

Jessie tourne le vieux robinet en cuivre, cherchant la distraction de l'eau qui crachote dans l'évier. D'abord les lettres, maintenant cette histoire sur la fille. L'été est fini. Will est parti. Et Bella est décidée à remplir la maison de spectres.

— OK. On passe au dessert.

— Je pense qu'il y a certains endroits, des maisons, où des malheurs arrivent et *continuent* à arriver, poursuit résolument Bella.

Un souffle de chaleur jaillit du four quand Jessie l'ouvre, et elle se brûle les doigts sur le plat en faïence.

— Je me demande quel sera le prochain malheur… et quand il arrivera.

— Bella, j'en ai assez des légendes de filles qui disparaissent. Et comme j'ai fait rôtir ce poulet jusqu'à ce qu'il tombe aux oubliettes, je suggère qu'on se gorge de crumble aux pommes, dit Jessie, pour enterrer le sujet sous des cuillerées de dessert.

Une crainte soudaine l'étreint, moins due à la disparition de la fille qu'à l'idée lancinante qu'une partie de cette histoire parle directement à Bella, et que celle-ci veut la recréer.

8

Sybil brosse mes cheveux comme le faisait ma mère, tantôt vive, tantôt câline, s'arrêtant pour démêler les nœuds causés par la piscine. Assise passivement sur le tabouret à fleurs devant la coiffeuse d'Audrey, j'apprécie la perte de contrôle, et mon esprit erre depuis les cuisses d'Harry à ma découverte d'un autre bouquet dans le cratère du pré, jusqu'à ma nouvelle théorie que ce n'est pas une offrande païenne de gens du pays, mais une gerbe laissée par Perry, une marque de culpabilité ou un lourd secret. Je rumine l'explication de ma mère sur ce qui est arrivé à Audrey, non pas les mots, mais les silences, mon impression qu'elle ne m'a pas tout dit, le frisson dans l'air dès qu'elle a mentionné le nom de Perry. Ou aurais-je imaginé ce frisson ?

Sybil repose la brosse sur le plateau et je ravale mes pensées. Je vois mon reflet se redresser dans le miroir de la coiffeuse, les plis raides du corsage de ma tante s'évaser un peu sur le mont dur et sec de son buste. Je sais ce qui va venir. J'aime particulièrement ce moment, ma tignasse relevée sur mon cou en nage, sa séparation en trois mèches, le doux tiraillement quand elle les tresse en remontant le temps avec ses doigts, le rythme qui remplit la pièce d'une étrange musique bien à elle.

Une fois la natte finie, nos yeux se croisent et pétillent dans le miroir. Je sais que Sybil voit non pas moi, mais Audrey, que c'est mal et bizarre, et pourtant…

Je croyais que ce serait la seule fois. Après m'avoir trouvée la semaine dernière dans cette chambre, m'avoir fait essayer la robe, Sybil a insisté pour que je la laisse me tresser les cheveux. En secret, a-t-elle ajouté. Nous n'en parlerions à personne. Je pourrais les dénouer ensuite. À l'entendre, ses doigts tremblaient à la vue de ces mèches en bataille, qui avaient tant besoin d'une brosse. Au bout d'un moment, mon refus m'a paru mesquin : je lui devais une fière chandelle de n'avoir pas sévi quand elle m'avait surprise dans la chambre d'Audrey. De plus, une part de moi ne pouvait s'empêcher de se demander quel effet ça ferait d'être assise à la coiffeuse d'Audrey, avec les doigts de sa mère dans mes cheveux. J'ai pensé aux amis acteurs de maman, qui vivent en coulisse les extravagances de leurs personnages, et j'ai décidé que plus je m'immergerais dans Audrey, plus j'aurais de chances de découvrir son état d'esprit le jour de sa disparition.

C'était affreux au début, d'être nattée par Sybil. Je me tenais avec raideur, tressaillant dès que ses doigts frôlaient mon crâne, horrifiée par le bruit de sa respiration forte, rapide ; mais, peu à peu, je me suis laissée aller et le tête-à-tête est devenu presque supportable, puis apaisant car elle me choyait comme une petite fille. Après, quand je suis rentrée dans ma chambre, sans comprendre pourquoi j'étais soudain en larmes, j'ai trouvé un cadeau : les dominos dans leur boîte sur mon lit, ceux du débarras, au complet à part celui que j'avais pris – et j'ai essuyé mes yeux et souri.

Quand elle m'a coiffée la fois suivante, je n'ai pas voulu me voir dans le miroir – pourquoi étais-je revenue là ? Que diraient mes sœurs ? – et j'ai fermé les yeux. Alors, j'ai commencé à sentir la chaleur familière, au creux de mon ventre, que j'éprouvais en compagnie d'Audrey, et j'ai aussitôt reconnu en elle un écho du plaisir d'être la fille préférée de papa, Margot à gogo, un lien que je n'avais encore jamais fait. Cela a été une révélation, pas sur Audrey, contrairement à mes attentes, mais sur moi-même, ou sur mes moi, les Margot emboîtées les unes dans les autres, telles des poupées russes. Donc, me revoilà assise à la coiffeuse.

— Margot ?

Pam braille au bas de l'escalier.

Je me redresse, confuse, comme une fille tirée d'un profond sommeil. Chaque fois que je vais dans la chambre d'Audrey, je mets un peu plus de temps à me sentir moi-même après. Je murmure :

— Il faut que j'y aille.

Sybil acquiesce, visiblement déçue. Un ruban jaune pend mollement de ses doigts.

— Je t'appelle depuis des siècles. Où étais-tu ?

Sur le palier du bas, mains sur les hanches, Pam me fixe entre les balustres, les yeux plissés. À présent, nous ne ressemblons plus beaucoup à des Londoniennes. Maman ne nous reconnaîtrait pas. Au bout d'un mois à Applecote, nos cheveux sont devenus couleur de blé, nos épaules étoffées par la nage et nos ventres arrondis par les caramels et les tartes aux pommes de Moll.

Nous avons aussi changé intérieurement. Il y a une acuité nouvelle dans les regards que j'échange avec Pam, un soupçon partagé, tacite et latent. Si maman arrive un jour à nous téléphoner – elle est très occupée, déclare Sybil, la ligne est mauvaise –, je me demande si elle l'entendrait dans nos voix. Elle est partie rassurée à l'idée que nous nous protégerions toujours mutuellement, que nous formions un groupe soudé – « Quel est le nom collectif pour des sœurs ? Une troupe ? Une bande ? » a-t-elle spéculé en s'éventant avec un *Vogue* taché de martini –, « capable de lire dans l'esprit les unes des autres comme un télégramme ». Plus maintenant.

— Je viens juste de monter.

Ce n'est pas tout à fait un mensonge, mais ça s'en approche assez pour me donner un frisson de culpabilité, un sentiment de honte.

— Qu'as-tu fait à tes cheveux ? lance Pam en riant. On te donnerait douze ans !

Consternée par ma négligence, je tire sur le bout de ma tresse et la dénoue brutalement.

— J'avais trop chaud avec les cheveux lâchés.

— Donc, on te laisse ici ? lance-t-elle avec enthousiasme, l'air d'en avoir envie. Puisque tu n'es pas prête.

— Prête pour quoi ?

Quand ma panique se calme, je constate que Pam a mis du rouge à lèvres – un carmin fauché à maman.

— Bon sang, Margot ! Tu viens vraiment d'une autre planète ? Les Gore. Ils ont dit qu'ils allaient nager dans la rivière après le thé. Tu te rappelles ?

Je plaque une main sur ma bouche. Mes doigts sentent Sybil de façon troublante : la rose, l'amidon, un tissu savonné et frotté.

— Oui, oui, bien sûr. Je vous accompagne !

Ça ne semble pas ravir Pam. Moins nous sommes pour nous disputer l'attention de Tom, mieux c'est. Elle a déjà le charmant obstacle de Flora : bien que notre aînée se dise « déjà aux trois quarts amoureuse d'Harry », elle répugne à couper la corde à laquelle Tom pendille aussi, en volant égoïstement, avidement le cœur des deux garçons, au lieu de partager le gâteau avec Pam.

— Alors, mieux vaut faire vite. Enfile ton maillot sous ta robe. Attrape une serviette. Et passe aux toilettes d'abord. On ne peut pas se baisser dans l'herbe avec les garçons dans les parages.

Sous la surface de la rivière, leur peau est vert pâle, comme le revers des feuilles, et leur corps découplé me fait penser aux statues du Victoria and Albert Museum. Je n'avais jamais imaginé que des garçons puissent être beaux, qu'on ait envie d'étudier leurs lignes comme celles des filles. Pourtant, ils sont superbes en s'ébattant dans l'eau, irrésistiblement vivants et insouciants. Nous les contemplons, enchantées, derrière un voile de cerfeuil sauvage, en retenant Moppet par le collier. Au-dessus des arbres, une grande montgolfière s'élève, rouge tomate, balançant sa nacelle.

— Ce n'est pas une bonne idée, souffle Dot à Moppet. Je rentre à la maison.

— Non, non. Reste avec nous. (Je lui presse la main, pour qu'elle ne se sente pas exclue.) Sybil ne dira rien.

Depuis que les séances de coiffure ont commencé, ma tante s'est un peu détendue. Sans vraiment nous permettre les rencontres avec les Gore, elle ferme les yeux dessus, tant qu'on ne va pas trop loin et qu'on rentre avant la nuit.

— Sybil a dit que la rivière était dangereuse.

— Pour elle, Dot, même un bain est risqué ! lance Flora en riant, tentant d'échanger avec moi un regard amusé.

Je détourne la tête, me sentant bizarrement déloyale envers Sybil et Flora, car je suis fausse avec chacune, prise entre les deux.

— Ohé !

Harry nous fait signe de l'eau en jubilant, nous criant de les rejoindre. Mais je suis obsédée par l'arrière de mes genoux, que j'ai gratté jusqu'au sang la nuit dernière, brisant la croûte de calamine.

Pam, elle, passe déjà sa robe par-dessus sa tête, brûlant de montrer à Tom son corps puissant, athlétique. Flora l'imite, glissant hors de la sienne dans un gracieux mouvement aquatique. Les garçons échangent des regards carnassiers. Puis je me déshabille, tenant une serviette entre mes dents pour cacher mes jambes. La première à plonger, je ne songe qu'à gagner au plus vite le couvert de l'eau. Dot reste sur la berge, obstinément vêtue, Moppet sur les genoux tel un long bébé gris.

L'eau est froide et grouille de petits poissons argentés. J'aime bien ces poissons, qui nagent comme des pensées entre mes doigts, mais ils font pousser des cris aigus à Flora. Des moucherons auréolent nos têtes, fusent et pleuvent en colonnes.

Tom barbote près de la rive boueuse, grand, tout en tendons sinueux, et jette des coups d'œil timides à Flora qui, debout dans les bas-fonds, lui coule des sourires qui ricochent sur l'eau. Ils ne peuvent s'empêcher de se regarder. Mais quand Harry sort du chenal avec un cri de joie, se dégageant de roseaux filandreux – compact alors que Tom est mince, son énergie condensée –, Flora tourne délibérément le dos à Tom, fuyant la tentation, et bondit vers Harry dans un rire qui secoue sa poitrine.

J'aimerais soudain avoir les seins aussi ronds et fermes que les siens, ou être plate comme une limande ; soit dépasser les attentes, comme Flora, soit m'y dérober complètement, comme Dot. J'ai horreur d'être toujours au milieu de tout. Au fond, ce n'est que dans la chambre d'Audrey que je me sens pleinement au centre.

Pam, Flora et les Gore commencent à s'asperger et à sauter des branches en pouffant. Trop gênée pour me joindre à eux, je m'éloigne en nageant vers l'aval. Soulagée d'être seule, j'apprécie l'eau qui jaillit entre mes jambes ; je reste dans le froid du chenal car je n'aime pas la boue des bas-fonds, où grouillent les écrevisses et qui semble presque charnue, comme si elle était pleine de cadavres.

J'entends Pam crier « Un, deux, trois ! », bras au-dessus de la tête, prête à sauter du haut d'un arbre. Mais les Gore ne la regardent pas. Ils contemplent Flora, qui remonte en pataugeant sur la berge : son maillot s'est soulevé, dévoilant une fesse ronde, crème de lait. Tout à coup, on dirait que le reste de la journée va tourner autour de sa croupe, fasciné par cette vue. Que rien d'autre ne pourra arriver.

Je me remets à nager, plus vite maintenant. Ce n'est qu'après un coude de la rivière, dissimulant les autres, que je me laisse porter par le courant et cherche refuge dans l'observation des choses : le tunnel d'un rat d'eau, un gerridé tapant ridiculement à la surface, comme un homme sur des échasses. Je me rends compte que le monde de la rivière ne se révèle pleinement que lorsqu'on l'habite, qu'on quitte l'abri de la terre ferme pour se baisser à son niveau… et peut-être en va-t-il de même du passé. J'ai raison de passer du temps dans la chambre d'Audrey, de laisser un peu d'elle dériver en moi.

— Tu n'as pas l'air d'une fille en détresse.

La soudaine proximité d'Harry me fait crachoter. D'où est-il venu aussi discrètement ? Je parviens à répondre, d'une voix haletante :

— Ça va.

Il sourit en décrivant des cercles autour de moi.

— Pam a dit que tu étais du genre à nager trop loin toute seule, alors j'ai saisi l'occasion d'être un héros. La rivière paraît tranquille, mais elle devient dangereuse par endroits.

— Je connais la rivière.

Ses yeux dansent.

— Ah, tu sembles être une fille moderne qui pourrait refuser qu'on la sauve.

— Je suis parfaitement capable de me sauver moi-même, merci, dis-je d'un étrange ton guindé, que je ne me connais pas.

Je m'éloigne rapidement à la nage. À ma grande surprise, Harry me suit, fendant l'eau en silence, bandant les muscles de ses bras, au lieu de retourner lorgner Flora sur la berge.

Rien dans la rivière n'est tranquille maintenant, et ça n'a rien à voir avec le courant. La présence d'Harry amplifie tout : la chaleur du soleil, la force de l'eau contre ma peau. Un nouveau méandre, et la rivière s'élargit. Ici, tout se ralentit, le courant, le rythme de mon cœur. La montgolfière, juste au-dessus de nos têtes, paraît à peine bouger, suspendant l'après-midi brûlant.

Il m'attrape par le bras.

— Regarde ! (À peine a-t-il prononcé ce mot que c'est déjà fini : la bombe bleue a percé l'eau, puis en est ressortie.) Un martin-pêcheur. Tu l'as vu ?

Sa main est toujours sur mon bras. Je sens dans cet instant – le ballon, le martin-pêcheur, sa main – une première petite déloyauté et quelque chose d'autre, d'excitant, que je ne peux encore nommer.

— Tu sais, tu me rappelles quelqu'un, Margot.

Il me fixe d'un regard intense qui me fait rougir.

— Les gens trouvent que je ressemble à ma cousine Audrey, dis-je en haletant.

Il retire son bras et fronce les sourcils.

— Ah oui… Je me demandais ce qu'il y avait chez toi, murmure-t-il, son charme naturel à présent maintenu sous tension par autre chose, un élément plus sombre, plus profond, telles les pattes du gerridé sur la surface vitreuse de l'eau.

— Vous étiez amis, d'après ma tante.

Je nage un peu plus vite sur place, dispersant les petits poissons. Je sens encore sa main chaude sur mon bras, l'éventail de ses doigts.

Harry se retourne sur le dos et reste complètement inerte, comme s'il y avait une planche cachée sous l'eau, un truc de magicien.

— On traînait ensemble au début de l'été, avant que ma famille parte en France. J'étais le maigre substitut : elle attendait avec impatience l'arrivée de ses merveilleuses cousines. (Il me fixe et sourit de telle sorte que quelque chose se tend en moi.) Maintenant, je comprends pourquoi elle en faisait tout un plat.

Je souris, me retourne sur le dos à mon tour et contemple le ciel. J'ai moins de mal à lui parler quand je ne le regarde pas. Lorsqu'il remue les mains, je les sens changées en ondes le long de mon corps.

— Je peux te poser une question, Harry ?

— Vas-y.

— Mon oncle et ma tante ne sont pas aimés par ici ?

— Aimés ? répète-t-il avec un petit rire, apparemment perplexe que quelqu'un se soucie qu'ils soient aimés ou pas.

Ou peut-être est-il surpris que j'aie posé une question aussi directe. J'oublie toujours que personne ne s'y attend, qu'il est plus poli de ne pas dire ce que l'on pense.

— C'est juste… Enfin, ils ne voient plus grand monde. (Je tourne la tête vers lui et mon oreille se remplit d'eau.) Sybil a terriblement peur de quitter la maison. Elle n'arrive pas à s'y résoudre.

— Rien ne l'en empêche, Margot, dit Harry d'une voix douce. On doit se forcer à faire ce qui nous effraie le plus. Il faut affronter ses peurs les plus sombres, non ?

J'essaie de ne pas avoir l'air trop impressionnée. Mais ses paroles semblent pleines de sagesse. Je prends note de transmettre le message à Sybil, de l'amadouer pour lui faire quitter un jour la maison.

— Alors, seulement, on peut survivre, ajoute-t-il avec une soudaine intensité poétique.

Je bois ces paroles, émerveillée. Harry ne parle pas comme les autres hommes. Il est injuste que Flora ne l'apprécie pas pour ça, alors que moi, je l'aimerais pour cela.

— Tu sais, ici, on vit encore au Moyen Âge. (Harry se retourne sur le ventre à la manière d'un chiot, un geste enfantin qui allège les choses.) Les gens croient aux lutins. Aux esprits dans les pierres… et que la malchance est contagieuse. Les enfants qui disparaissent aussi. Pas de fumée sans feu, et tout ça.

L'eau semble à présent plus froide.

— Alors, les gens ont supposé… ?

— Que ton oncle et ta tante y étaient mêlés ? demande-t-il brusquement. (Surprise qu'il ait deviné ma question, je coule sans élégance, forcée de me débattre pour remonter à la surface.) C'est absurde. Bien sûr que non !

Quelque chose paraît avoir changé, comme si la discussion était passée à un autre niveau. Je vérifie que la montgolfière est toujours dans le ciel. Que tout est pareil qu'avant. Le goût de la rivière suinte dans ma gorge, mélange d'herbe et de bouse. Peut-être est-ce le dernier goût qu'Audrey a eu dans la bouche, pas celui de la tarte aux pommes, d'une côtelette de porc ni d'un gâteau au miel.

— Qu'ont pensé tes parents ? Ce sont… des gens instruits.

— Mes parents ? (Il rit jaune.) Instruits ? Au sens large du terme. Mes parents aiment mieux ne pas penser, Margot. Ils choisissent simplement un cap et s'y tiennent, comme les paquebots.

Ne sachant si je peux me permettre de rire aussi, je préfère ne rien dire et garde un air solennel.

— Le village grouillait de reporters. Ils détestaient voir leurs noms cités dans les journaux. Alors, ils sont partis et n'ont pas voulu revenir souvent ici, après ça. Ils ont juste pris l'habitude de passer tout l'été en France. Le soleil. Le vin. Ils aiment bien la routine, mes parents.

— Pourquoi as-tu voulu revenir, toi ?

Dès que j'ai prononcé ces mots, je sens que c'est peut-être une question de trop. Il hésite avant de réagir, comme les gens qui s'aperçoivent qu'on les mène là où ils ne veulent pas aller.

— Parce qu'ils vont bientôt vendre Cornton, et que, dans mon enfance, c'était ma maison préférée, synonyme de l'été. (Je hoche la tête, comprenant parfaitement. Il sourit.) Vraiment, Margot, tout ce qui compte, c'est que j'ai les clés de Cornton. Il y a quatre sœurs superbes au manoir d'Applecote. Il fait divinement chaud. Elvis Presley passe à la radio. Il n'y a pas grand-chose qui cloche dans le monde, non ? On a une sacrée chance de vivre ici, maintenant… enfin, à ce moment de l'histoire.

Je songe à lui parler de la chambre d'Audrey, à lui dire que Sybil la tient prête pour son retour, qu'elle vit uniquement pour ce jour, que l'histoire n'a rien effacé, que rien n'a disparu. Seul le temps passe, volant des années à Audrey. Mais trouvant, en effet, que j'ai une chance incroyable d'être là avec lui, je me borne à répondre :

— C'est vrai.

— Tu as un très joli sourire, Margot. Tu devrais sourire plus souvent. Ne pas être aussi sérieuse. Bon, je me débrouille assez mal pour te secourir. À ce rythme, ce sera toi qui devras me sauver. Retournons avec les autres.

Il remplit ses poumons d'air, puis lève son bras musclé et le plonge dans la rivière.

Je nage dans son sillage, admirant ses gestes puissants, les taches de rousseur qui parsèment ses épaules. En pensant à Audrey et à lui, j'essaie de trouver un schéma dans le chaos de ces taches, comme j'ai vu le visage de ma cousine une nuit, dans la Grande Ourse. Mais elles restent juste des taches, poussières aléatoires d'étés depuis longtemps perdus, de baignades dans la rivière, de lointains soleils d'août.

— Ah, bravo pour ta fesse ! (Il y a une fureur incandescente dans le sourire de Pam.) Si Harry n'était pas à toi avant le bain de cet après-midi, maintenant, il t'appartient, Flora. De même, j'ose dire, que Tom, les bœufs dans les champs, le pilote du ballon et tous ceux qui ont pu admirer ton numéro de strip-tease. Maman serait fière.

— Je vais te barbouiller la bouche jusqu'à ce que tu la fermes… siffle Flora.

Elles échangent un regard noir. Puis Flora se penche davantage sur mon pied, posé sur ses genoux, et je sens la froide pression d'un pinceau sur mon ongle. Elle vient de vernir ceux de Pam, qui remue les orteils pour les sécher, debout sur le tapis de la chambre de Flora, mais ça ne suffit pas. Pam reste piquée au vif.

Quand je suis revenue de ma baignade avec Harry – « Vous avez pris votre temps, vous deux », a remarqué Flora, moins fâchée que perplexe car elle n'avait jamais vu dans ma fade personne une rivale possible –, les autres se prélassaient sur la berge ensoleillée, les lèvres ensanglantées par des cerises. Quelque chose n'allait pas, la brouille couvant entre Flora et Pam était palpable. Harry ne détendait pas l'atmosphère avec son air préoccupé, sa manière désinvolte de mâcher un brin d'herbe en fixant la rivière mouvante, au lieu de mettre toute son énergie à charmer Flora. Elle m'a lancé un coup d'œil interrogateur. J'ai haussé les épaules. Prenant la distance pensive d'Harry pour un affront – après tout, elle a peu d'expérience des rebuffades –, Flora s'est éloignée pour s'allonger près de Tom, qui était étendu dans l'herbe, la tentation même : les yeux fermés, la tête sur ses doigts entrelacés, presque nu dans son maillot, bronzant au soleil. Quand Flora s'est posée à ses côtés, un grand sourire est apparu sur son visage ; il était si sensible à sa présence, à sa position sur la rive, qu'il semblait savoir que c'était elle sans ouvrir les yeux. Pendant qu'ils riaient et parlaient à voix basse, j'ai constaté que Flora devenait plus naturelle en sa compagnie, et que Tom s'épanouissait auprès d'elle, perdant sa réserve. Pam, qui les épiait de l'œil implacable d'un cygne en colère, l'a également remarqué. C'était bien assez que Flora ait Harry, pas Tom aussi. Je comprenais ça. Je voulais Harry moi-même, plus que je n'avais jamais voulu personne.

La dégradation s'est poursuivie tout l'après-midi. À notre retour, Moll nous a apporté des glaces à l'eau, normalement un moment de plaisir collectif, mais nous les avons prises en silence, effondrées sur des transats rayés à l'ombre du grand hêtre, comme sur des îles lointaines, rêvant, suçant, boudant pour Pam. À un moment donné, repensant à la main d'Harry sur mon bras, j'ai poussé bruyamment un soupir éloquent. Aucune de mes aînées n'a fait de commentaire, et je me suis demandé si nous avions perdu la faculté de lire dans l'esprit les unes des autres – la conscience coupable dans un frottement de narine, les paroles ravalées par une inspiration brusque, les rêves derrière un pas léger –, ou si nous étions maintenant trop absorbées par nos mondes personnels pour nous en soucier.

— Dot, bouge un peu sur la gauche. Tu me fais de l'ombre. (Flora applique à nouveau le vernis, et mes pensées s'envolent.) Ton petit ongle est délicat, de la taille d'un pois cassé.

— Flora ?

Dot repousse ses lunettes sur son nez. Elle n'a pas parlé depuis une éternité, encore plus réservée depuis qu'on est rentrées de la rivière. Elle ne doit pas aimer que nos allégeances fraternelles changent sans arrêt, se réorientent subtilement depuis que nous avons rencontré les Gore, comme le nuage de moucherons qui se dressait et s'aplatissait au-dessus de l'eau.

— Oui ? lance distraitement Flora, levant mon pied pour inspecter son œuvre. Parfait, si je peux me permettre… mais attention, Margot, sinon il va baver.

— Qu'est-ce qui n'allait pas chez Harry, tout à l'heure ? Pourquoi n'a-t-il plus rien dit ? lance Dot, qui dissèque toujours l'après-midi dans sa tête.

Je sens le sursaut de Flora dans la pression du pinceau.

— Tu peux peut-être nous l'expliquer, Margot.

Je rougis. L'odeur chimique du vernis me noue la gorge. Flora et Pam échangent un regard lourd d'une entente muette. Pam soulève un presse-papiers en verre sur le bureau de Flora et le fait claquer dans ses mains.

— Tu l'as cuisiné sur Audrey, c'est ça ? demande-t-elle en levant le menton, révélant la mâchoire triangulaire des Wilde.

— Euh, oui. En quelque sorte.

— Oh, pour l'amour du ciel, Margot !

Flora rejette mon pied de ses genoux.

— Tu dois vraiment tout gâcher ? (Pam semble encore plus furieuse, me reprocher l'affront imaginaire qui a conduit Flora à monopoliser Tom.) Audrey n'a pas plus de chances de revenir que les dinosaures. Ça m'est même devenu égal de savoir qui est le coupable. Perry, Moll, le pilote boche décapité, le chat de la cuisine. Audrey est morte ! On est vivantes ! On ne peut pas simplement s'en estimer heureuses ?

— Elle a raison, dit plus doucement Flora.

Je réplique sèchement, mon désir coupable pour Harry me mettant sur la défensive :

— Il faut bien que quelqu'un pose des questions !

— Margot, elles ont *déjà* été *posées*, soupire Pam avec lassitude. Et il n'y a pas de réponses.

— Ça n'est pas vrai !

Indignée, le cœur battant, je marche vers la fenêtre. Je songe au moment où j'étais assise à la coiffeuse d'Audrey, au tiraillement des doigts de Sybil quand elle me tressait les cheveux : je me sentais alors mieux comprise, sûrement plus appréciée.

— Tu dois pourrir tout le monde avec ton imagination romanesque ? râle Pam à voix basse.

Je secoue la tête, stupéfaite qu'elle s'intéresse si peu au sort d'Audrey.

— Tu as un glaçon à la place du cœur, Pam.

— Et toi, mon étrange petite sœur… (elle lève le presse-papiers à la lumière et le tourne de sorte que la spirale cobalt, au centre, paraît bouger comme une fille qui danse, tournoie en robe bleue) … tu as un fantôme dans le tien.

9

Pas mort, en sommeil : Jessie fixe le bulbe entre ses doigts durcis par la terre. Une bourrasque de novembre, sentant les fruits tombés qui pourrissent dans le verger, souffle dans son dos. Et elle s'interroge sur l'autre chose qui somnole à Applecote, attendant les conditions favorables pour se ranimer.

Le problème, c'est que maintenant, elle sait. Elle aurait préféré l'ignorer. Laisser Audrey en paix.

Mais ces dix dernières semaines, depuis que Bella a commencé l'école et Will sa vie déroutante, partagée entre Applecote et Londres, Bella n'a cessé de marmonner sur « la fille qui a disparu ». Elle aime spécialement le faire quand Will n'est pas là, qu'elles sont seules à la maison toutes les trois, cernées par une obscurité si totale qu'on dirait une matière vivante. Cela a commencé à effrayer Jessie, au point qu'il y a quelques semaines, elle a décidé de prouver que cette histoire était absurde.

Elle a été réconfortée par une rapide recherche en ligne, qui n'a rien donné. Quand même, juste pour être sûre, elle est allée bavarder avec Sheila, la gentille caissière de l'épicerie du village. Sheila a fièrement dit qu'elle était née ici et qu'elle n'était allée à Londres qu'une seule fois, ce qui était bien assez. Jessie lui a demandé d'un air détaché si elle savait quelque chose sur une jeune fille qui aurait disparu d'Applecote dans les années cinquante. Elle s'attendait à ce que Sheila rie, s'étonne d'une telle question.

— Je n'ai jamais oublié le jour où ma mère me l'a dit, a maugréé la caissière en fourrant plus vivement les nouilles de Jessie dans son cabas en toile de jute. Cet été-là, on nous a défendu de jouer pendant des mois. La pauvre Mrs Wilde... a-t-elle ajouté en secouant la tête.

— Pas celle qui vivait au manoir avant nous ? a demandé Jessie, avec un sourire forcé.

Elle a dû s'asseoir sur le banc, près de la mare du village, après ça, et enfouir son visage dans le nuage de boucles blondes de Romy. La nuit suivante, elle a à nouveau rêvé de la femme aux chiens, lui a crié « Audrey ! » et la femme s'est retournée avec une tête sans visage. Seule une tache émergeait de son foulard. Depuis, elle a fait le même rêve toutes les nuits.

Jessie n'a pas raconté à Bella ce qu'avait dit Sheila, bien sûr. Pas la peine de l'encourager. Au lieu de se lasser de cette histoire, Bella semble plus obsédée que jamais, mêlant ses propres hypothèses à la vérité « nue », comme dans les sombres mèmes propagés sur la Toile. Pour elle, « l'histoire d'Audrey » n'est peut-être qu'une manière de se faire remarquer, espère Jessie, d'essayer de s'intégrer, poussée par ses camarades de Squirrels, sauf que Bella ne laisse pas l'histoire à l'école.

Désormais, son portrait d'« Audrey » – un assez bon collage montrant une fille au sourire éclatant, sur fond de coupures de presse – voisine avec les peintures au doigt de Romy sur le mur de la cuisine. Et sur la coiffeuse de sa chambre, le sinistre *Memento mori* ne cesse de s'étendre : le bouton en forme de cœur, le presse-papiers du vieux salon, les journaux en lambeaux de 1959, rejoints cette semaine par un crayon marqué d'un A un peu fané sur le côté, que Bella a trouvé coincé sous une plinthe. Jessie, au fond d'elle-même, aimerait jeter tout ça au feu. (Après coup, elle regrette aussi d'avoir donné à Romy les cubes d'alphabet du grenier, et d'avoir réparé la chaise haute.) Will ne voit pas de mal dans l'intérêt de Bella – « un truc de jeune, comme collectionner les badges » –, mais Jessie ne lui a pas non plus rapporté les paroles de Sheila.

Elle a essayé, mais les mots sont restés coincés dans sa gorge, et elle les a ravalés avec une lampée de vin rouge. Son instinct premier est de protéger Will contre d'autres soucis, pas d'ajouter à ses problèmes croissants. En ce moment, il a des réunions par Skype à l'aube avec Jackson, en Australie, qui le laissent épuisé en permanence. Deux accords, fêtés le mois dernier, ont capoté à la dernière minute, ruinant ses espoirs, minant sa fierté professionnelle. Les employés de sa boîte sont perturbés, deux ont quitté le navire. La semaine dernière, une cargaison a été livrée dans le mauvais port, une bourde doublée d'une perte sèche.

Will prend la situation trop personnellement, comme si les limbes de l'accord en suspens faisaient de lui un raté dans son métier et, Jessie le sent, aussi dans son couple. Elle a beau assurer que ce n'est pas sa faute, alléguant la nervosité des marchés, le manque de capital, la pure malchance, Will semble de plus en plus distant, plombé par son autocritique. (Jessie tâche de ne pas prendre non plus cela personnellement, de ne pas voir dans son inaptitude à lui remonter le moral un reflet des failles de leur mariage. Mandy, elle en est sûre, aurait su le réconforter.) Dans ces circonstances, elle ne peut simplement pas se résoudre à lui parler du sombre passé d'Applecote, de peur qu'il voie dans le manoir non un refuge, mais une maison hantée. Elle craint terriblement qu'il ne veuille le quitter. Aussi le laisse-t-elle croire que l'histoire de Bella n'est qu'une fable de collégienne, espérant farouchement que cette lubie s'estompe, comme une saison s'efface quand la suivante s'annonce.

Et pourtant. L'histoire d'Applecote explique bien des choses. La résistance des maçons du coin – Dieu merci, Joe Peat a accepté de travailler chez eux, quoique à une date incertaine, « d'ici quelques semaines ». La lueur dans les yeux des villageois quand Jessie mentionne son adresse. Le regard complice qu'ont échangé avec gêne quelques mères, à la garderie paroissiale, se demandant si elles devaient lui parler. Jessie a senti le mot « Étrangère » marqué sur son front. Elle s'estime heureuse de n'avoir rien dit à la femme du café-pépinière : elle a encore un havre offrant de bons gâteaux, comme chez Greta's à Londres, où l'histoire d'Applecote ne la suivra pas. Elle en a bien besoin.

À présent, dans la semaine, des jours entiers peuvent s'écouler sans qu'elle rencontre personne. Alors, ses pensées se relâchent et s'évadent, surtout si elle doit entrer dans la chambre de Bella, où les lettres d'amour voltigent toujours dans l'ombre, telles des phalènes, où le beau regard de Mandy se moque d'elle sur les murs. *Qu'avons-nous fait dans nos vies antérieures pour être aussi heureux ?* Ces paroles continuent à la narguer. Comme l'image de Mandy tenant la main de Will dans son sommeil, d'autant que Jessie et lui passent presque toute la semaine à plus de cent kilomètres l'un de l'autre. Tous les doutes naturels qu'elle a eus sur lui – leur engagement rapide, le fait qu'il ait aimé aussi profondément une autre femme, que Bella n'accepte toujours pas sa belle-mère, ne le fera probablement jamais – prennent une vie autonome dans l'étrange lumière lilas de cette chambre.

Après, cherchant à se rassurer, elle appelle Will, juste pour entendre sa voix. Bien qu'elle ne puisse imaginer la maison, la chambre ou le fauteuil où il est assis – elle déteste ça –, elle peut entendre les sirènes de police à l'arrière-plan, le murmure de la ville, et sentir la circulation, les parfums s'échappant des devantures, même voir sa chère Lou dans le métro, appliquant son mascara sous la croûte de béton de la ville. Et tout cela lui manque à un point si pénible qu'elle raccroche de peur de se trahir, ou de ressembler au stéréotype de l'épouse en manque d'affection, aux émotions instables, des sitcoms.

Seule au manoir, suivie par le regard Mona Lisesque de Mandy, elle se laisse emporter par ses pensées débridées jusqu'au vendredi, le Jour J, jour du retour de Will. Tous les vendredis, elle s'active, brique la maison avec une énergie maniaque, devenant une femme qu'elle ne reconnaît pas :

compositions florales, pain cuit au four, beaux feux dans la cheminée. Loin d'être le début d'un glissement paresseux vers le dimanche, comme à Londres, les week-ends à Applecote doivent maintenant se justifier. Elle se sent sous pression pour prouver que tout ça en vaut la peine : la navette épuisante, la tourmente, le froid et la boue. Elle gratte la terre du jardin sous ses ongles et, l'image de Mandy tirée à quatre épingles jamais loin de son esprit, elle fouille les armoires pour trouver une tenue un peu chic à se mettre.

— Je n'en ferais pas autant, Jess. Je suis sûre qu'il préférerait juste baiser, conseille Lou au téléphone.

Par loyauté, Jessie ne lui dit pas que leur couple bat de l'aile dans ce domaine. Que parfois, lorsqu'elle et Will s'étreignent, ils ne semblent plus s'emboîter aussi bien qu'avant, comme s'ils changeaient de forme lorsqu'ils sont séparés.

Enfin, ce qui compte, pour l'instant, c'est les filles, se dit-elle. Will, le héros absent, leur manque terriblement. (Bella, en particulier, passe ses nerfs sur elle, car elle est là pour recevoir les coups.) Romy se jette sur Will avec une joie possessive dès qu'il franchit la porte. Après les baisers, les chatouilles, un échange loufoque sur Boy, le malheureux cloporte adopté par Romy, logé dans un pot de confiture, Will monte consciencieusement dans la chambre de Bella pour passer du temps seul avec elle. Jessie l'encourage, fidèle à ses principes. Ce n'est que par moments, après des tête-à-tête prolongés, quand il redescend avec un air préoccupé, vaguement troublé – comme il l'a fait hier soir –, qu'elle ressent l'angoisse de l'exclusion et se demande ce que Bella dit au juste à Will sur la semaine passée avec sa belle-mère.

Mais elle se tait. Elle continue à cuisiner. Elle affiche un sourire, peut-être parfois un peu fou. Elle s'exhorte à ne rien montrer qui puisse stresser Will. Du coup, elle en rajoute. Bella se fait de très bons amis (dès qu'elle cite une camarade « pas trop mal », Jessie y voit la preuve d'une amitié naissante) et Romy adore la garderie (elle arrache les tracteurs des mains des garçons, puis réclame de rentrer à la maison). Elle minimise le somnambulisme de Bella, n'avouant pas qu'elle l'a encore trouvée près du lit de Romy, fixant sa petite sœur avec des yeux vides, sans la voir. Elle ne parle pas de la peur irrationnelle qui la réveille la nuit : que Romy disparaisse, comme la fille qui vivait là il y a bien des années ; que les vieilles maisons, nichées dans des paysages séculaires, créent des réflexes ataviques, rediffusent le passé ; et que des malheurs arriveront toujours à Applecote, comme Bella l'a prédit.

— Papa ! s'écrie Bella, faisant irruption dans ses pensées.

Jessie lève les yeux, surprise de se trouver dans une platebande, un bulbe d'allium à la main. Elles se multiplient, ces absences passagères, comme si elle s'était dissoute dans la substance de la maison et du jardin pendant que Will était à Londres.

La lumière a changé, virant au bronze.

— Tu l'as vu, Jessie ?

Bras croisés près de l'orangerie, ses longs cheveux flottant autour de son visage, Bella porte son uniforme du samedi : jean moulant, baskets, sweat-shirt à capuche.

— Pardon, j'étais à des kilomètres. Oui, il a emmené Romy nourrir les canards à la mare du village. (Jessie aime la couleur de cette phrase, normale, domestique, comme s'ils étaient une famille paysanne profitant de son week-end.) Il ne sera pas long.

À sa grande surprise, Bella se dirige vers elle à travers la terrasse, à la pierre noircie par l'averse du matin.

— Qu'est-ce que tu fais ? demande-t-elle avec curiosité.

— Je plante des fleurs pour le printemps. (Jessie se redresse, presse une main au bas de son dos courbaturé.) Nous n'aurons peut-être pas encore un toit neuf, mais des fleurs, si. C'est bien plus important, n'est-ce pas ?

— Ça, c'est une échalote ?

— Un bulbe d'allium. Une plante assez proche. De la même famille.

Bella fourre les mains dans les poches de son jean et hausse les épaules.

— Je ne suis pas sûre que ça poussera, dit-elle mollement.

— Et si tu le plantais pour voir ? C'est un peu tard dans la saison, mais le pépiniériste a dit que ça irait encore ce week-end. Sa petite pépinière est très sympa : j'aimerais que tu m'y accompagnes un jour.

Bella lève les yeux au ciel.

— Les pépinières ne sont jamais « sympas », Jessie. Tu as passé trop de temps à la campagne.

— Tu as sans doute raison, dit Jessie en riant. (Elle ramasse le paquet de bulbes et le tend à Bella.) Il y a une autre truelle là-dedans.

Bella hésite mais, jugeant qu'elle n'a rien de mieux à faire, prend le sac de bulbes et la truelle, se baisse et donne des petits coups dans la terre.

Jessie tâche de ne pas se montrer trop contente. Rien n'effraie plus rapidement Bella.

— Dix centimètres de profondeur, à peu près... Voilà. C'est ça. Fourre le bulbe à l'intérieur. Non, dans l'autre sens. La pointe vers le haut. Puis remplis juste le trou. Bravo !

C'est une vision incongrue, la jeune fille accroupie qui creuse minutieusement des petits trous, dépose un bulbe après l'autre, les met en place avec ses doigts. Au bout d'un moment, elle s'arrête et fronce pensivement les sourcils en regardant Jessie à travers ses cheveux noirs.

— Maman ne jardinait jamais.

— Non, j'imagine, dit Jessie après un temps, songeant qu'il y a une liste cruellement longue de choses que Bella ne fera jamais avec Mandy.

Elle aimerait lui montrer qu'elle comprend ça, mais elle n'ose pas.

Bella recommence à creuser, plonge profondément la truelle dans la terre, heurte soudain un objet.

— Oh, regarde...

Elle essuie sur son jean des lunettes boueuses. Les verres ont disparu depuis longtemps, une branche aussi, et, en frottant la boue, Bella dévoile une monture en écaille. Elle force l'unique branche à s'ouvrir, lève les lunettes et regarde au travers. Elles sont en forme d'œil de chat, ce qui lui donne nettement un air des années cinquante. Le soleil baisse. Jessie se sent un peu oppressée : la maison la confronte à son secret le plus sinistre, celui qu'elle a caché à Will.

Elle sait ce qui va venir.

— La fille qui a disparu, celle dont tu as horreur que je parle… Ces lunettes pourraient être à elle, non ?

— Je ne…

La voix de Jessie s'éteint au pire moment.

Will pousse le portail latéral, Romy sur ses épaules, Flump, son éléphant en tricot, dansant sur sa tête.

— Mesdames… (Il se baisse pour poser Romy par terre, souriant devant cette rare scène d'harmonie familiale.) Tu as l'air d'une vraie paysanne, Bella.

— Jessie m'a poussée à jardiner, dit Bella, réprimant un petit sourire.

Will passe un bras autour de sa taille et la serre contre lui.

Jessie constate que Will arbore sa vie par strates aujourd'hui : une doudoune salie à force de porter l'enfant qu'il a eue à la quarantaine ; le pull cachemire en V que la mère de Jessie lui a offert à Noël – elle n'avait jamais tant dépensé pour un chandail ; un tee-shirt fané de 1998, au logo de Glastonbury, un festival où il est allé avec Mandy, l'année où ils ont conçu Bella.

— Ah, Jessie peut être persuasive, glisse Will à celle-ci avec ironie.

— Vous êtes rentrés bien vite. Les canards n'avaient pas faim ? lance Jessie pour cacher sa gêne.

Elle tripote les boucles de Romy, qui commencent à former des dreadlocks sur sa nuque. Leur fille semble de plus en plus sauvage, tel un lutin des bois.

Électron libre – « Un peu trop libre ? » s'est demandé Will la veille –, Romy ne supporte aucune contrainte : vêtements chauds, poussettes, parcs pour bébés. Elle sait ce qu'elle veut, ses parcours préférés dans le jardin – pieds nus de préférence –, les meilleurs coins pour fourrager dans le sous-bois. Là-bas, elle a trouvé une noix pareille à un cerveau dans le crâne de sa coquille brisée, et des os de lapin qu'elle offre à Bella pour tenter de gagner son affection. Elle observe avec curiosité les lunettes dans la main de sa sœur aînée.

— Pardon, lâche distraitement Will en levant les yeux de son portable. (Ils mettent un moment à réaccommoder : leurs pupilles se contractent, comme s'il passait d'un endroit à l'autre dans sa tête.) Un e-mail de Jackson. Il dit qu'il a flairé un autre acheteur potentiel, l'ami d'un ami dans la City. Peut-être que ça va enfin marcher, Jess. Je dois passer un appel.

— Un samedi ?

Jusqu'ici, les « acheteurs potentiels » leur en ont fait voir de toutes les couleurs.

— S'il y a une petite chance, il ne faut pas la laisser filer.

Fourrant son portable dans sa poche, il jette un œil à la main de Bella. Le cœur de Jessie se serre : elle espérait qu'il ne les remarquerait pas.

— C'est quoi, ça, Bella ?

— Les lunettes d'Audrey.

Elle les pose à plat sur sa paume et les lève pour qu'il les contemple.

Will lance un regard interrogateur à Jessie. Elle répond par un petit haussement d'épaules qui veut dire « Laisse tomber, c'est juste l'imagination fantaisiste d'une ado ».

— Canards ? (Romy se presse contre la jambe de Bella, avec un sourire qui ferait fondre tous les cœurs, pas seulement celui de sa sœur.) Bell-Bell mène Romy aux canards ?

— Bella est occupée, ma puce.

Jessie sourit et la prend dans ses bras, mais Romy résiste. Elle veut sa grande sœur.

— Non, ça va. Je vais emmener Romy, déclare soudain Bella.

Jessie est tellement étonnée qu'elle ne trouve d'abord rien à dire.

— Tu veux bien ? demande Will, agréablement surpris.

— Bien sûr. On trouvera des canards dans la rivière.

La rivière. Le cœur de Jessie commence à cogner. Bella ne peut pas emmener sa fille seule au bord d'un cours d'eau. Elle pense à la manière froide, menaçante, dont Bella regarde parfois Romy. À son tempérament bouillant, imprévisible. Jessie cherche fébrilement des raisons légitimes à lui opposer.

— Oh, non. C'est une vraie coquine. Elle n'arrête pas de s'échapper et de se cacher.

C'est vrai. Dans une nouvelle phase éprouvante, Romy tente de jouer à cache-cache. D'habitude, Jessie la trouve assez vite, mais elle ne voudrait pas que Romy essaie près de la rivière, avec l'eau masquée par les joncs et sa surface inquiétante, ridée par des tourbillons. La veille, un mouton mort flottait en aval, gonflé comme un oreiller trop rembourré, ses yeux réduits à des trous roses, mangés par les oiseaux.

— La rivière est très haute après toute cette pluie. Et regarde ces nuages. Il va tomber des cordes.

— Ça ira.

À présent, Bella parle directement à Will, et Jessie sent le sas clos de leurs regards, leur manière de négocier muettement sans elle.

— C'est parti ! (Romy coince Flump sous son bras.) Romy, Bell-Bell et Flump.

— Will, implore Jessie, tâchant de parler dans un code d'adulte indéchiffrable pour Bella. Je ne suis pas sûre que ce soit une bonne idée.

— Elle veut dire qu'elle ne me fait pas confiance, coupe simplement Bella, qui a très bien compris.

Will fronce les sourcils. Jessie sent la journée vaciller, le premier après-midi du week-end, qui se passait si bien.

— Je...

— Je te l'avais dit, papa, renchérit Bella.

Que lui a-t-elle dit ? Quand ? Jessie lance un coup d'œil interrogateur à Will. Est-ce de ça qu'ils parlaient hier soir dans la chambre sous les toits ? Pendant ces longs appels téléphoniques dans la semaine ? Mais Will ne la regarde pas en face, et quelque chose s'affaisse en elle : elle ne lit plus en lui aussi bien qu'avant, réalise-t-elle. Pense-t-il à ce qui s'est passé à la piscine de Londres ? Parce qu'elle le fait. Elle ne peut pas s'en empêcher.

Le maître-nageur avait vu Bella tenir une fille sous l'eau, la baigneuse se débattre. Une fois repêchée, la fille – Zizzi Miles, chef de bande, populaire, une vieille adversaire de Bella – haletait au bord de la piscine, tel un poisson à l'agonie. On avait appelé une ambulance. Zizzi était sortie indemne de l'incident, Bella beaucoup moins. Bella « a disjoncté », avait juré Zizzi, et tenté de la noyer, et les parents de Zizzi, outrés, avaient appelé la police. Bella avait été suspendue, son passage en première annulé. Quand on lui avait offert une chance de se défendre, elle ne l'avait même pas saisie, disant qu'elle regrettait de n'avoir pas poussé plus fort, que la noyade de Zizzi n'était qu'un numéro : « Je ne m'attends pas à ce qu'on me croie. » De fait, la directrice ne l'avait pas crue, mais Will si, et Jessie avait essayé. Mais elle a toujours un doute. Non, Bella ne devrait pas emmener la petite sœur qu'elle n'aime guère au bord de cette rivière.

— Bella fera super attention, n'est-ce pas ? entend-elle Will promettre. (Et, avant qu'elle puisse émettre une objection, elle le voit tirer un sac de miettes de pain de la poche de sa veste.) Là. Un festin de canards. Tiens bien la main de Rom, Bella.

— Et de Flump, ordonne Romy, fourrant la patte de l'éléphant dans la paume de sa sœur.

Will parle sur son ton vif londonien, pendant que Jessie fait les cent pas près de la fenêtre de la cuisine, jetant un coup d'œil au jardin qui s'assombrit. Les traînées jaunes ont disparu du ciel, à présent lourd et métallique, comme un couvercle. Elle attend que Will termine son appel, puis se tourne vers lui.

— Elles sont parties depuis un moment.

— Vingt minutes. (Il la regarde bizarrement, la tenant à distance.) Bella peut s'occuper de Romy.

— Ce n'est pas un parc de Londres, Will. (L'inquiétude durcit sa voix. De plus, Will ne connaît pas la rivière, ni la dynamique des filles, aussi bien qu'elle. Il n'est jamais là.) Il n'y a personne dans les parages. S'il arrivait quelque chose…

Will passe la main dans ses cheveux et répond avec lassitude :

— Je croyais qu'on s'était installés ici pour que les filles puissent se promener en liberté.

Son ton la déconcerte. Elle y sent une critique sous-jacente de leur départ de Londres. La pluie commence à marteler la vitre, comme des petits doigts.

— Romy n'a pas son imperméable.

— Ça ne l'a jamais arrêtée avant.

Jessie ne sait si c'est une nouvelle accusation ou si elle l'a imaginée. Peut-être est-il juste fatigué et irrité.

— Je sens venir un autre orage.

Il la suit dans le vestiaire, la regarde fouiller frénétiquement parmi les manteaux, son cœur commençant à cogner, son esprit à battre la campagne.

— Jessie… dit-il plus doucement.

— Pas maintenant, Will.

Il pose la tête contre le chambranle.

— J'allais seulement dire que vous aviez l'air adorables, Bella et toi ensemble, dans le jardin, c'est tout.

— Oh… lâche-t-elle, brièvement déroutée. (En temps normal, elle aurait sauté sur cette phrase, preuve que tout marche pour le mieux.) Bon, je ne serai pas longue.

Le vent la pousse dans le pré, comme s'il voulait lui faire gagner plus vite la rivière. Il est difficile de voir sous la pluie : les pierres sont des formes grises penchées, les arbres au bord du champ des blocs orange trempés.

La rivière lèche la berge, sortant de son lit par endroits, où des brins d'herbe pointent de façon irréelle sous quelques centimètres d'eau. Jessie court le long du chenal, regarde entre les joncs noircis. Elles ne sont pas là, pense-t-elle, l'estomac noué. Mon Dieu, elles ne sont pas là ! Elle commence à les appeler, glissant sur la boue marquée par des sabots.

Il n'y a personne aux alentours, juste la désolation sinistre d'une rivière sous la pluie, et un cerf-volant décrivant des cercles dans le ciel. Jessie attend un moment, une main sur la bouche, se demandant que faire.

Des ombres se profilent sous la surface de l'eau, comme dans la piscine le premier jour. Le coin d'un vieux sac de courses ressemble, un instant, à la botte en caoutchouc de Romy et une peur soudaine lui serre la gorge. Elle les hèle encore, plus fort. Rien. Elle va téléphoner à Will... mais elle ne trouve pas son portable dans sa poche arrière. Il est sur la table de la cuisine, bien sûr, où elle l'a laissé. Elle s'arrête, haletante, les mains sur les genoux, tâche de réfléchir rationnellement. Il faut rentrer. Peut-être sont-elles à la maison maintenant. Oui, c'est là qu'elles doivent être.

En se retournant vers le pré, Jessie reste pétrifiée.

Au loin, voilée par un rideau ondulant de pluie et de vent, se trouve une petite fille, blottie sur une pierre, portant des lunettes.

Romy ne voit pas sa mère, jusqu'à ce que Jessie l'appelle, la rejoigne en courant et l'attrape fermement, comme si elles étaient au bord d'une falaise.

— Oh, ma puce...

— Flump parti, sanglote Romy en lui sautant au cou. Bell-Bell partie...

— Partie ? Où ? Pourquoi portes-tu ces lunettes horribles ? Pauvre chérie. Mets ça avant d'être encore plus trempée.

Elle lui arrache les lunettes, les fourre dans sa poche et tente vainement d'enfoncer les bras mouillés de Romy dans son anorak. Du coin de l'œil, elle voit quelqu'un bouger... et voilà Bella, hors d'haleine, comme si elle accourait de très loin, les cheveux tombant en lames noires sur son visage.

— Bella ! Où étais-tu ?

Bella brandit l'éléphant en tricot, dont les oreilles trempées battent pitoyablement.

— Je suis partie le chercher. Ne me regarde pas comme ça. Elle l'a laissé tomber. Je lui ai dit de rester là pendant que je fouillais le pré. Je l'ai laissée juste cinq minutes.

— Cinq minutes !

— Flump était difficile à trouver dans l'herbe, réplique Bella, sur la défensive. (Elle lance un regard froid à Romy.) Je savais qu'elle continuerait à pleurnicher tant que je ne l'aurais pas rapporté.

— Ton père t'avait dit de lui tenir la main !

— Près de la rivière. Il m'avait dit de la tenir sur la berge.

— La rivière est tout près. À quelques pas pour une gamine ! Romy aurait pu te chercher et tomber dans l'eau.

Toutes les fois où Jessie a ravalé sa colère, sa peur, ses doutes, semblent soudain remonter, et elle continue à crier alors qu'elle sait qu'elle devrait s'arrêter. Bella pâlit, ses yeux courent en tous sens tels ceux d'un animal pris au piège. Puis elle s'enfuit en trébuchant sur les touffes d'herbe trempée.

— Attends ! (Jessie court après elle, Romy sanglotant sur sa hanche. Elle sort les lunettes de sa poche.) Pourquoi lui as-tu mis ça ? Dis-le-moi.

Bella bégaie, rougissant d'un air coupable :

— Elle... en avait envie, n'est-ce pas, Romy ?

— J'aime pas.

Romy repousse les lunettes et enfouit sa tête dans l'épaule de sa mère, qui la berce d'un geste protecteur.

— Si. Je l'ai fait juste pour lui faire plaisir. C'est trop dur à imaginer ?

D'un geste vif, Bella reprend les lunettes.

Jessie serre sa fille contre elle. Quelque chose ne colle pas. Romy a beau être aventureuse, elle n'a sûrement pas voulu rester seule sous la pluie. Elle a dû protester. Au fond d'elle-même, Jessie se demande si Bella, consciemment ou pas, a mis exprès sa sœur en danger.

— Ça ne me dit rien qui vaille.

— Non, en fait, tu ne m'aimes pas.

— Ce n'est pas vrai. Je... je... (Jessie est soudain bouleversée par tout ça, la force de sa réaction, le fait qu'une journée puisse avoir aussi bien commencé et si mal tourné. Elle presse une main sur son front.) Pardon. Je suis désolée d'avoir crié. Il faut te faire aider, Bella. Je… je te trouverai un bon psychiatre, promis.

Bella essuie ses larmes avec ses poings.

— Ce qu'il me faut, c'est que maman revienne, tu ne piges pas ? Et que tu t'en ailles. Plus de psys. Plus de parlotes. Plus de Romy ci et de Romy là, putain ! Juste papa et moi.

Romy se met à pleurnicher.

— Ar… arrête, Bella. S'il te plaît. Pas ici. Rentrons à la maison. Là-bas, on s'expliquera.

— Il n'y a rien à ajouter. J'ai dit la vérité. Maintenant, c'est sorti. Fais-en ce que tu veux.

Bella se retourne et s'éloigne, penchée en avant sous la pluie, comme un esprit élémentaire, sauvage, incontrôlable.

— Bella ! lance Jessie au bord des larmes, mais le vent étouffe sa voix.

Elle sait qu'elle devrait courir après sa belle-fille, la convaincre de rentrer au manoir, de se réchauffer près du feu mais elle ne peut effacer l'image de Romy avec ces lunettes, assise sur la pierre, telle une offrande sacrificielle. Alors, elle laisse Bella disparaître sous la pluie.

Cela fait près de deux heures. Où est-elle ? Jessie écoute avec une inquiétude croissante des branches se casser, leurs longs bras se fracasser par terre ; il y a des parasites dans l'air, des choses bénignes passent à l'offensive, un monde tourne à l'envers. Elle prie pour que Bella revienne sans tarder.

L'heure tourne plus vite sur la pendule de la cuisine. Les minutes d'absence s'accumulent, des minutes où tout peut arriver. Jessie imagine Bella écrasée sous un arbre abattu par la foudre, ses tennis dépassant du tronc, les semelles jaune fluo.

Derrière la fenêtre de la cuisine, le cône de la lampe électrique de Will tâtonne entre les arbustes et les ombres. Jessie aimerait désespérément pouvoir revenir en arrière, refuser de laisser Bella emmener Romy, écouter son instinct.

Will ouvre grand la porte. Il a les cheveux aplatis sur la tête. Les yeux injectés de sang. Comme s'il sortait d'une mer démontée.

— Elle doit être chez une copine d'école, non ? demande-t-il, essoufflé.

— Je ne sais pas, répond-elle.

Il rafle ses clés de voiture sur le comptoir de la cuisine, dans un bol en terre cuite.

— Il n'y a pas une maison, en particulier, où elle traîne après les cours ?

Jessie déglutit, la gorge endolorie à force d'avoir crié.

— Je… je n'en suis pas sûre.

Will l'interroge du regard, si longtemps qu'elle en est mal à l'aise.

— Mais je croyais que tu avais dit… ?

Il a l'air dérouté, puis commence à comprendre. Ou peut-être lit-il la culpabilité sur son visage. Jessie baisse les yeux, se maudissant de lui avoir dit seulement ce qu'elle pensait qu'il voulait entendre sur les amitiés de Bella.

— Normalement, elle rentre après l'école, si elle n'a pas étude, murmure-t-elle.

— Bon…

Will fronce les sourcils.

Elle voit bien qu'il se sent trompé, conduit à croire des choses sur leur vie quotidienne qui sont non pas fausses, mais d'une justesse relative, une version d'une vie qui ne s'est pas encore vraiment produite.

— Pardon si je t'ai induit en erreur. Je… je ne voulais pas que tu t'inquiètes pour Bella quand tu étais à Londres, c'est tout.

Un ange passe.

— Bon, répète-t-il d'un ton plus sec, et elle sent physiquement la méfiance s'insinuer entre eux.

Elle se lève très vite, en manquant faire tomber sa chaise.

— J'ai une liste d'élèves quelque part.

— Moi, je vais voir au pub. Appelle-moi si tu as du nouveau.

— Oui, oui, bien sûr.

Consternée, Jessie regarde la voiture de Will s'éloigner en grondant. Ainsi, ce n'était pas Romy, songe-t-elle en plaquant ses mains sur sa bouche. Ce n'était pas Romy qui allait disparaître : Romy dort paisiblement à l'étage, roulée en boule comme un bébé. C'était Bella, bien sûr, Bella qui rejouait le passé. Elle doit le dire à Will. Qu'il s'agit de la fille – celle qui a disparu –, de l'histoire semée telle une graine dans la tête de Bella : une histoire bien réelle, pas un mythe de Squirrels. Maintenant, franchise totale. Elle prend son portable pour l'appeler quand on sonne à la porte. La police, pense-t-elle. Mon Dieu…

À la place, une vision merveilleuse : Bella trempée, couverte de boue, le regard noir, une vraie fille des bois. Jessie s'avance pour l'enlacer. Bella recule, la laissant balayer l'air de ses bras.

Sortant des ombres, sous un parapluie dégoulinant, une femme de haute taille en imperméable.

— J'ai bien peur de l'avoir kidnappée.

La voix. Si douce. Si expressive. Si familière. Jessie n'en croit pas ses yeux.

— C'est vous !

La femme sourit, hésitante, cherchant à la remettre.

— Je…

— Pardon, je fréquente votre café, explique Jessie, tâchant de se ressaisir. Avec ma petite fille. Nous allons manger des gâteaux chez vous.

— Oh, bien sûr. Excusez-moi. (À peine l'a-t-elle reconnue que la femme s'étonne :) Et c'est vous qui… avez acheté le manoir d'Applecote ? Ça alors ! Je n'en avais aucune idée.

Les yeux de Jessie, confuse, passent de la visiteuse à Bella.

— Mais Bella… Comment… ?

Bella, gênée, danse d'un pied sur l'autre. Ses baskets font un bruit de succion.

— En fait, j'allais très bien, marmonne-t-elle.

— Seulement, elle ne semblait pas aller si bien que ça. Je revenais de chez une amie quand je l'ai vue, cette jeune personne déterminée, marchant dans la tempête sur le sentier. Elle a refusé de monter dans la voiture d'une inconnue, ce qui est raisonnable. Mais je l'ai suppliée de faire une exception pour cette fois. Ce chemin n'est pas un endroit pour une jeune fille, la nuit. J'ai insisté pour la raccompagner. C'est entièrement ma faute, pas la sienne. (Elle sourit, d'un air gentil mais ferme.) Il ne faut pas lui en vouloir.

Lui en vouloir ? Jessie peut seulement imaginer ce qu'a dû dire Bella.

— Je suis juste ravie qu'elle soit rentrée. Merci, merci beaucoup. Je vous suis extrêmement reconnaissante.

La femme du café touche légèrement le bras de Bella et demande d'une voix douce, maternelle, comme si Jessie n'était pas là :

— Tu es sûre d'aller tout à fait bien, maintenant ?

Bella hoche la tête, bredouille un merci et entre dans la maison en bousculant Jessie. Une mèche de cheveux mouillés pique la joue de Jessie pendant qu'elle écrit un texto à Will, annonçant que la vagabonde est de retour.

— Passe au café un jour ! lance la femme, mais Bella, déjà loin, claque une porte dans les profondeurs du manoir.

Jessie lui tend la main.

— Je m'appelle Jessie.

La femme hésite, ne sachant si elle doit révéler son nom.

— Moi, c'est Margot. Margot Waters.

Margot. Ce prénom lui va comme un gant.

— Voulez-vous entrer ? Vous réchauffer avec une tasse de thé ?

Jessie voit sa réticence, le sursaut familier : Margot sait, pour Applecote, s'aperçoit-elle. Son moral dégringole.

— Je ferais mieux de rentrer, mais merci de l'avoir gentiment proposé. (Par-dessus l'épaule de Jessie, Margot jette un coup d'œil curieux dans le vestibule.) Vous avez beaucoup embelli la maison, murmure-t-elle d'un ton appréciateur.

— Oh, c'est juste une couche de peinture, dit Jessie, se demandant si Margot connaît bien Applecote. Elle a toujours été belle.

— Oh oui ! s'écrie Margot en s'illuminant.

Jessie a l'étrange sensation d'être de trop, entre le manoir et Margot, comme entre deux ex dans une pièce bondée.

— Vous êtes sûre de ne pas vouloir entrer ? insiste-t-elle.

— Oui, répond plus résolument Margot. Je dois y aller.

Sortant de sa capuche un foulard à motif léopard, elle le pose sur ses cheveux gris vison.

Jessie tressaille. À la vue du foulard, elle songe à la femme qu'elle a aperçue en août, par-dessus le mur du verger, celle aux deux labradors, s'éloignant de la maison. Non, trop de coïncidences. Bien des femmes, dans les Cotswolds, doivent porter des foulards à imprimé léopard.

— J'espère que vous serez heureuse ici, Jessie. Bella aussi. C'est une fille très fougueuse. (Margot baisse la voix d'un air complice.) Une bonne chose en fin de compte, croyez-moi.

Jessie sent sa gorge se serrer. Elle réprime l'envie de se jeter dans les bras de la vieille dame pour lui confier comme c'est dur d'essayer d'élever Bella, de prendre la place d'une épouse décédée, mais elle a l'étrange intuition que Margot, d'une certaine façon, a tout deviné.

— Eh bien, bonne nuit, dit Margot, plus sèchement, en se retirant.

— Encore merci.

Margot sort de l'abri du portique, s'arrête et se retourne.

— La gouttière, à l'arrière, est bouchée. Elle se bouche toujours à cette époque de l'année.

— Pardon ? bégaie Jessie, perplexe.

— Si vous ne la nettoyez pas, vous aurez de l'humidité dans la salle de bains du haut.

— Oh, d'accord. Merci, dit Jessie, déroutée, avec un petit rire surpris. Comment savez-vous… ?

Mais sa voix se perd.

Margot descend déjà l'allée sous la pluie. Jessie la suit des yeux, indécise. Et quand Margot s'éloigne dans sa voiture, Jessie les voit, l'espace d'une seconde, dans la flaque de lumière jetée par le réverbère au bout de l'allée : les deux truffes pressées contre la vitre arrière, l'éclat de fourrures noires, les yeux des chiens qui brillent avant de disparaître.

10

Même Moppet n'y comprend rien. Aux pieds de porc offerts en milieu de matinée. Aux caresses de Sybil. Au lent effondrement des règles d'Applecote, comme un mur de glace fondant sous la chaleur torride de l'été.

La seule chose qui semble refroidir l'humeur de Sybil, l'arrêter quand elle parcourt la maison en ouvrant les rideaux, est le rappel du fait que nous sommes à deux semaines de la rentrée scolaire, du départ de Flora pour Paris. Et la seule chose qui la fige sur place, le pied au-dessus d'une marche, est la mention de ma mère, surtout quand Dot demande s'il y a une lettre d'elle. (Nous autres avons renoncé à poser la question.)

Je suis sûre, à présent, que Sybil est arrivée à se convaincre que maman n'existe plus – après tout, elle s'est persuadée qu'Audrey frappera à la porte à tout moment – et qu'elle est notre nouvelle mère. Et comme évoquer maman semble autant l'ébranler et menacer l'humeur qui a conduit au délicieux relâchement des règles, nous donnant toute licence de voir Tom et Harry, nous le faisons de moins en moins, même entre nous.

Ou peut-être est-ce juste que maman nous a blessées en n'écrivant pas, bien plus que nous voulons l'admettre. Je n'en suis pourtant pas certaine car, entre sœurs, nous ne parlons plus franchement de nos sentiments. Avant, nous les fourrions dans les mains les unes des autres, telles des boules de pâte, pour pouvoir, en les tenant et en les pressant, les éprouver ensemble. Maintenant, nous prenons des positions polémiques. Nous avons des désirs secrets. Nous nous jetons des émotions épineuses à la figure, comme des brosses à cheveux. Et Dot fait de longues promenades solitaires avec Moppet.

Sybil, à sa manière subtile, nourrit ces dissensions. Le secret plaisir qu'elle tire de l'irresponsabilité de maman me met mal à l'aise. Quand Pam a supposé, devant elle, que notre mère avait fui avec un prince arabe et flânait dans une médina en grignotant des dattes, je suis sûre d'avoir vu un sourire satisfait danser sur ses lèvres. Ce soir-là, Sybil est apparue au dîner avec un trait de rouge à lèvres impensable, celui de maman. Je brûlais de lui essuyer la bouche en criant : « Tu n'es pas maman, la merveilleuse, exaspérante tempête électrique qu'est ma mère… » mais elle était si jolie, à la fois timide et fière. Et elle nous a envoyées nous baigner au crépuscule dans la rivière. Alors, je me suis tue.

Je ne cesse de me dire que ça ne peut pas durer, la bonne humeur de Sybil, cette transformation. Que sa joie doit être causée par une pilule, de celles que maman prenait après la mort de papa. Ou par le Dubonnet. Qu'elle descendra le lendemain matin en flanelle gris foncé, proscrivant les baignades qui risquent d'être fatales. Mais ensuite, elle arrive au petit déjeuner dans sa robe jaune citron, et m'adresse un regard complice aussi long qu'une lettre. Je sens alors que ma dissimulation lui permet de se retrouver un peu.

Ça laisse Perry perplexe. Il cille à la vue de sa femme comme s'il avait remarqué chez elle un changement essentiel, mais ne le comprenait pas. Il la regarde à deux fois quand elle traverse la pelouse dans une jupe à fleurs froufroutant sur ses jambes, au rythme d'une battante pressée d'attaquer une nouvelle journée, plutôt qu'au pas lent d'une sainte résolue à la supporter.

De façon déroutante, mon oncle paraît soudain moins coupable. Fini, le temps où il marchait avec une main sur les reins. Maintenant, il est plus droit, le ventre moins gonflé de gaz et de secrets. Je me demande si l'humeur de son épouse le gagne, par une sorte d'osmose conjugale. Il a même suggéré timidement ce midi à table, l'air de ne pas se fier totalement à cette joyeuse intruse qui se fait passer pour sa femme, qu'elle le rejoigne dans la piscine. Sybil a renversé la tête en arrière et ri affectueusement. Elle a dit qu'elle n'avait pas nagé depuis des années, qu'elle était bien trop vieille et qu'elle devait, de toute façon, traiter les pucerons des rosiers. Pourtant, il a réellement demandé et elle a vraiment ri, deux choses inimaginables à notre arrivée.

Nous murmurons, pour plaisanter, que Sybil a une liaison avec le jardinier, Billy. Pourquoi, autrement, les sourires, le relâchement, le rouge à lèvres ? Mais un après-midi, Pam se tourne vers moi et me pique de son regard bleu, dur comme un doigt planté dans ma poitrine.

— Qu'en penses-tu, Margot ? Tu es la chouchoute de Sybil. Que lis-tu dans l'humeur de ta maîtresse ?

Je sens alors le monde d'Audrey se refermer sur moi, la porte de sa volière claquer.

Je ne peux pas confier à mes sœurs que les yeux de Sybil me suivent dans la maison. Que je sens son pas dans l'escalier, ses doigts serrés devant ma porte, juste avant qu'elle ne frappe. Que je sais qu'elle va entrer, m'entourer de sourires, se délecter de moi, demander si mes sœurs sont là, avant de suggérer « d'aller s'asseoir un peu ensemble dans la chambre d'Audrey ».

Je n'arrive pas à refuser. Une part de moi a envie de lui faire plaisir, une autre aime être cajolée, une troisième voudrait voir maman supplantée, la punir d'être loin, de ne pas écrire et de laisser tout cela se produire. J'ai pourtant essayé de dire à Sybil qu'elle se trompe de fille, qu'elle ne doit pas me confondre avec Audrey, mais d'une voix plutôt faible, et elle m'a jeté un regard amèrement déçu et perplexe. Elle apprécie juste ma compagnie, a-t-elle dit. Je savais qu'elle mentait. Elle le savait sans doute aussi. Mais j'étais tellement soulagée par cette explication simple – tout cela est si bizarre, gênant et insurmontable – que je l'ai acceptée. Mais, plus je laisse la situation durer, plus je me sens coupable, plus je crains de l'affronter ou de me confier à mes sœurs... plus le nœud se resserre.

J'imagine le scénario probable si je leur dis quoi que ce soit : leur silence soudain à ma vue, chose dont j'ai déjà tâté la semaine dernière ; le dégoût ravi de Pam ; le choc de Flora face à ma trahison ; le sentiment d'abandon de Dot. Et surtout, elles sauront que je leur ai caché une part de moi pendant ces longues semaines dans la chambre d'Audrey, un lieu où seule Sybil ose me suivre. Leur parler cimentera à jamais ma réputation d'étrange Margot, même si cette Margot-là, celle qui se met à la place d'Audrey, est transitoire, ne vit que dans sa chambre sous les toits. Elle n'a pas le droit de s'échapper, ni de laisser ses empreintes derrière elle.

Je sens immédiatement l'empreinte d'Harry sur Flora.

Très en retard au déjeuner, elle s'assied à la table de la salle à manger avec les lèvres gonflées, la poitrine empourprée, une moustache d'herbe au dos de sa robe. Elle rayonne d'une lumière douce, comme une bougie. Elle sourit d'une manière que je ne lui ai jamais vue avant, tendre, distante. Perry lève son verre.

— Mon Dieu, je pensais que ça n'allait jamais arriver !

Je me sens si naïve, si bêtement trompée, que je dois mordre ma fourchette en argent pour m'empêcher de pleurer. Après la promenade en barque, le martin-pêcheur, la main sur mon bras, je m'étais stupidement permis d'imaginer que je plaisais un peu à Harry. Mais bien sûr, ce n'était pas moi. Ce n'est jamais moi.

Pam est fière comme un paon : que Tom lui appartienne n'est qu'une question de temps, maintenant qu'il n'est plus fâcheusement distrait par Flora. Et pourtant, Tom est plus maussade que jamais dans les jours qui suivent ce premier baiser. Il contemple Flora d'un air si torturé qu'on a du mal à ne pas le plaindre. Pam, refusant d'être battue, flirte outrageusement. Pam le forcera à l'aimer, je le sais. Elle ne restera pas en plan avec les cas désespérés : la petite Dot et moi.

— Je refuse absolument de finir l'été avec mon innocence intacte.

Il y a peu de chances que Flora la garde aussi. Après ce premier baiser, son idylle avec Harry s'embrase comme une fièvre. Nous sommes toutes absorbées par elle : les longues baignades à deux dans la rivière, Dot promue vigie sur la berge ; les rendez-vous dans la cabane, la fenêtre embuée, pendant que Pam patrouille dehors, puis flaire l'intérieur dès qu'Harry a filé et déclare l'odeur « salée, douceâtre, un peu animale » ; Flora s'esquivant après le crépuscule sous un prétexte grossier – « Je vais prendre un peu l'air », « me dégourdir les jambes » – que Sybil ne conteste pas si l'excuse vient de moi. Voilà pourquoi, à mon plus grand dépit, je deviens l'organisatrice de ces rencontres enivrantes. J'y excelle tellement que Flora commence à circuler dans Applecote avec une grâce indolente de sirène, caressant les longues herbes comme si elles envoyaient des frissons de plaisir dans son bras. Cette vue me fait souffrir. Je veux éprouver la même chose qu'elle. Je pense à nous deux, moi enfermée avec Sybil, Flora avec Harry, à nos vies qui s'éloignent.

Un après-midi, Harry invite Flora à Cornton Hall : pendant trois heures et demie, Pam est frappée de mutisme, assommée par la jalousie. Flora revient enfin, échevelée, radieuse, décrivant avec enthousiasme le grizzly empaillé, l'écusson sculpté au-dessus de la cheminée, les armures imposantes, le jardin aussi grand qu'un parc de Londres.

— Et à ce moment, elle sentit qu'être la maîtresse de Pemberley pouvait être quelque chose ! raille Pam.

Le pire, c'est que je rêve toujours d'Harry, avec plus d'ardeur que jamais, me réveillant dans mes draps entortillés. Ces rêves sont si vivants que j'ai du mal à croire qu'il ne les fait pas aussi. Je sais que c'est déloyal. J'ai essayé de l'enlaidir, de l'imaginer flânant avec des cheveux gras dans une rue terne de Londres, longeant des vieux sites de bombardements et des pigeons sales. Mais il semble qu'Harry puisse seulement exister torse nu dans les collines des Cotswolds, parmi des rivières et des prés, dans cet été brûlant, tout en désir et en rêves. En ville, il se dissoudrait dans la bruine.

Un creux dans mon matelas. Une main parfumée lisse mes cheveux sur mon front. Encore dans les brumes du sommeil, je suis sûre d'avoir maman près de moi, d'être revenue sous le ciel gris porridge de Chelsea dans la chambre où je dors avec Dot, avec mes sœurs aînées bavardant à côté, Betty frottant le pas de la porte, le grondement du métro. Alors, le bonheur m'inonde, comme la première gorgée de thé fumant.

— Maman.

— Je suis là, souffle une voix.

J'ouvre les yeux aussitôt.

Le visage de Sybil est à quelques centimètres du mien, émergeant du nuage de son corsage crème, de son col en dentelle.

— Bonjour, ma chérie. Tout va bien. Tu es dans le bon lit, vraiment.

C'est alors que je comprends : la tête de lit en osier contre mon épaule, les oreillers moelleux en plume d'oie. Couchée là, hébétée, clignant des yeux à la vue de Sybil, je sens la nuit précédente me revenir par bribes : je me suis réveillée à l'aube en sursaut, la tête peuplée d'Harry, le corps incontrôlable, les cuisses frissonnant comme le flanc d'un cheval. J'ai allumé à tâtons ma lampe de chevet et vu un papillon de nuit, aux ailes tissées d'or, la teinte des yeux d'Harry. Craignant un désir traître, celui qui pulsait près de mon abdomen, dans une partie de moi que je ne comprends pas, dont j'ignore le nom, j'ai titubé dans le couloir pour tenter d'échapper à cette sensation troublante, cherchant la paix de l'enfance dans la chambre d'Audrey.

Comment ai-je pu être bête au point de m'endormir dans son lit ?

— Toi et moi, nous sommes des lève-tôt, n'est-ce pas ? Debout pendant que le monde dort, murmure Sybil.

Ses yeux sont étrangement brillants, luisants d'amour. Un rayon de lumière, filtrant entre les rideaux ocre, roussit ses cheveux, leur redonnant un peu la teinte de sa jeunesse. Le temps semble s'être inversé, remonter lentement, de sorte que je suis bizarrement coincée en lui, que le malheur qui s'est produit n'a pas encore eu lieu et qu'il va arriver non à Audrey, mais à moi.

Sybil écarte une mèche de mon visage.

— Je vais te faire couler un bain, et après, tu pourras passer ta robe bleue préférée, celle qui fait ressortir tes yeux…

Je tire le drap sur ma poitrine pour me protéger. C'est allé trop loin.

— Non, je…

— Mais je t'apporterai du pain grillé d'abord, lance très vite Sybil, ignorant ma protestation. À la confiture de framboises. Tu adores la confiture de framboises de Moll. Elle a toujours été ta préférée.

— Je dois retourner dans ma chambre. (Je balance un pied hors du lit.) Mes sœurs vont venir me chercher, dis-je, sachant que ce n'est pas vrai : à présent, nous descendons au petit déjeuner séparément, plus en bande comme avant.

— Tes cousines sont mortes de fatigue. C'est Moll que tu entends, debout avec les alouettes.

Elle sourit.

Rien dans l'expression de Sybil ne suggère qu'elle réalise qu'elle vient d'appeler mes sœurs mes cousines, ni qu'elle y voie quelque chose d'anormal. Je m'apprête à la corriger, mais elle continue à parler, égrenant un murmure maternel, un glouglou de ruisseau sur des petites pierres.

— Laisse-moi retaper l'oreiller. Voilà. Rentre ta jambe. C'est ça. Je vais ouvrir la fenêtre. Un peu d'air frais. Tu peux sentir les roses ? Elles embaument divinement après l'aube.

Je les sens, avec leur suavité nauséeuse.

Elle hésite, me voyant mal à l'aise, ne sachant si elle peut me laisser.

— Tu vas rester là, n'est-ce pas ?

Je hoche docilement la tête. Ce matin, Sybil est si extrême, si résolue dans son délire, que je me demande de quoi elle serait capable si je refusais de jouer le jeu. En marchant vers la porte, elle jette un coup d'œil derrière elle pour vérifier que je n'ai pas bougé. La porte se ferme dans un déclic. J'attends quelques minutes, peut-être cinq, pour être sûre qu'elle est partie, puis me lève en vitesse, juste au moment où la porte s'ouvre à nouveau.

Mon cœur bondit dans ma poitrine : c'est Moll, qui entre à pas traînants, un panier à linge sur la hanche. Elle ne me voit pas tout de suite, et je reste complètement immobile, comme une fille qui croit aux capes invisibles.

Elle plaque une main sur sa bouche, reprend son souffle. Je lâche :

— Je... j'ai dû être somnambule.

Je vois l'esprit de Moll s'emballer, son regard perplexe s'attarder autour de mes pieds nus, remonter lentement sur ma chemise de nuit froissée, mes bras croisés, mes joues en feu. À ma grande surprise, elle pose simplement le panier, rempli de linge propre et plié, près du lit et gagne la fenêtre en se dandinant. Elle regarde la course des nuages, le dos tourné. La ceinture de sa blouse se serre et se desserre au rythme de son souffle.

— Mrs Wilde t'a trouvée, n'est-ce pas ?

— Oui, dis-je, penaude, me demandant si elle vient de tomber sur ma tante partie griller du pain dans la cuisine.

J'essaie de lisser ma chemise de nuit, regrettant ma tenue débraillée, songeant que maman dit qu'on peut tout se permettre quand on est bien habillé.

Moll se tourne vers moi, les traits tirés.

— Elle ne te veut aucun mal, Margot.

— Je... ne vois pas très bien ce que tu veux dire.

Je jette un œil à la porte, craignant que Sybil revienne à tout moment et que je sois coincée ici, clouée au lit par des câlineries et du pain grillé.

Moll sourit gentiment.

— J'ai trouvé tes cheveux sur la brosse, mon chou.

— Oh...

Je ferme les yeux un instant. C'était bien la peine de prendre tant de précautions. Même Moll m'a confondue.

— Pas aussi clairs que ceux de Flora, mais plus blonds que ceux de Pam et de la petite brune, Dot. Les mêmes que ceux d'Audrey, mais plus bouclés, et plus courts. (Elle prend un oreiller sur le lit, le dépouille de sa taie, puis m'adresse un regard un peu plus sévère.) Et quelqu'un a fouillé dans ses robes.

— J'ai... j'ai été idiote, Moll.

Elle arrache le drap du lit.

— Moi, je ne juge pas.

— Tante Sybil... dis-je, puis je m'arrête, ne sachant pas exactement ce que Moll a compris.

— J'ai deviné, Margot. (Le drap pend dans ses mains.) J'ai vu la manière dont elle te regarde. Mais ta tante a la foi, une foi aveugle, c'est tout. Elle croit en Audrey comme je crois au bon Dieu. Enfin, par moments, elle se laisse trop emporter par cette foi. Elle se perd.

Je fixe mes ongles de pied, le vernis rouge soudain incongru, prise d'une bouffée de culpabilité. Car n'ai-je pas encouragé Sybil ? N'est-ce pas ce que nous faisons l'une et l'autre dans cette chambre, nous perdre, tenir la réalité à distance ?

— Tu es une gentille fille, Margot, ajoute Moll plus doucement, pénétrant mes pensées. (Elle retire le drap-housse, exposant le capitonnage bleu du matelas.) Je le vois à la façon dont tu veilles sur la petite Dot.

Je me sens encore plus coupable. Je ne me suis pas occupée de Dot ces dernières semaines. Je l'ai laissée grandir seule cet été, et, fidèle à elle-même, elle ne s'en est pas plainte. Elle a juste trouvé refuge auprès de Moppet, des livres et dans son imagination.

— Ta tante a connu des périodes sombres, Margot, plus sombres que tu ne le sauras jamais. (Moll déploie un drap frais et soulève un coin du matelas.) Et je ne l'ai pas vue aussi détendue depuis des années. Ce qui se passe ici, dans cette chambre, ne me regarde pas. Tout ce que je vois, c'est que tes sœurs et toi avez redonné vie à cette maison. (Elle penche la tête, me regarde tristement.) Je ne supporte pas de penser que vous allez vous envoler à la fin de l'été, comme des hirondelles.

Je lui rends son sourire.

— Moi aussi, je suis heureuse que tu sois à Applecote, Moll. Tu n'es pas partie, contrairement au cuisinier et aux vieux jardiniers.

Elle hausse les épaules, lisse le drap avec sa paume.

— Mon chéri, Arnold, a été abattu comme ce pauvre gars dans le pré. Disparu au combat. On ne l'a jamais retrouvé. Je comprends un peu le chagrin des Wilde, c'est tout.

— Alors, c'est toi qui laisses des bouquets dans le cratère !

Elle rougit.

— Je sais que c'est idiot. Mais quelqu'un a aimé ce pilote, Margot. Si ç'avait été mon Arnold…

Elle s'arrête, les yeux pleins de larmes.

Pour lui laisser le temps de se remettre, je regarde par la fenêtre, désespérant de mes théories fantasques. Les mains sur la vitre tremblante, j'observe tous les chers disparus, les traces tournoyant dans le ciel, déguisées en oiseaux. Je repense au pilote, notre James Dean allemand, qui avait lui aussi une Moll dans son pays, à laquelle il manquera toujours, qui ne sera jamais la femme qu'elle aurait été s'il avait survécu. Tout comme, sans papa, je ne serai plus jamais Margot à gogo. Sybil ne redeviendra jamais Sybil sans Audrey. Peut-être ne sommes-nous vraiment nous-mêmes que dans l'enfance, avant que la vie commence à mal tourner.

— Elle était pourrie-gâtée. Je l'appelais petite madame… mais j'aurais fait n'importe quoi pour Audrey, déclare soudain Moll, dont les pensées paraissent suivre les miennes. Et elle le savait, le petit ange.

Il me semble que les réponses pourraient toutes être derrière la porte noire de sa dent manquante.

— Qu'est-il arrivé à Audrey, Moll ?

— Tout ce que je sais… (elle hésite, passe les mots au tamis comme de la farine, les sort par bouffées en les tapotant) … c'est que Mrs Wilde ne quittera jamais ce vieux manoir. Pas tant qu'Audrey pourrait venir frapper à la porte. Et que, si jamais on retrouve son petit corps, ça brisera son cœur de mère. Mrs Wilde vit d'espoir, Margot. Et là (elle se tape la tempe), Audrey est aussi vivante que toi et moi.

— Mais ça fait cinq ans… La plupart des gens pensent…

J'essaie de dire « qu'elle est morte », mais je n'y arrive pas.

— Que ton oncle l'a tuée ? (Moll frappe un oreiller.) Bien sûr qu'ils l'ont pensé. Quand il a été arrêté par ces clowns.

— *Arrêté* ?

— Tu l'ignorais ? (Moll serre l'oreiller sur sa poitrine, empourprée.) Mais tout le monde savait.

Je revois maman le jour de notre départ, pressant une main sur son front. Je me rappelle le petit silence dès qu'elle a mentionné mon oncle.

— Ma mère ne nous l'a jamais dit.

— Elle a dû penser que ça valait mieux, lance Moll, tâchant de faire marche arrière. Ah ! la la, qu'est-ce que j'ai fait, avec mon grand caquet ? C'est à cause de toutes ces questions, Margot, ajoute-t-elle, irritée. Tu en poses beaucoup trop. Tu étais pareille petite : un vrai bourdon.

— Alors, qu'est-ce qui s'est passé ?

— Ce n'est pas à moi de le dire, jette-t-elle d'une voix ferme.

Je lance, soudain au bord des larmes :

— Oh, Moll… Personne ne raconte jamais toute l'histoire. Celle de notre famille est bâtie sur des strates de silence. Elle ressemble à la berge, près de l'embouchure de la Tamise, où l'on dit qu'il suffit de frapper le sol pour que l'eau souterraine en jaillisse. Notre famille est comme ça, mais avec des secrets.

— Toutes les familles sont comme ça, mon chou. (Moll m'adresse un sourire compatissant.) Allez, elle a bon cœur, ta mère. Je l'ai toujours pensé. Ça n'a pas été facile. Elle fait de son mieux pour vous, les filles.

— Moll, je t'en prie. Je n'arriverai pas à regarder mon oncle en face si tu ne me racontes pas.

Moll s'assied lourdement sur le lit.

— La police a arrêté ton oncle parce qu'elle devait arrêter quelqu'un, voilà ce que je crois, Margot. Elle n'a pas pu trouver la pauvre petite dans la rivière. Ni le suspect au chapeau. Les grandes familles de la région, surtout les Gore de Cornton, voulaient que l'affaire soit bouclée au plus vite. Elles ont fait pression sur les gens haut placés, comme elles le font toujours. Et la police devait montrer qu'elle agissait. (Elle secoue la tête, les yeux noyés de larmes.) Ç'a été affreux pour Mrs Wilde. Mais elle a soutenu son mari. Elle savait qu'il n'avait rien à voir dans cette histoire.

Songeant aux gros doigts de Perry, me préparant au pire, je demande :

— Il était vraiment innocent ?

— Bien sûr que oui, Margot ! (Moll paraît choquée que je puisse penser le contraire.) La police n'a rien pu lui mettre sur le dos, sauf des cancans et des rumeurs, les marmonnements d'un vieux mystique dans la vallée voisine, et elle l'a libéré. Même si, aux yeux de bien des gens, il sera toujours coupable, mais ça, c'est l'esprit de la vallée. (Elle se lève en soupirant, jette un œil à la porte.) Et ça, c'est le pas de Mrs Wilde, si je ne me trompe.

Sans réfléchir, je me penche vers elle, embrasse sa joue chaude et parcheminée :

— Merci, Moll.

Elle pose ses doigts sur sa joue, ébahie comme si personne ne l'avait embrassée depuis des années. Puis elle me chasse d'un geste, souriante et troublée.

— Allez, file.

L'été est presque fini. Déjà, quelques pommes du verger ont mûri. Un soir arrive un froid coupant, réclamant un cardigan. Flora exhibe un suçon sur le sein gauche, juste au-dessus du mamelon.

— La demande en mariage n'est qu'une question de temps, juge Pam après l'avoir examiné de près, mais il ferait mieux de mettre des gants.

Dans un peu plus d'une semaine – « ce jour-là », l'appelle Sybil en fermant les yeux –, nous devrons faire nos valises et retourner à Squirrels, sans Flora pour la première fois. Flora partira se faire polir, telle une pierre précieuse, à Paris.

Soudain, il me semble que j'ai beaucoup à perdre : Flora, Tom, Harry, l'occasion de trouver ce qui est arrivé à Audrey, même les saluts timides de Billy, les coups de brosse de Sybil, des petites choses dont j'ai pris l'habitude et qui vont me manquer.

Mais surtout, c'est la perte de notre solidarité, de la tribu des Wildling que nous formions au début de l'été, qui est la plus dure. Notre quatuor n'est plus stable, il se disperse à tous vents. Je tente de combler le fossé entre mes sœurs et moi, spécialement entre Pam et Flora, mais c'est comme courir après des graines de pissenlit dans le pré. Piétiner jusqu'à la fin de l'été.

Dot part faire de longues balades avec Moppet et les jumelles de Perry, enchantée par les hirondelles et les martinets qu'elle suit dans le ciel. Flora est si obsédée par Harry que, lorsque je lui ai appris l'arrestation de Perry, elle a haussé les épaules au lieu de crier « *Noon !* ». Mais elle est moins aveuglée par la passion, plus sérieuse, absorbée, inaccessible : l'amour doit être plus profond, plus réel, je suppose. Pam est frustrée par Tom, qui n'a toujours pas l'air de succomber à sa tendre destinée, et je ne suis utile à mes sœurs aînées que parce que je peux amadouer Sybil pour qu'elle les laisse plus libres. Elles n'en voient pas le prix. Si elles le pouvaient, elles m'éviteraient complètement, j'en ai peur.

Laissant Dot plongée dans un livre, Pam et Flora se disputer à l'étage – apparemment pour des pinces à cheveux, en vérité parce que Pam craint que Tom soit amoureux de Flora, qui ne fait rien pour le décourager –, je vais m'asseoir au bord du Wilderness. Le menton sur les genoux, me sentant plus loin de mes sœurs que jamais, j'attise ma tristesse sous le soleil du soir.

Une ombre jette un froid dans mon dos, s'étale par terre comme un nuage. Je me tiens prête, croyant que c'est encore Sybil, venue me suggérer un rendez-vous plus tard, mais quand je lève les yeux, ils tombent dans un double tunnel de narines.

Perry porte son affreux maillot de bain en tricot, une chemise à plastron froissée, ouverte à la taille, et un mouchoir de soie noué sur la tête.

— Je peux ?

Sans attendre ma réponse, il se pose à côté de moi dans une bouffée d'air et de sueur. À cet instant, je sais pourquoi maman ne nous a pas parlé de son arrestation – comme il est facile de prendre pour un monstre un gros homme à la respiration lourde, qui s'assied trop près et sent le gibier et le sel –, mais très vite, la prise de conscience s'estompe, car elle n'explique pas tout.

— Les frères et sœurs sont pénibles, hein ? dit Perry.

Je hausse les épaules pour ne pas l'encourager, me demandant où il veut en venir.

— J'ai détesté Clarence pendant des années, Margot. Il m'horripilait.

Clarence. Le nom de papa résonne comme une cloche. L'entendre est un choc. Perry parle rarement de papa. Ne sachant pas quoi dire, je cueille un brin d'herbe et le mâchonne.

— Il était séduisant, ton père, enchaîne Perry d'un ton bourru. Un peu trop malin. Il a épousé une femme si belle qu'elle faisait tourner la tête de tous les hommes, en se fichant de ce que pensaient nos parents, de ce que ça ferait au nom de la famille. Et après, il a eu l'audace d'avoir quatre filles, alors que Sybil et moi avons seulement réussi à en avoir une, et puis… (Il tend la jambe comme une masse.) Oh, et les médailles ! Il aimait remuer le couteau dans la plaie en affichant ses médailles de guerre, son pouce héroïque. Il abattait des Allemands. Je tirais des faisans. Puis, après avoir accompli tout ça (il lâche un rire jaune), il s'est pourtant fait tuer le plus bêtement possible, en brisant le cœur de ma mère. (Son *tss tss* vibre sur ses lèvres.) J'avais toujours cru que mon petit frère me survivrait, qu'il s'installerait au manoir d'Applecote avant même que mon corps soit froid.

Je ne sais quoi répondre. Ni plus très bien qui est mon oncle, juste qu'il n'est pas la brute rôdant avec des yeux lascifs, mais un géant solitaire.

— Tu sais, après ce qui est arrivé, dit-il d'une voix plus douce, l'accident atroce sur la voie ferrée, ça a commencé à me manquer, par moments, de n'avoir pas quelqu'un pour m'horripiler. (Il s'appuie en arrière sur les coudes, lève la tête vers le ciel.) Maintenant, il me manque tous les jours. Et quand je regarde ce jardin, et que je nous vois tous les deux – vraiment, je peux nous voir, une paire de gamins en culottes courtes, la canne à pêche sur l'épaule, l'un destiné au champ de bataille, l'autre à la chasse et au manoir –, je me dis… (il s'interrompt, déglutit, et sa voix dérape) … que je donnerais n'importe quoi pour qu'on ait encore juste un jour d'été, moi et mon bûcheur exaspérant de frère, avec la vie devant nous, pas de responsabilités, rien à perdre, tout à gagner, à ne penser qu'aux truites.

Il se lève en trébuchant, presse mon épaule sous le gros jambon de sa main. J'attends qu'il soit à distance respectueuse, et puis, je fonds en larmes.

Plus qu'une semaine. Nous tâchons d'imaginer un cadeau à offrir à Sybil et Perry en remerciement de leur hospitalité. Pour moi, c'est un peu plus compliqué : au revoir, navrée de t'avoir pris pour un meurtrier, vous allez me manquer, bon débarras, tout cela à la fois. Mais c'est difficile car nous n'avons pas d'argent et ne pouvons nous entendre sur rien. L'excursion est une idée de Dot, un trait de génie dottien. Sybil n'est-elle pas enfermée dans cette maison par sa peur ?

Perry par les angoisses de sa femme ? Et si nous pouvions aider Sybil à s'en libérer, la ramener dans le monde extérieur avant notre départ ? Ne serait-ce pas le plus parfait des cadeaux d'adieu ?

— On n'y arrivera jamais, soupire Flora.

Pam lance, juste pour s'opposer :

— Margot, elle, en est capable !

Flora me parie le presse-papiers en verre sur son bureau que je ne pourrai pas convaincre Sybil de sortir du manoir pour aller dans la ville la plus proche.

Je promets à Dot que je le gagnerai pour elle.

— Je serai avec toi, ma tante. Comme l'était Audrey, dis-je à Sybil sans vergogne pendant qu'elle me brosse les cheveux, ce soir-là.

Elle secoue la tête, incrédule, comme si j'avais suggéré qu'elle saute de la tour de l'église du village en agitant des torchons en guise d'ailes. Pourtant, quand j'en reparle le lendemain, elle hésite et la brosse s'immobilise, comme si elle s'était soudain rappelé une chose très importante. Je sais alors que j'ai gagné le pari.

— Je suppose que c'est maintenant ou jamais, et j'ai bien besoin d'un chapeau neuf, répète anxieusement Sybil ce mercredi matin.

Elle a bonne mine, les joues moins creuses, son lacis de veines masqué par du fond de teint. Elle mange deux œufs, un toast couvert de beurre, et paraît presque y prendre plaisir. Perry la couve d'un regard approbateur, n'engloutissant lui-même qu'un simple bol de porridge. Je suis frappée de voir qu'ils forment un seul organisme, redistribuent leurs appétits, et que le mariage qui semblait mort un temps est peut-être vivant à la base.

Dans l'entrée, Sybil ne maîtrise plus ses nerfs, ouvrant et refermant son plus beau sac en crocodile. Nous lui prenons le bras, l'entraînons dans l'allée en papotant, feignant de partir pour une balade normale, pas sa première sortie en ville depuis des années.

Quand elle descend du car, Sybil trébuche une seule fois, lorsqu'une blondinette surgit devant nous, faisant tourner un cerceau avec une baguette. Et si elle remarque les murmures des gens du coin, leurs regards ébahis, elle ne dit rien et garde la tête haute, plus brave que je ne l'aurais cru.

Après un thé et un gâteau – « La meilleure génoise que j'aie jamais mangée », s'émerveille Sybil à voix basse, même si elle est loin d'être aussi bonne que celle de Moll –, nous allons chez la modiste. Là, nous insistons pour qu'elle achète le modèle le plus exubérant de la boutique, au bord couvert de fleurs en soie multicolores, comme un char de carnaval. Sybil proteste, mais elle est subjuguée par son reflet, semblant apercevoir une autre femme sous ce joyeux chapeau, quelqu'un qu'elle pourrait être à nouveau.

Au début, je pense que c'est une fille, pendue au dos de la porte de ma chambre, et je n'aime pas l'idée que Sybil soit venue dans cette pièce, l'accrocher là pendant mon sommeil, mais je ne peux quand même pas y résister. À ma grande surprise, le bouton du haut se ferme bien, cette fois. Je comprends que Sybil l'a fait déplacer.

Oh, qu'elle est belle ! J'avais oublié qu'elle était si exquise, légère mais solide, et le merveilleux frou-frou de son jupon sur mes jambes.

— Margot ? (Debout sur le seuil de ma porte, une trace d'oreiller sur la joue, Flora écarquille ses yeux mauves. Je reste immobile, mais la robe continue à bouger, prenant déjà une vie propre.) Où diable as-tu eu ça ?

Je réponds avec gêne :

— Sybil me l'a donnée.

— Mince… Tu en as de la chance ! (Elle plisse les yeux et l'examine, la tête penchée de côté.) Je l'ai déjà vue ?

Mon cœur s'arrête. Si Flora reconnaît dans cette robe une copie de celle d'Audrey, je serai forcée de tout lui expliquer. Elle fronce les sourcils. Je me crispe. La matinée pivote.

— Oh, ça doit être dans une revue de mode, un truc comme ça. En tout cas, Pam l'arrachera de ton dos. Tu as l'air d'une star de cinéma dans cette robe, Margot. (Elle s'esclaffe.) J'ai du mal à croire que c'est toi !

Je pousse un long soupir que j'ai dû réprimer sans le savoir. Le corsage se relâche.

— Oh, avant que j'oublie, ce presse-papiers, honnêtement gagné. (Flora le pose sur la commode.) Même si je n'ai pas vraiment le droit de te le donner, vu qu'il ne m'appartient pas.

— Ni moi de l'offrir à Dot.

— C'est le principe qui compte. Je t'achèterai quelque chose de beau à Paris, promis.

Flora ajuste le col Claudine de la robe avec les mêmes doigts légers, ardents qui ont couru sur le dos d'Harry, tordu ses cheveux blond-roux. Elle ne m'avait pas touchée depuis une éternité. Ça fait du bien.

— On organise une fête demain, dit Flora d'un air complice. Sur les pierres. Juste pour nous six. L'adieu à l'été et tout ça. (Elle hausse un sourcil.) Une folle nuit, s'il ne tient qu'à Harry.

— J'imagine que Sybil y trouvera à redire.

Flora sourit, gonfle les plis de la robe.

— Sybil sera sortie pour la soirée.

À nouveau, je fais froufrouter la robe sur mes jambes, baissant les yeux pour l'admirer.

— Elle a seulement réussi à aller chez la modiste, Flora.

— J'ai un plan. (On dirait maman illuminée par une de ses idées folles, et soudain, son absence m'élance comme une crampe.) *Le Songe d'une nuit d'été*, explique Flora, avec une lueur espiègle. La pièce se joue en ville, m'a dit Harry. Sybil va adorer. Perry n'aura rien contre une chose qui favorise Harry. Il y a un hôtel au coin de la rue, assez chic, avec des portiers. (Elle se penche à mon oreille.) Perry pourrait baiser pour la première fois depuis des années.

Le verbe « baiser » me choque : il est si cru, et ressemble si peu à Flora que je me demande jusqu'où elle et Harry sont réellement allés. Il y a quelques jours, elle a confié à Pam, qui s'est empressée de me le répéter, qu'ils avaient « tout fait sauf *ça* dans la cabane du jardin ». (« Elle exagérait, évidemment, a dit Pam d'un ton dédaigneux. Comment auraient-ils pu ? Il n'y a même pas de lit là-dedans. »)

— Tu es la seule à pouvoir convaincre Sybil, Margot. (Flora cherche à m'entortiller, à grand renfort de battements de cils. J'ai soudain une envie peu fraternelle de les arracher un par un, comme des pattes d'araignée.) Je t'en prie, essaie, Margot. J'ai besoin de partir à Paris en beauté.

J'ignore si c'est une allusion codée à l'idée de « refaire tout sauf *ça* », ou à une demande en mariage. Peut-être aux deux. Je ne veux pas le savoir, en tout cas. Penser qu'elle et Harry se bécoteront sur les pierres au coucher du soleil est déjà un tourment.

— Qu'est-ce qu'il y a ? Tu as encore ta tête d'étrange Margot…

Je réplique aussitôt :

— Ne m'appelle pas comme ça !

Des éclats de l'été me volent au visage : le domino blanc, le martin-pêcheur, les doigts de Sybil dans mes cheveux, la main d'Harry sur mon bras.

— Je ne veux plus que les gens disent que je suis étrange, OK ?

Elle recule d'un bond, les mains levées.

— D'accord, d'accord !

— Et je n'irai pas à la fête.

Flora se décompose.

— Mais… mais tu pourras porter ta belle robe. Tu seras la reine de la soirée. Et c'est le dernier week-end de l'été. On y est, Margot !

Je m'assieds au bord du lit, rassemblant les plis de la robe entre mes genoux. L'odeur distrayante du bacon filtre sous la porte de ma chambre.

— Je ne peux pas, dis-je dans un murmure, incapable d'expliquer pourquoi.

— Mais j'ai besoin que tu sois là…

— Tu n'as plus besoin de personne, Flora. Tu t'en sors très bien. Tout a toujours été facile pour toi.

Elle a l'air blessée.

— C'est vraiment ce que tu penses ?

Un silence s'étire. Une feuille de lierre frôle la fenêtre… et je songe à ce qu'a dit Perry, qu'il donnerait n'importe quoi pour passer encore un jour d'été avec son frère, et une part de moi s'attendrit.

Flora se pose à mes côtés, presse sa jambe contre la mienne.

— En plus, j'ai besoin de ton avis sur Harry.

Je sors d'une voix aiguë, étranglée :

— Harry ? Tu ferais mieux de demander ça à Moppet. Je ne connais rien à l'amour.

— Eh bien, tu réfléchis sérieusement, beaucoup plus que Pam et moi, ce qui n'est pas si difficile, je sais. (Elle me regarde curieusement. J'espère que mon air ne me trahit pas trop.) Toi, Harry te respecte.

Je ferme les yeux sous le choc. Je ne veux pas être respectée – on respecte le vicaire du village ! Je veux être empoignée, embrassée et dévorée, comme Flora. Pourtant, je demande, sans pouvoir m'en empêcher :

— Un avis sur quoi ?

Flora grignote sa lèvre inférieure, change de place sur le lit.

— Je… j'aimerais juste que Perry ne m'ait pas dit qu'Harry était un si beau parti, bégaie-t-elle. Pour que je puisse être sûre de l'authenticité de mes sentiments.

Je répète, étonnée :

— L'authenticité ?

— Je sais que c'est un grand mot dans la bouche de ta sœur stupide.

— Ce n'est pas ce que j'ai voulu dire.

Mais nous savons l'une et l'autre que si, en quelque sorte.

— Je ne veux pas mener la vie que maman aurait voulu vivre, c'est tout, Margot, explique-t-elle avec une vivacité surprenante. Le riche mari, la maison splendide…

Je n'ai jamais entendu Flora parler ainsi.

— Vraiment ? Alors, de quoi as-tu envie ?

— Oh, je ne sais pas. Je ne sais pas ce que je pense. C'est peut-être la chaleur. (Flora écarte de sa joue des mèches crêpées par le sommeil.) Je ne me rappelle même plus à quoi ressemble le froid, pas toi ? Ou la pluie. On dirait que l'été ne va jamais s'arrêter. Mon cerveau s'est ramolli, et il a été envahi par ces… ces fichues questions.

— Dieu t'en garde !

Elle rit. Nous nous taisons un moment, chacune songeant à l'autre, à la distance entre nous.

— Tom m'a demandé ce que je voulais faire de ma vie.

— Tom ?

— Il n'est pas ce qu'il paraît être, tu sais, Margot, froid, laconique. Il ne l'est pas du tout, dès qu'il commence à s'ouvrir. Il suffit de briser sa coquille. Alors, il est assez merveilleux.

Il semble que Flora ne parle jamais d'Harry de cette façon. Je ne lui ai jamais vu un sourire aussi franc.

— Bref, personne ne m'avait jamais posé cette question avant, dit-elle en blêmissant un peu, comme si l'idée venait de la frapper. Moi-même, je n'avais jamais pensé à me la poser.

— Alors, tu as répondu quoi ? (Mon élan d'affection pour elle est déroutant, car il rend mon désir pour Harry encore plus déloyal.) À la question de Tom ?

Flora plaque une main sur sa bouche, éclate de rire.

— L'Amérique ! C'est sorti comme ça. J'ai dit « Partir en Amérique », sans trop savoir pourquoi. Juste dans un endroit où je pourrais être vraiment moi-même, même si je ne sais pas très bien qui je suis. (Elle secoue la tête, perplexe face à son revirement improbable.) Bien sûr, c'est complètement fou.

J'essaie d'imaginer Flora agitant la main depuis le bastingage d'un navire, disant adieu à l'anneau de mariage, au landau en dentelle, à Cornton, mais je n'y parviens pas. Son destin a toujours paru tellement joué d'avance, voguer vers un dénouement inévitable.

— Promets que tu viendras.

— En Amérique ?

— À la fête sur les pierres, andouille. (Elle me prend les mains, me tire du lit et parcourt à nouveau ma toilette d'un œil admiratif.) Mais regarde-toi ! Tu sais quoi, Margot ? Si tu viens à la fête dans cette robe, tout peut arriver.

11

Jessie se réveille dans la beauté spectrale de la première forte gelée de février. Elle se lève avec précaution pour ne pas réveiller Romy qui dort, étalée en travers du matelas. Elle sait que c'est probablement un mauvais pli – Romy devrait dormir dans sa propre chambre –, mais ces derniers mois, elle a eu plaisir à serrer dans ses bras le corps doux, reniflant de sa fille lors des absences de Will. Romy dort aussi plus tard quand elle est dans leur lit, où Jessie la sait à l'abri.

Jessie n'arrive pas à oublier la vision effrayante de Romy sur les pierres, avec ces lunettes, le soupçon lancinant que Bella tentait obscurément de changer sa petite sœur en l'Audrey disparue. Ni les nuits où elle a trouvé Bella somnambule dans la chambre de Romy. Pour ne pas les laisser seules ensemble, elle a pris l'habitude d'emmener Romy dans la cabane lorsqu'elle coupe du bois, dans la salle de bains quand elle se lave, plutôt que de la confier à la garde de Bella. Elle sait que c'est sans doute une réaction excessive, que Bella sent sa méfiance – et elle s'en veut de la suspecter –, mais le doute est là.

En ouvrant les rideaux, elle écarquille les yeux face au brusque refroidissement dans le creux de l'hiver : le jardin est couvert de glace, magnifique, sculptural, un paysage sorti du monde de Narnia. Elle aimerait que Will soit là pour le voir, que le temps ne lui réserve pas seulement une triste bruine quand il rentre le week-end. Une feuille tourne dans le calendrier qu'elle porte dans son cœur. Plus que trois nuits avant le retour de Will. Elle lui adresse une photo par texto : « Jack Frost[1] ! » Elle lui en a envoyé beaucoup. Trop peut-être : Will ne répond pas toujours. Bella préfère Skype, en privé dans sa chambre – ce n'est pas pareil, déclare-t-elle. Et elle a raison.

Will leur manque terriblement à toutes lorsqu'il est absent. Mais il a aussi commencé à manquer à Jessie quand il est là, comme si une partie de l'homme qu'elle aime restait à son bureau de Londres ou, pire, dans la maison chaude, confortable, de son hôtesse londonienne. Ou peut-être se fait-elle des idées. Pendant les longues nuits où Will est loin dans la semaine, il est facile de ressasser le premier mariage décrit dans ces lettres, de se croire irrationnellement trahie par lui. Quand Will revient à Applecote le vendredi, elle sent une part d'elle-même s'éloigner de lui. Cette impression met un ou deux jours à s'effacer, puis il est temps pour Will de retourner à Londres, et le cycle reprend.

Ce n'est pas ce qu'ils avaient prévu. Seules les images soigneusement sélectionnées que Jessie poste sur Facebook ressemblent à la vie qu'elle avait imaginée : la maison enguirlandée de houx, brillant sous les bougies de Noël ; une promenade en famille dans un bois hivernal ; un crumble aux pommes fumant dans un plat en terre cuite bleu pastel. Jessie passe beaucoup de temps à peaufiner son journal, admirant, enviant cette version fictive de leur vie.

La glace photogénique fond dans la journée. Sa beauté fraîche se change en une bouillie qui colle en gros caillots aux bottes de Jessie, s'insinue sous ses ongles et se glisse dans la maison. Impossible d'échapper à la boue cette semaine, ni au ciel grisâtre qui pèse sur la vallée. Les mains des filles sont gercées, écarlates, leurs lèvres bleuies par le froid. Leurs vêtements de plein air sont trop légers, conçus pour des parcs urbains tempérés, pas pour la campagne en hiver. Jessie commande des vestes épaisses, des bonnets cache-oreilles et des gants thermiques sur catalogue dans

1. Petit elfe, allégorie de l'hiver dans la culture anglaise.

les Highlands. Elle aimerait qu'il neige. Ça réjouirait toute la famille, pense-t-elle. Mais le ciel blanc ne lâche qu'un grésil sans charme, qui se transforme en pluie. La terre est trempée. Il continue à pleuvoir. L'eau n'a nulle part où aller.

Mercredi, le jour où Will doit rentrer tôt pour travailler à la maison, une promesse aux filles pour se faire pardonner son absence : déluge. Un miroir gris mercure s'étale vers l'ouest, déborde par-dessus des sacs de sable, noie les maisons et les prés, change les bois en forêts sous-marines, exhume des fémurs victoriens dans un cimetière voisin. La terre d'Applecote devient visqueuse : une flaque marécageuse s'étend près du puits, aspirant la botte en caoutchouc de Romy, qui pousse un cri perçant. Bella baptise Applecote « l'Arche », ce qui est assez drôle pendant quelques secondes, jusqu'à ce que Jessie s'entende lâcher un rire strident, et se taise aussitôt. Le nom de Will clignote avec insistance sur son portable. Une autre crise au travail – un client menace de l'attaquer en justice – et une réunion importante, prometteuse : il ne va pas rentrer ce soir. Quand Jessie le dit aux filles, Romy fond en larmes. Bella se décompose. Elle court à l'étage et claque la porte de sa chambre, comme une déclaration de guerre.

Ce soir, même le temps pique une crise : le vent hurle, des rafales musclées pilonnent la maison. Jessie, prise d'une appréhension, verrouille les portes et une petite voix dans sa tête se demande si, au lieu de repousser la menace, elle ne l'enferme pas à l'intérieur. Les ombres du feu dansent sur les murs tremblants du vieux salon et elle entend dehors des bruits confus : des branchages qui se brisent, peut-être, le crissement d'un pas sur le gravier. Le cœur battant – puisqu'il ne peut s'agir de Will, qui est-ce ? –, elle éteint les lumières de l'entrée et scrute l'allée par la fenêtre, s'attendant un peu à voir Margot se fondre à nouveau dans la brume, s'éloigner d'Applecote avec ses chiens. Mais il n'y a personne.

Margot. Jessie n'est pas retournée au café depuis le jour où Margot a ramené Bella. Il lui manque plus qu'elle ne l'aurait cru, ce lieu accueillant, bohème, où elle pouvait aller se détendre. Mais elle ne peut pas oublier les deux labradors noirs dans la voiture de Margot, son foulard léopard et, chose plus déroutante, sa connaissance détaillée de la maison. En examinant la gouttière le lendemain, Jessie a découvert que Margot avait parfaitement raison : elle était bouchée et, au dernier étage, une tache d'humidité fleurissait sur le mur de la salle de bains. Comment Margot la connaissait-elle ? Elle ne pouvait guère la voir du jardin.

Jessie ne peut s'empêcher de repenser à la théorie des filles de Squirrels, voulant qu'Audrey revienne rôder dans son ancienne maison. Et, bien qu'elle n'ait jamais entendu une histoire aussi absurde – des femmes ne disparaissent pas dans leur enfance pour reparaître, au bout d'une cinquantaine d'années, dans le manoir familial avec des clés secrètes –, une idée ridicule l'a gagnée : que Margot soit en réalité Audrey.

Un chien aiderait peut-être, suggère distraitement Lou au téléphone, sautillant dans son appartement pour chercher le soulier égaré qui va avec sa robe marine à paillettes.

— Tout le monde a des chiens à la campagne, non ? C'est pratiquement la règle d'être couvert de poils et de sentir le clebs. Il te tiendra compagnie, Jessie, t'empêchera d'avoir peur… *et* ça fera bien sur Facebook, ajoute malicieusement Lou, qui voit clair dans tout.

Jessie rit, soulagée d'être comprise. Lou trouve sa chaussure et pousse un cri de plaisir. Son taxi est en bas.

— Faut que j'y aille !

Jessie soupire : elle aimerait tant pouvoir la suivre dans ce taxi, le brouhaha d'un vernissage, son ancienne vie, juste pour un soir. À la place, elle dégage la table de la cuisine, ouvre son ordinateur et surfe sur des vidéos de chiots si mignons que Bella devrait lui pardonner d'exister si elle en achetait un. S'élançant à l'étage, elle frappe doucement à la porte de sa belle-fille, lui demande si ça va, si elle aimerait parler et, hein, que dirait-elle d'un petit chien ? Mais Bella la repousse, « Je veux être seule », et soudain, l'idée qu'un chiot puisse combler la faille de la famille semble, comme tant d'autres, follement optimiste. Elle redescend dans la sombre maison vide en songeant à Lou, qui rit et scintille dans la nuit de la ville.

Le lendemain matin, quand Jessie monte au dernier étage, la lumière de février s'épaissit, teintant de noir son pyjama en flanelle grise. Il fait aussi plus froid. Elle frissonne, s'arrête sur la marche du haut qui grince, serre la main de Romy qui frétille dans la sienne, et se demande si les murs du palier se sont encore rapprochés, ou si elle l'imagine. Elle ne sait pas très bien. Applecote, elle le découvre, n'est pas comme les autres maisons. Loin d'être stable et fixe, elle paraît se dilater et se rétracter selon les changements atmosphériques et le climat émotionnel de ses habitants.

— Bon, le linge, se dit Jessie à voix haute. (Commenter ses déplacements dans la maison est une nouvelle habitude alarmante, un des travers de sa mère qui lui faisaient, adolescente, lever les yeux au ciel.)

Elle entasse en hâte le linge propre de Bella sur le lit bateau – à présent, elle n'ose plus ouvrir les tiroirs – et jette un œil méfiant aux caisses de Mandy, toujours calées entre le mur et le lit, pendant que Romy, trotte-menu, file vers la commode.

— Romy… gronde Jessie en secouant la tête. Laisse les affaires de Bella.

— Romy les aime…

— Tu veux voir Tracteur Joe ? (Maintenant, avec sa fille, la distraction est plus efficace que la discipline.) Tiens.

Debout près de la grande fenêtre, Romy sur la hanche, elle regarde le véhicule – usé, pansé par du ruban adhésif – apparaître en grinçant, les avant-bras de Joe Peat posés sur le volant. Romy agite la main et le bracelet de trombones multicolores qu'elle lui a fabriqué danse sur son petit poing.

Joe a débarqué lundi dernier, avec plusieurs semaines de retard, balançant sa rotondité dans l'allée comme une botte de foin, une casquette tirée bas sur la tête. Jessie s'estime très heureuse qu'il soit là. Il a déjà débarrassé le fond du jardin d'un enchevêtrement de ronces et de gravats, faisant en quelques heures ce qui lui aurait pris des mois. Il a créé des plates-bandes surélevées. Plus tard dans la journée, il va examiner la piscine, pour qu'ils puissent prendre à son sujet une décision finale, le petit puits et d'autres vieilleries.

Quand il est arrivé, Jessie lui a demandé s'il connaissait la maison, guettant une lueur révélatrice dans ses yeux, signe qu'il ne ferait sans doute pas long feu. Mais il a simplement acquiescé et dit que son père, Sid, et son oncle, Brian, avaient fait de menus travaux à Cornton Hall dans le temps. Une vieille demeure près de la rivière, juste en bas de la route. Jessie la connaissait ? Oui. Encouragé par son intérêt, content de bavarder, Joe a tiré un portefeuille d'une poche de son pantalon et sorti une photo en noir et blanc d'un homme à l'air timide, en tenue campagnarde, au chapeau élégant.

— Un type coquet, mon vieux.

— Très chic, a opiné Jessie en regardant la photo, avec les grilles de Cornton Hall reconnaissables à l'arrière-plan.

Ça, c'était bien son père, a poursuivi Joe d'un ton fier. Il avait toujours voulu améliorer sa condition, mais il n'en avait pas eu la chance. Une crise cardiaque. Le pauvre. Jessie a levé les yeux. « Oui, a dit Joe, juste à la fin de cet été maudit », comme pour répondre à une question qu'elle n'avait pas posée.

À cette brusque évocation d'Audrey, le passé ouvrant, une fois de plus, une brèche dans le présent, Jessie a senti son cœur se serrer. Mais Joe est resté. Dieu merci, songe-t-elle quand le tracteur disparaît dans un bouquet d'arbres, emportant ses sombres pensées avec lui, et que Romy déclare allègrement :

— Parti !

Cet après-midi-là, Jessie pique du romarin dans un gigot d'agneau quand Joe fait une trouvaille. Pour examiner les racines des arbres sous l'orangerie, il démonte le banc encastré sous la fenêtre… et découvre un paquet emballé dans du papier kraft, cerclé de fil de jute.

— Les vieilles maisons offrent toujours des surprises, dit-il en essuyant un trait de sueur sur sa lèvre supérieure.

Jessie a déjà eu assez de surprises à Applecote. Merci quand même.

La porte d'entrée claque et Bella surgit, les yeux brillants. Ses doigts s'agitent le long de son blazer, brûlant d'arracher le paquet à Joe.

— Oh, mon Dieu ! Qu'est-ce que c'est ?

— Des lettres d'amour, sans doute, plaisante Joe.

Jessie se raidit. Elle en a aussi plus qu'assez des lettres d'amour destinées à d'autres.

Pendant que Romy empile des cubes d'alphabet par terre, dans la cuisine, Bella commence à déballer le paquet sur la table. Joe a raison : des lettres manuscrites, tachées d'humidité, qui se désintègrent. Jessie les regarde en retenant son souffle – elle sait exactement ce qu'espère Bella – et se réjouit de voir que l'encre brouillée par l'eau les rend presque illisibles.

— Oh non, attends ! (Bella montre un cachet estompé.) 1959, enchaîne-t-elle en levant les yeux vers Jessie avec enthousiasme. C'est l'année de ces vieux journaux, non ?

— La vague de chaleur, oui.

— J'étais absolument destinée à les trouver, murmure Bella en s'asseyant. (Elle considère les lettres puis, soigneusement, en rapproche des fragments du bout de son index.) Je crois que je peux les déchiffrer.

Jessie aperçoit alors une autre Bella, celle que son professeur de dessin de Squirrels a félicitée dans son dernier bulletin : créative, curieuse, concentrée.

— Certaines sont envoyées de… du Maroc. D'autres… Oh, regarde, Jessie, les dernières, de Londres.

— Un voyageur, alors, dit Jessie en retournant à son agneau.

Elle l'arrose d'un filet d'huile d'olive, l'entoure de gousses d'ail.

— Oh… Oh non… Elles ne sont pas adressées à Audrey, ajoute Bella, déçue. Mais à une certaine Pam. Et… j'ai du mal à lire les autres noms… à Dot ? Dot est vraiment un prénom ?

— Un diminutif de Dorothy.

Des prénoms déjà désuets, pense Jessie, mais qui, certainement, redeviendront à la mode. Personne n'appelle plus ses filles Pam ou Dot. Peut-être, s'ils en avaient une autre, une sœur de Romy... Elle s'arrête net. Maintenant, ils sont bien loin de cela, de toute forme de stabilité.

Elle soupire, jette un coup d'œil à la pendule. Will a dû attraper son train. Elle imagine Will s'installant sur son siège, la chaleur de son corps sous sa veste, sa manière de tenir son livre loin de lui en niant son besoin de lunettes.

— Écoute ça. « Je vous en prie, répondez-moi bientôt, votre m... » lit Bella en plissant les yeux, tâchant de déchiffrer les mots. « Maman qui vous aime ». C'est « maman », n'est-ce pas ?

— Oh oh ! s'écrie soudain Romy, poussant du doigt la tour de cubes qui s'effondre par terre.

— Absolument, confirme Jessie à voix basse en s'essuyant les mains sur son tablier, debout derrière Bella... et pendant un instant, elle peut presque entendre la voix d'une mère, portée par le vent à travers le temps.

— Une mère, souffle Bella, d'un ton si nostalgique que Jessie est submergée par l'envie de la prendre dans ses bras.

Mais dès qu'elle lève la main, elle se fige, incapable d'aller plus loin, frappée par la vanité de cette idée. À quoi bon se leurrer ? Bella ne peut pas supporter qu'elle la touche. Elle veut sa mère, pas un piètre substitut. Alors, Jessie retourne à son gigot. À l'odeur ferreuse de la viande fraîche.

Will entre en trébuchant quand leur dîner s'achève, pâle, vidé, la nuit glacée collant à lui comme une veste mouillée. Romy se serre contre ses jambes, caresse amoureusement sa barbe naissante. Mais Bella reste en retrait, le punissant d'avoir manqué à sa parole. Et quand il veut la prendre dans ses bras, s'excuser de son jour de retard, elle s'écarte froidement. Jessie, voyant le choc rider le visage de Will, lui presse la main afin de le rassurer. Il se tourne pour l'embrasser. Là, pour la première fois, leurs bouches se ratent et le baiser de Will tombe sur sa joue. Elle s'esclaffe en touchant sa pommette. Will la regarde, perplexe, se demandant pourquoi elle rit.

À cet instant, elle sent avec acuité toutes les heures où ils ont été séparés ces cinq derniers mois, combien l'éloignement crée des expériences qui ne sont plus partagées, des parts de vie dont l'autre est exclu, et elle se demande s'ils arriveront jamais à se retrouver.

Ce soir-là, Will passe un long moment à conseiller Bella dans sa chambre. Puis il mange quelques restes d'agneau, perdu dans ses pensées, regardant sans les voir le bouquet de branches et de baies, le pain fraîchement cuit, le bordeaux soigneusement choisi par Jessie. La température chute. Ils voient leur souffle se changer en buée dans l'entrée. Durant la nuit, sous une pile de couvertures, pendant que Romy remue à leurs côtés, Will se tourne et se retourne, l'adrénaline de la vie urbaine crépitant encore dans ses veines. Quand Jessie pose la tête sur sa poitrine, elle peut sentir son anxiété, sa tension artérielle monter, comme le flot d'une rivière en crue. Lorsqu'il parle en dormant, elle est sûre qu'il marmonne le nom de Mandy, qu'il rêve du passé, des réconforts du mariage dont la mort l'a privé et qui, d'après les lettres, étaient irremplaçables. Elle presse son corps contre le sien. Il s'écarte dans son sommeil.

Allongée sans dormir, Jessie écoute le vent siffler dans les branches, examine son mariage, pousse mentalement des portes qu'elle ne devrait pas ouvrir. Plaît-elle encore à Will ? Pourquoi n'a-t-il toujours pas trouvé d'acheteur pour sa boîte ? Est-ce juste un prétexte pour rester à Londres ? Quand déclareront-ils cette vie séparée impossible ? Puis le matin se lève, Romy regagne sa chambre, et le corps tant désiré de Will se tourne enfin vers elle. Il pose son menton sur sa main, la regarde de ses yeux creusés et pénétrants, et demande :

— Tu es heureuse ici, chérie ?

— Heureuse ?

Jessie bâille, surprise. Son bonheur n'a jamais semblé particulièrement compter, car il repose beaucoup sur ceux des autres pour l'instant, notamment celui de Bella.

— Je suis heureuse de t'avoir à la maison.

— Ce n'est pas une faiblesse d'admettre que tu ne l'es pas, tu sais, que tu... enfin, que nous nous sommes trompés. (Il lui prend la main, l'ouvre et décrit des cercles sur sa paume avec son index, comme elle le fait avec Romy, *tout autour du jardin.*) Peut-être Applecote est-il trop isolé, trop grand...

Elle voit où il veut en venir. Ce qu'elle devrait dire, pour lui faciliter les choses. Après tout, ils pourraient vendre et retourner, sinon au centre de Londres – les prix ont grimpé en flèche, ils ne peuvent se le permettre –, du moins plus près de la ville, dans une banlieue plus abordable.

— Je n'ai jamais connu la tristesse sans vouloir y échapper. Je n'ai pas besoin d'être heureuse ici, Will.

Il fronce les sourcils, dérouté. Il ne comprend pas. Avant, il l'aurait fait. Il aurait bien saisi ce qu'elle voulait dire.

— Et toi ? Tu es heureux ? demande-t-elle, s'apercevant aussitôt de son erreur.

Will détourne les yeux et elle se sent immédiatement, profondément perdue.

— J'ai été longtemps londonien, plus peut-être que je n'en avais conscience.

Il veut dire qu'il a été longtemps marié avec Mandy, bien sûr. Elle était stupide de s'attendre à ce qu'il mente, idiote de poser la question. Elle lance alors, d'un ton trop vif, pour cacher sa blessure :

— J'ai vécu à Londres aussi, Will. Je n'ai pas perdu une épouse. Mais j'ai perdu d'autres choses, des choses qui comptaient : ma carrière, mes amis... ma liberté. Ce n'est pas pareil, je sais. Et je ne veux pas les retrouver, mais ils avaient une importance pour moi, et j'ai aussi renoncé à tout ça.

Will s'adosse lourdement à l'oreiller, regardant le plafond, pas elle. Ils écoutent Bella dévaler l'escalier dans ses chaussures d'école à semelles dures.

— Je n'ai jamais voulu que tu renonces à quoi que ce soit, Jessie, murmure-t-il d'une voix qui la met au bord des larmes. C'était la dernière chose que je voulais.

— Je me suis mal exprimée, pardon, dit-elle, bien qu'elle sache qu'il est trop tard, que les mots font déjà leur effet.

Puis il y a un silence terrible, qui résonne soudain comme une fin.

Jessie souffle sur le fagot de petit bois sur la grille du foyer, jusqu'à ce que des flammes dansent et bondissent. Elle est devenue assez habile pour allumer des feux. Mais dans le miroir, au-dessus de la cheminée, elle se voit d'un œil plus critique : la trace de suie sur sa pommette, les cheveux roux en bataille, frisés par la fumée. La robe noire moulante qu'elle a mise pour le vendredi soir jure avec son visage sans fard, l'éclat animal de ses yeux. En entendant le pas de Will dans l'escalier, revenant de la chambre de Bella, elle lisse désespérément ses cheveux.

Will s'affale par terre sur une peau de mouton auprès d'elle, s'adosse à un fauteuil et tape anxieusement du pied. Elle attire son regard et ils se sourient, du sourire hésitant des amants qui ont été séparés trop longtemps et craignent que l'autre n'ait rencontré quelqu'un en leur absence. À cet instant, elle voit une carapace se former autour de Will. Il l'avait quand ils se sont rencontrés. Elle ne s'était jamais attendue à ce qu'elle revienne.

Ils parlent, mais des silences percent le fil de leur échange, comme de fines ruptures dans une couture. Elle ne se rappelle pas que ce soit déjà arrivé. Il y avait toujours trop à dire. Elle tâche de les remplir par du bavardage : les pitreries de Romy lorsqu'elle joue à cache-cache – leur petite coquine est si rapide, si inventive –, les dernières nouvelles de l'inondation, de la nappe phréatique qui remonte, les curieuses lettres que Joe a découvertes, cachées dans l'orangerie, sous le banc près de la fenêtre.

Puis elle sent monter une tension, de celles qui précèdent un orage électrique.

— Qu'est-ce qui ne va pas, Jessie ? demande Will tout à coup.

— Comment ça ? (Il y a tellement de choses qui clochent, tant de sentiments cachés, fourrés dans sa poche, comme des feux d'artifice désamorcés.) Que veux-tu dire ?

— Je ne sais pas, répond Will en la dévisageant, cherchant à la comprendre. Tu n'as pas l'air toi-même, et ça depuis des mois. Je m'inquiète pour toi.

— Je m'inquiète pour toi aussi ! réplique-t-elle avec un rire bref, surpris.

— Ce n'est pas vraiment une réponse.

— Et comment peux-tu savoir comment je vais, de toute façon ? Tu n'es presque jamais là.

Le front de Will se ride encore plus. Il a soudain l'air très las d'un homme qui porte le monde sur ses épaules.

— Bella a dit quelque chose, n'est-ce pas ?

Will s'apprête à parler, puis se tait, partagé entre sa femme et sa fille aînée.

— Elle dit que tu ne veux pas la laisser seule avec Romy, répond-il, attendant que Jessie nie pour le rassurer.

Mais Jessie sent ses joues brûler. Elle ne veut plus lui mentir.

— Je... je suis vraiment désolée qu'elle en souffre.

— Alors, c'est vrai ?

Les yeux de Will se durcissent. Elle sent qu'il la regarde sans passion pour la première fois.

— Depuis le jour où elle a laissé Romy sur les pierres, admet-elle, enserrant ses genoux de ses bras. Je sais que ça paraît stupide, mais je ne peux pas l'oublier, Will, explique-t-elle calmement.

C'est l'air déçu de Will qui lui brise le cœur, son ton froid quand il jette :

— Tu devrais faire un peu plus confiance à ma fille.

— *Quoi* ? Je n'ai jamais cessé d'avoir confiance ! lance-t-elle, révoltée par cette injustice.

Soudain, ils remontent le temps en tournoyant, deux personnes renversées par un coup de vent : Jessie se tient nerveusement dans l'entrée de la maison londonienne de Will. Il lui présente sa fille grave, austère. Tu fais partie de l'homme que j'aime, pense Jessie. Je t'aimerai aussi. Des mois plus tard, à l'hôpital, trop courbaturée pour bouger, elle offre à Bella son bien le plus précieux, le bébé à la peau encore cireuse, en disant : « Tu veux prendre ta petite sœur dans tes bras ? Tu peux le faire, Bella. Elle est aussi à toi. »

Bella secoue la tête en marmonnant : « Je n'ai rien à voir avec elle. »

Jessie s'enfuit dans le jardin, sans écouter Will qui lui crie de revenir, sentant l'idylle familiale qu'elle ne peut pas créer se briser derrière elle, Mandy triompher. Le froid la gifle. Elle continue à marcher. Des choses indistinctes giclent sous ses bottes. Elle ne sait où elle va jusqu'à ce qu'elle l'atteigne, le portail cadenassé de la piscine, la nappe noire au-delà, l'absence de lumière. Tout comme ce premier matin à Applecote, elle sent son attrait, le refuge de ce lieu clos, inerte, qui semble enserrer le passé. Elle enjambe le portail, ses bottes frappent les dalles mouillées. Au-dessus de sa tête, une nuée d'ailes dans l'obscurité. Puis plus rien.

Jessie renonce. Elle en a assez. Elle laisse le froid l'envelopper. Des larmes glissent sur ses joues. Elle écoute le silence, le trottinement de petites créatures, le raclement des branches dans le vent, le roulement des faînes sous une patte furtive. Et soudain, elle sait qu'elle n'est pas seule par cette nuit d'hiver glacée, qu'il y a autre chose dehors près de la piscine, tout comme en ce jour d'août. Elle l'attend. Elle l'espère. Et il vient, nullement différent mais doux, féminin, l'inondant comme une vague de chaleur : l'esprit de toutes les femmes qui ont vécu à Applecote, mères, filles, sœurs, aux voix depuis longtemps éteintes, des femmes fortes d'Applecote qui n'ont jamais renoncé. Un instant plus tard, il s'en va et le froid revient. Mais Jessie ne pleure plus. Et les premiers flocons de neige commencent à tomber, saupoudrant son visage levé, telles des taches de rousseur gelées.

— Will, murmure Jessie, émerveillée, le lendemain matin. Elle se tient à la fenêtre de la chambre, embuant de son souffle la vitre dentelée de givre.

— Salut, marmonne Will d'une voix engourdie, en tournant la tête sur l'oreiller.

Elle voit le souvenir de leur dispute nocturne passer comme un nuage derrière ses yeux mi-clos. Ils se sont couchés presque sans se parler.

— Il a beaucoup neigé cette nuit. Viens voir.

— Neige ? (Romy ouvre les yeux et rampe hors du creux de l'aisselle de Will. Jessie ne se rappelle pas qu'elle soit venue dans leur lit cette nuit.) Neige !

Will s'approche derrière Jessie et la prend dans ses bras : le soulagement physique de son contact est irrésistible. Elle se rappelle combien elle l'aime ainsi, ensommeillé, non douché, encore confondu avec elle dans l'enchevêtrement du sommeil.

— Je suis désolé, murmure-t-il en la serrant plus fort. (Elle se presse contre lui. Ils restent là un moment, tendres et meurtris, Romy blottie entre eux.) J'aimerais t'emmener déjeuner dehors, lui souffle-t-il à l'oreille.

— Déjeuner ? (C'est la dernière chose qu'elle s'attendait à entendre.) J'adorerais, chuchote-t-elle, se sentant plus légère.

— Seulement toi et moi. Tu te rappelles la dernière fois où on est sortis en tête à tête ? Moi, je n'y arrive pas.

— Tu veux dire, en amoureux ?

Elle rit, trouvant l'idée vaguement ridicule.

— Qu'est-ce que ça a de drôle ? observe-t-il, un peu blessé.

— Ce n'est pas drôle. C'est charmant, Will. (Elle joue avec les cheveux emmêlés de Romy, formant une queue en tire-bouchon sur sa nuque. Elle se demande ce qu'elle va se mettre.) Je trouverai une baby-sitter.

Will répond du tac au tac.

— On en a une à la maison, non ?

La main de Jessie se fige sur la tête de Romy. Elle sent son mariage vaciller une fois de plus. Les tensions de la nuit se réveillent. Elle sait que Will lui demande simplement sa confiance. L'idée implicite dans sa question, même s'il la pose gentiment, est que, sans confiance, cela ne peut pas marcher.

— Jessie ? fait-il doucement lorsqu'elle ne répond pas.

Jessie se force à ne pas consulter son portable avant d'avoir commandé le dessert. De toute façon, Bella n'appellerait pas, conclut-elle. Elle se tortille dans le cocon soyeux de la robe à motif perroquet qu'elle a finalement choisie, une robe qu'elle n'a pas portée depuis son départ de Londres et qui, maintenant, lui semble irréelle et trop serrée, comme si ce n'était pas la sienne. Derrière les vitres ondulées du pub tourbillonnent des flocons de neige. Jessie se demande où sont les filles, ce qu'elles font, si Bella est gentille. Puis son esprit s'enfonce dans les sentiers étroits, plus sombres, qui s'étendent entre ce pub au toit de chaume et Applecote. Elle imagine la voiture bloquée, les roues patinant sur le verglas. Leurs portables à court de batterie.

— Elles doivent être pelotonnées devant la télé, assure Will, suivant le fil de ses pensées. (Il tend une main vers la cheminée, écarte les doigts sous la brûlure du bois sec et des pommes de pin.) Et Joe travaille cet après-midi, non ? Elles ne sont pas complètement seules là-bas.

— Je crois.

La présence de Joe ne la rassure pas vraiment.

— Et je viens d'envoyer un texto à Bella. Pour que tu puisses apprécier ton dessert. Tu veux bien savourer ta tarte au chocolat ?

— Oui, dit-elle en riant.

Ils la partagent, comme au début de leur couple, dans un tintement de cuillers. Jessie hoche la tête pendant que Will lui parle de sa longue semaine à Londres, d'une grève de camionneurs en France. Mais elle a un mal fou à dégager ses pensées d'Applecote. Une part d'elle-même est toujours entre ses murs de pierre : elle se demande si Bella a déjà répondu au texto de Will, s'il serait trop stressant de poser la question.

— Jessie, tu as entendu ce que j'ai dit ?

Les yeux de Will brillent à la lumière du feu. Adossé à sa chaise, les mains étalées sur la table, il anticipe sa réaction avec un sourire d'enfant.

Elle tressaille.

— Pardon... Répète...

— On a reçu une offre pour toute la compagnie, pas seulement une partie. Tu te rends compte ?

Un instant, Jessie reste bouche bée.

— Enfin ! Pourquoi ne l'as-tu pas dit plus tôt ?

Il boit une gorgée de bière, hausse les épaules avec une moue exaspérante.

— Ce n'est pas grand-chose.

— Non mais ! C'est sensationnel !

— Une offre dérisoire. (Il fronce les sourcils, les yeux sur sa bière.) On ne peut pas l'accepter. Jackson va refuser.

— Jackson ? Il est parti faire du surf, Will. (Elle se penche vers lui, le cœur cognant dans sa poitrine. Elle imagine une autre vie, celle qu'ils étaient censés mener ici, de nouveau à leur portée.) Nous n'avons pas besoin d'être riches, vraiment. Nous voulons juste que tu reviennes, les filles et moi, et te voir plus souvent. C'est tout ce qui importe.

Il lui prend la main et triture son alliance.

— Ce n'est pas si simple. Nous n'avons droit qu'à une seule chance. Et nous avons tout donné à cette compagnie, Jessie, pendant si longtemps ! Pour nous, la brader maintenant...

— Bon, dit-elle platement, sans cacher sa déception.

— Un jour, je te le promets, murmure Will. Ne doute pas de moi.

— C'est ça... plaisante-t-elle. (Mais l'ambiance s'est refroidie. Ils se taisent un instant.) On devrait peut-être appeler Bella, juste pour voir s'il n'y a pas de problème.

Il opine, conciliant, et porte le portable à son oreille. Jessie l'entend sonner et passer sur la boîte vocale.

Elle se penche en avant. Sa robe lui coupe la taille. Le feu est trop chaud, le trajet jusqu'au manoir trop long.

— Will...

— Bella n'a pas dû entendre son portable, c'est tout, réplique-t-il aussitôt.

Il finit son café, se lève.

— On fonce ?

Jessie a déjà mis sa veste en fausse fourrure.

— Les filles, on est rentrés ! lance Will d'un ton joyeux lorsqu'ils ouvrent la porte et s'avancent dans le hall.

Personne ne répond, mais ils entendent bourdonner la télévision. Sur le divan, niché près d'un paquet de chips, le portable de Bella, où clignote un appel en absence, le numéro de Will. Or, ils l'ont passé il y a une demi-heure – la voiture avançait très lentement dans la neige – et Bella consulte son portable toutes les trente secondes.

— Quelque chose ne va pas, Will, dit Jessie.

— Elles doivent être en haut, dans sa chambre, à faire les idiotes avec de la musique et des fringues. (Il lui presse la main.) Je vais monter, regarde en bas.

Par la fenêtre de la cuisine, Jessie repère les empreintes dans la neige – longues et étroites pour Bella, trapues et courtes pour Romy –, un petit bonhomme de neige, une brindille à la place de la bouche. Le soulagement, toutefois, est de courte durée. Dehors, dans l'air glacé, il n'y a pas trace des filles. Les empreintes tournent en rond, reviennent sur elles-mêmes, puis semblent se multiplier, comme s'il y avait quatre filles et non deux.

— Jessie ! Hé, Jessie !

Elle s'arrête, se retourne et voit la silhouette incongrue de Joe s'approcher à pas lourds. Il est tout rouge, agité.

— Je peux vous parler ?

— Vous avez vu les filles ? lance Jessie, essoufflée.

Il acquiesce.

— Il y a une heure. Elles faisaient un bonhomme de neige. Elles s'amusaient beaucoup. (Avec son fort accent, elle le comprend à peine.) Je peux vous dire un mot ?…

— Alors, vous ne les avez pas vues *depuis* ?

La peur lui tord le ventre. Son cœur bat dans ses oreilles.

Il secoue la tête.

— Désolé. Tout va bien ? Jessie, attendez…

Sans l'écouter, elle fonce entre les arbres squelettiques en faisant d'étranges bruits de gorge. Elle cherche les empreintes de pas, appelle les filles, se dit en vain de ne pas paniquer, qu'elle les trouvera bientôt, qu'il suffit de suivre leurs traces. Or, celles-ci se séparent. Les empreintes de Bella, maintenant plus espacées, comme si elle courait, s'évanouissent rapidement sur la terre sèche entre les arbres. Celles de Romy s'arrêtent à la sombre haie d'ifs qui sépare le jardin de la piscine, face à une trouée dans ses branches couvertes de neige, marquée par deux petites mains en étoiles de mer.

12

À chaque instant, quelque chose change. La soirée est élastique, transformée par un regard furtif, un rire séducteur, une jambe dépassant d'une robe festonnée. Il plane une faible odeur sensuelle, celle du coton humide de sueur, des corps proches dans la chaleur de cette fin d'été.

Harry est adossé à une pierre, sa guitare comme une fille sur ses genoux. Il chante une chanson d'amour en français pour Flora, rit et jure quand il rate une note, oublie une parole. Je ne peux m'empêcher de l'adorer pour son français imparfait, son jeu maladroit, et de jalouser Flora qui jouit de l'attention, blonde et nu-pieds dans une robe de soirée qui vient de Belgravia, une simple rose piquée dans les cheveux, plus belle que jamais.

De temps en temps, Harry me jette aussi un regard intense. J'ose espérer qu'il ne voit pas juste la petite sœur quelconque de Flora, mais une fille différente, désirable même. Ce qui est drôle, c'est que je suis vraiment tout autre ce soir, dans cette robe bleue, pas seulement parce qu'elle couvre si bien l'arrière de mes genoux : Audrey est cousue à l'intérieur, m'insufflant un peu de sa confiance irrépressible et de son énergie. Ou peut-être est-ce juste le vin que les garçons ont apporté, auquel seule Dot refuse de toucher, s'en tenant à la limonade. Je n'en ai pas l'habitude, mais le goût est assez agréable après quelques gorgées. Contrairement au whisky écossais, que je dois cracher discrètement dans l'herbe.

Le soleil se couche. Au-dessus de lui, l'étendue noire où le ciel fait place à l'espace. Pam se rapproche de Tom lorsqu'il allume un petit feu, à plat ventre par terre, une cigarette au bec, battant de ses pieds nus le rythme de la guitare d'Harry. Le bois qu'il a ramassé est si sec qu'il s'embrase aussitôt. Les flammes dansent légèrement sur nos visages, et le soleil se mue en mare de sang au bas de la vallée, nous rendant tous plus beaux, plus conscients de notre beauté, ivres d'elle autant que du vin. À un moment donné, je me surprends à toucher distraitement les boutons de ma robe, comme si je voulais glisser la main dessous, avant de comprendre ce que je fais.

Je ne sais comment ça arrive, qui suggère la baignade le premier. Je pense que c'est Harry, mais ç'aurait pu être Tom, ou bien personne, peut-être l'avons-nous fait d'instinct. Soudain, ils se déshabillent, Harry tire sa chemise par-dessus sa tête, Tom expire en rentrant le ventre comme une grotte. Mes sœurs et moi crions, plaquons une main sur notre bouche, feignant d'être choquées. Dot chuchote vivement à mon oreille :

— Sybil va nous tuer...

— Notre tante n'est pas là.

Je m'esclaffe, encore étonnée d'avoir pu convaincre Sybil de sortir pour la soirée – j'ai dû la cajoler à mort et parader sans vergogne dans cette robe, les cheveux tressés – et que seule Moll soit restée à la maison. Difficile de ne pas éprouver le vertige d'un oiseau échappé de sa cage.

Pam est la première à se dévêtir – elle va tout faire pour détourner Tom de la vue de Flora –, déchirant sa robe avec enthousiasme pour laisser voir une combinaison en satin gris. Les garçons applaudissent et crient : « Déshabillez-vous, les filles ! » Flora et moi nous regardons en riant, tentées, mais Dot reste assise et secoue la tête comme une vieille dame choquée.

Flora me coule un sourire espiègle, qui dit : « Je vais bientôt partir pour Paris, la vie que maman m'a choisie. L'été est presque fini. Laissons-nous vivre juste un soir. » Elle porte une combinaison en coton blanc, plus sobre que celle de Pam, et pourtant, cette simplicité semble la rendre encore plus exquise. Harry empoigne Flora, la colle à lui dans un grognement de plaisir. Elle jette ses bras en arrière et pousse un cri de joie, qui résonne de colline en colline, la libère de maman, de papa, d'Audrey, de tous les gens qui sont morts ou partis, de toutes les forces qui nous écrasent, nous attachent au sol… et mes doigts trouvent un bouton rouge sur ma robe.

Dot me tire par le bras.

— Tu n'as pas à les imiter, Margot.

— Si, je dois le faire. Désolée.

Soudain, je me moque de mes genoux, d'être moins jolie que Flora, moins sculpturale que Pam. J'étire les fronces, jette la jupe par-dessus ma tête, le jupon bouillonne… et je m'aperçois que je ne porte même pas de combinaison, juste une culotte et un soutien-gorge, et qu'il est trop tard pour le cacher, quand Harry s'écrie : « Bravo, Margot ! Allez, venez ! » Et une armée de pieds court à travers la prairie vers la rive en foulant l'herbe sèche, des oies s'égaillent, blanches comme des spectres, je sens l'odeur de la rivière avant le premier choc du froid, la joie violente de tout ça, j'entends un cri aigu.

L'eau est sans fin. Des jambes frôlent les miennes. Des mains volettent autour de ma taille puis s'esquivent, fraîches et lisses tels les flancs d'un poisson. J'ignore si ce sont celles de mes sœurs ou des garçons – ça paraît n'avoir pas d'importance car nous sommes une masse frétillante de bonheur, folâtrant dans l'eau au clair de lune. J'ignore combien de temps nous nageons, je sais juste qu'à l'instant où je sors sur la berge, les autres semblent s'être dissous dans les ténèbres, les ombres verticales des roseaux. Quelqu'un pose une veste sur mes épaules. Je me retourne et il est là, comme je l'avais pressenti, comme si notre échange de regards tout à l'heure nous avait réunis.

— Tu trembles, dit Harry. (Je ne tremble pas, je n'ai même pas froid, mais je m'appuie quand même contre lui.) Tu veux t'asseoir près du feu ?

Je pense à Flora, j'hésite, mais je n'arrive pas à réfléchir.

Le feu crépite, un cœur rouge qui bat. Je lui rends sa veste, passe ma robe jetée dans l'herbe, retrouvant l'abri de ses plis.

— Où sont les autres ? dis-je, sous-entendant Flora.

— Ça n'a pas vraiment d'importance.

Il allume une cigarette à une braise rougeoyante. Son caleçon, collé à son corps, ne cache rien.

J'essaie de ne pas regarder, mais je le surprends à sourire. Après, je n'ose pas détourner les yeux du feu. J'aime son bruit, son crachement et son sifflement, et me sentir, par son intermédiaire, profondément reliée aux pierres, à la terre, à une dimension plus large, plus vaste et plus ancienne que nous tous.

— Tu es l'intellectuelle de la famille, d'après Flora. Que signifient ces pierres, à ton avis ? demande Harry au bout d'un moment, d'une voix un peu balbutiante.

Son coude effleure mon bras lorsqu'il porte la cigarette à ses lèvres. Soudain, il a l'air à la fois mystérieux et familier d'un vieil ami qui a des secrets.

— Moll, la gouvernante de ma tante, pense que les pierres d'Applecote honorent les ancêtres. Qu'elles ont certains pouvoirs. Mais elle est assez superstitieuse, elle aime parler des présages et tout ça, dis-je très vite, pour qu'il ne me mette pas dans le même sac.

— Ah ! lance-t-il dans un rire rauque, chaleureux. Oui, bien sûr. Les gens d'ici peuvent sembler dévots, mais ne t'y trompe pas, Margot. (Il se penche vers moi, si près que je pourrais me griser de son haleine.) De vrais païens. C'est comme si le dernier millénaire n'avait pas existé. Il ne manque plus que le tigre à dents de sabre et le mammouth.

Je tends les mains vers le feu en disant :

— Alors, que signifient ces pierres, pour toi ?

— Moi ? Je sais juste que désormais, chaque fois que je les verrai, je penserai à toi, Margot, assise à la lumière du feu. Dans cette robe.

Mes joues brûlent de plaisir. Je ne peux m'empêcher de sourire.

— C'est la même que la sienne, non ? jette-t-il soudain, d'une voix mordante.

Mon sourire s'évanouit.

— Celle de ta cousine Audrey. La robe bleue. La couleur de ses yeux.

L'arrivée de Pam m'évite de répondre. Surgissant des ombres, elle claque des dents et cherche ses vêtements en criant :

— Brr, brr !

Flora et Tom suivent peu après, riant, hors d'haleine, puis ils se calment en nous voyant, comme des enfants qui se reprennent devant les adultes. Je remarque qu'ils paraissent très proches et que leurs mains se frôlent. Qu'ils ont l'air plus beaux, plus vivants ensemble. Flora, le sentant peut-être, s'écarte aussitôt et se penche pour planter un baiser sur la bouche d'Harry.

— Pam a eu l'idée géniale de sortir de la rivière sur l'autre berge, explique Tom à Harry, un peu gêné. On a fait un sacré détour.

Harry hausse les épaules. Je me demande s'il cache son orgueil blessé. Tom et lui semblent soudain dangereusement ivres.

Pam passe sa robe par-dessus sa tête, jette quand elle en émerge :

— Où est Dot ?

Je comprends à l'instant qu'alors que j'étais là, jouissant de ce qui ne m'appartient pas, Dot est restée seule dans le noir.

— Mince !

— L'une de nous devrait aller vérifier si elle est bien rentrée. (Flora me fixe.) N'est-ce pas, Margot ?

— Oui, vas-y, Margot, ordonne Pam.

— Oh… bon, d'accord.

En revenant à la maison, plus éméchée que je le croyais, indignée d'avoir été évincée par mes sœurs aînées, je m'attarde près du portail de la piscine, les bras sur le bois écaillé. Pensant que Dot doit déjà être endormie dans son lit, j'entre, peu pressée que la soirée s'achève, et m'assieds au bord du bassin. Je relève ma robe sur mes genoux et barbote, pieds nus dans l'eau. Après le froid de la rivière, elle a la chaleur du sang. J'aime ça.

Des souvenirs viennent rider sa surface, par strates, comme des feuilles : Audrey et moi plongeant ; Pam faisant la course avec Flora ; Dot sur un transat, nous observant derrière son livre ; Perry dans cet effroyable maillot en tricot. Chaque été que nous avons passé ici, loin de la vie réelle, mais au plus près de nous-mêmes.

— Margot.

Je fouille des yeux les ombres, ne sachant si la voix sort d'elles ou de ma tête. Lentement, je discerne le visage d'Harry au clair de lune, l'éclat ivoire de son sourire. Il est appuyé au montant du portail, décoiffé, la chemise déboutonnée.

— Ce n'était pas très galant de ma part de te laisser rentrer seule aussi tard, dit-il d'une voix douce, balbutiante.

Sa présence rend la nuit plus proche, étouffante.

— Je n'ai pas peur du noir.

Je me retourne vers la piscine, repérant Harry au grincement du portail, au déplacement d'un pied sur la pierre. Quelque part au-dessus de moi, un violent battement d'ailes dans les arbres, une chasse à mort preste et feutrée. Je lève les yeux mais ne vois rien. C'est déjà terminé.

Harry s'accroupit près de moi en chancelant un peu, marmonnant qu'un orage se prépare et qu'il lui tarde de sentir la pluie sur sa peau. Il plonge les pieds dans la piscine en m'éclaboussant. Puis il se penche en arrière et croise les bras derrière la tête. Je glisse un œil vers son corps, son ventre entre les pans de sa chemise, les poils intrigants sous la boucle miroitante de son ceinturon.

— Je m'asseyais là avec Audrey quelquefois.

— Moi de même.

J'aime qu'il parle aussi naturellement d'elle.

Il m'observe d'un air amusé sous ses paupières lourdes.

— Elle disait qu'elle s'enfuirait à Londres quand elle serait grande, pour aller vivre chez une tante superbe, scandaleuse…

— Ma mère, j'en ai peur.

Il rit, agite les pieds dans l'eau.

— Tu avais quatorze ans ? Quand elle…

Ma voix s'éteint.

— À peine. J'étais en retard pour mon âge. Tom me dépassait d'une tête. Il avait presque de la barbe.

Je comprends pourquoi Harry a trouvé une certaine égalité en compagnie d'une fille plus jeune et pleine de vie.

— Il lui arrivait de parler de moi ? reprend-il, d'une voix où perce le manque d'un béguin juvénile, formateur.

— Un peu, dis-je.

Un pieux mensonge : Audrey avait tendance à faire une plus forte impression sur les autres que l'inverse.

Harry rumine ça un moment. Il agite les pieds, asperge le bas de ma robe. Je me demande s'il est très tard… ou très tôt. La nuit coule entre nos doigts comme du sable, et je ne veux pas qu'elle s'achève.

— Flora… (Harry jette son nom dans l'air de l'été, ce qui change tout.) Ta sœur est très belle.

Je ferme les yeux, me sentant complètement stupide de n'avoir pas réalisé qu'il est seulement venu ici pour parler de Flora, pas pour être avec moi ou évoquer Audrey, qu'on a eu un dialogue de sourds.

— Paris va l'adorer, ajoute-t-il.

La pression baisse. Pour la première fois depuis des semaines, je sens venir la pluie, un front froid tourbillonner vers nous à travers la vallée.

— Tu connais bien Paris ? dis-je faiblement, cherchant un blanc dans la conversation pour m'esquiver.

— Mes parents ont une maison dans le Sud, donc je m'arrange toujours pour passer par Paris.

Il se prélasse, inconscient de son charme de jeune homme expérimenté.

— Facile de revoir Flora, alors.

Ma voix paraît aiguë, étrange.

— Oui, dit-il, après un instant de réflexion. Oui, je pourrai facilement la revoir, Margot.

Je ne sais qui j'envie le plus : Harry de pouvoir voir Flora à Paris, ma sœur de pouvoir le voir, lui. Le silence s'étire. Le vent souffle sur l'eau une couche de pétales de rose.

— Bon, je ferais mieux d'y aller. (Je me lève maladroitement, d'un geste inélégant. Finie la magie que j'éprouvais tout à l'heure dans ma robe.) Je dois passer voir Dot.

Sa main jaillit, s'enroule autour de ma cheville, me faisant sursauter.

— Je te verrai avant ton départ ?

Déroutée par sa main, l'urgence de sa question, je bafouille :

— Je… je ne crois pas. On retourne au collège dimanche soir.

Ses doigts se resserrent.

— Il faut que je te revoie, Margot.

Je me demande si j'ai mal entendu. Tout ça n'a aucun sens.

— Je ne peux m'empêcher de penser à toi.

Une chaleur dangereuse, excitante, commence à se répandre en moi. Pour la première fois de ma vie, j'ai un aperçu du pouvoir que Flora doit tenir pour acquis. On dirait une arme, un des fusils de chasse de Perry, lourd et encombrant dans ma main. Je ne suis pas sûre de savoir le manier.

— Je… je devrais rentrer.

— Assieds-toi. Reste un peu plus longtemps avec moi, Margot. (Ses doigts lâchent ma jambe, un à un. Je repense au début de l'été, à la façon dont il avait placé mes doigts autour de la timbale de bière ce soir-là, dont tout avait commencé.) S'il te plaît… achève-t-il plus doucement, reprenant ses bonnes manières.

Je me rassieds un peu plus loin de lui, doublure subitement propulsée dans le rôle principal, partagée entre la joie vertigineuse et l'appréhension. Toutes les règles ont été enfreintes.

— Tu n'es pas amoureux de ma sœur ? dis-je prudemment, inquiète pour Flora.

— Si, je suppose. (Sa voix est distante, comme si Flora vivait dans une tout autre partie de son cerveau, qu'elle n'avait rien à voir avec ça.) Mais je rêve de toi autant que d'elle, Margot.

Il rêve de Flora. Il rêve de moi. Il rêve de centaines de filles. Il ne se souviendra pas de ça demain. Il est ivre. C'est un voyou. De façon exaspérante, il ne m'en plaît pas moins.

— Et maintenant, tu es là. (Il se tapote le crâne, comme s'il m'en voulait d'y être entrée. Le moment vacille : je me demande quelle erreur j'ai commise. Il frappe sa paume du poing, le bruit résonne à travers la piscine.) Mince ! Qu'y avait-il dans ce whisky ?

— Je suis un peu ivre aussi, dis-je, gênée pour lui. Vraiment, ce n'est pas grave. On peut oublier…

Je vois sa main se lever lentement dans la nuit. Quand elle touche ma joue, sa courbe l'épouse parfaitement. Je ne peux m'empêcher de m'appuyer contre elle, les yeux fermés, juste un instant, juste pour voir ce que ça fait ; je sens l'odeur du tabac sur ses doigts, quelque chose en moi se détendre.

Un grondement au loin. Un autre. Le bruit d'un orage déchirant le ciel.

— Regarde ce que tu as fait, sorcière.

Il m'enlace par l'épaule, me rapproche de lui.

Je ris quand la pluie se met à tomber, d'abord par petites gouttes, aussi inconcevable que son bras sur mon épaule quelques secondes plus tôt. Un éclair brille au-dessus des arbres, teintant le jardin de noir et de gris. Si c'est tout ce qui doit arriver, ça me suffit. Le tonnerre, la pluie, le bras d'Harry contre mon cou.

— Allons.

Il prend ma main et me guide dans le jardin qui grouille, dégouline, s'anime dans le vent et la pluie ; rien à voir avec le doux jardin anglais où nous avons vécu, cet été. Peu à peu, nous nous éloignons de la rivière, du pré, de l'obstacle moral de Flora. Mais j'ai du mal à voir où nous allons en marchant penchée dans un monde chaviré, ce jardin qui change d'aspect à chaque pas. Des chemins ne bifurquent pas comme dans mon souvenir. D'immenses topiaires se dressent à l'improviste, mégalithes sur la pelouse. Je tends l'oreille pour guetter mes sœurs, prête à me dégager d'Harry, et je suis sûre d'entendre quelque chose, une brindille qui se casse, un pas traînant dans l'ombre. Mais les bruits cessent quand nous nous arrêtons, et je me demande s'ils ne sont pas juste émis par ma conscience.

Nous courons, enchantés, sous un grand arbre, une tente pleine de sons oubliés : l'eau coulant sur des feuilles, gouttant entre les branches. Harry, derrière moi, me serre par la taille. Je respire fort, ne m'écarte pas comme je le devrais, sens sa chaleur se répandre à travers l'étoffe de ma robe. Je vais rester un peu ici, me dis-je. Après, je partirai. Ça n'ira pas plus loin.

— Tu m'accordes cette danse ?

Sans attendre ma réponse, il me fait tourner lentement, puis rapidement jusqu'à ce que je tourbillonne, que ma robe se soulève et que la pluie s'envole, emportant le monde avec elle, de plus en plus vite jusqu'à ce que nous glissions, tombions sous l'arbre sur le tapis de feuilles et de faînes. Couchée là en riant, je me rappelle que Flora et moi nous amusions ainsi quand nous étions petites, nous faisant tourner l'une l'autre comme des toupies. Avec lui, maintenant, ce jeu n'a plus rien d'innocent et, prise d'une vague de honte, j'essaie de me lever. Mais il roule au-dessus de moi, presse un genou entre les miens.

Ce poids étrange, lancinant, crée une excitation, le besoin qu'il dure ; il m'ôte toute responsabilité.

— Je dois rentrer…

À peine ai-je prononcé ces mots que nos lèvres se joignent. Sa langue a le goût de la rivière, du whisky, du vin et du miel. Sa main court le long de mes jambes, derrière mes cuisses, vers mes genoux. Je me crispe, me tortille, cherchant à l'écarter.

Mais Harry est plus fort que moi, insistant. Il soulève ma jupe, mes jambes et mes chevilles et, comme s'il avait remarqué les plaques, savait exactement où elles sont, commence à m'embrasser derrière les genoux. Je retiens mon souffle, paralysée d'horreur, guettant le dégoût inévitable… mais il ne vient pas. Sa bouche douce, humide et indulgente balaie par ses baisers toutes les années de gêne. J'ouvre les yeux, crie et le ciel tournoie. C'est la sensation physique la plus profonde de ma vie.

Je lève la tête pour regarder Harry, ses yeux mi-clos, inaccessibles, vitreux de désir. Il prend ma main et la place sur la bosse raide dans son pantalon. Je me bats avec sa ceinture, touche le sexe en dessous, choquée de le sentir si souple, nerveux et vivant. Libéré, il gifle mes jambes, cherchant un orifice. La bouche d'Harry est partout, mord mes lèvres et mes seins, la pluie coule entre les arbres… et c'est là que je l'entends, sa voix rauque qui chuchote :

— Audrey…

Je le repousse, haletante.

— Tu viens de m'appeler Audrey ?

— N'est-ce pas ce que tu voulais ? marmonne-t-il en m'embrassant dans le cou.

— Non !

— Mais tu as mis cette robe. Tu as ses yeux, ses gestes. Et tu n'es plus une petite fille, tu es très féminine et tu me désires.

Il tire sur ma robe. Je sens un déchirement, puis une détente lorsqu'un bouton s'envole. Un éclair jaillit : un souvenir a troublé ses traits, une laide réminiscence remontée en lui. Il sourit.

— Tu le nies ?

Je réponds par un coup de genou dans l'aine. Encore ébahie, je me tords pour échapper à son étreinte, mais il me tient fermement, me cloue au sol par les poings. Il me domine, le visage à quelques centimètres du mien, cligne des yeux sous la pluie, le moment de fusion coupé net.

Je crie, au bord de la crise de nerfs :

— Je m'appelle Margot ! (Tous les après-midi que j'ai passés dans la chambre d'Audrey, faisant comme si c'était la mienne, essayant ses vêtements, les cheveux tressés par Sybil, s'évaporent, se révèlent une chimère stupide, une illusion de petite fille. Ce n'était pas moi qu'il désirait. Non. C'était ma cousine, mais adulte, une sorte de fantasme bloqué dans l'enfance.) Margot Wilde !

Nous restons allongés dans un silence choqué. La pluie perce la voûte des arbres et tombe, goutte à goutte. Tout semble avoir complètement changé.

Il baisse très lentement la tête, jusqu'à ce que le bout de son nez touche le mien, un geste qui paraît plus intime que son baiser, une tentative d'explication.

— Pardon, murmure-t-il. Je ne sais pas ce qui s'est passé. Je vous ai confondues un moment. Je suis vraiment désolé, Margot.

Je refoule mes larmes. Des questions rampent sur ma peau. Je songe à la manière dont il a reconnu la robe. Parce qu'il l'a vue dans le journal ? Mais, malgré les photos de presse, mes sœurs elles-mêmes l'ont oubliée. Je pense aussi au jour où, dans la rivière, Harry m'a confié : « Il faut affronter ses peurs les plus sombres, non ? Alors, seulement, on peut survivre. » Et il me semble qu'Applecote est cette peur, la rivière la vraie raison pour laquelle il est revenu à Cornton. Mon Dieu…

Le cœur battant, je me force à l'interroger :

— Harry, que lui est-il arrivé ? Je t'en prie, dis-le-moi.

À le voir serrer les poings et se cabrer, je suis sûre qu'il va me frapper. Au lieu de ça, il s'écarte et boutonne son pantalon.

— *Moi*, je ne sais pas trop.

Je me redresse, rabaisse ma robe, tente de mettre un peu d'ordre dans mon esprit et mon corps, sentant que c'est peut-être ma seule chance.

— Tu ne couvres personne ?

— Bien joué, Margot, lance-t-il, sarcastique. Et toi ?

— Quoi ?

— C'était Perry ? Sybil ? Moll ? Oh ! pardon, tu as deviné, bredouille-t-il. C'était Tom.

— Oh, non…

Je plaque mes mains sur ma bouche, songeant que Flora et Pam sont avec lui, inconscientes, en danger.

— Bien sûr que ce n'était pas Tom ! (Il a un rire jaune.) J'aimerais que ce soit lui…

— Tu aimerais…

Je sais que cette remarque en dit long. Mais tout cela me dépasse, j'ai les idées brouillées, le corps endolori et je veux terriblement retrouver mes sœurs, le cocon fraternel. Mais alors, j'entends la voix d'Audrey dans ma tête, aussi claire qu'une cloche. « Ton esprit fonctionne comme un jeu d'échecs, Margot, ne renonce pas… », et je puise l'étincelle au fond de moi, une dernière tentative pour compléter le puzzle, une tactique risquée, désespérée.

— Je sais que tu ne l'as pas fait exprès, Harry.

Un silence, un trou dans la nuit. Il relâche les épaules, comme s'il se sentait soulagé, et c'est ce petit geste qui me donne le courage de continuer. Je murmure :

— Tu n'étais qu'un petit garçon. Un enfant toi-même. (Du coin de l'œil, j'aperçois des mouvements dans les ombres, mais je ne veux pas tourner la tête, craignant de rompre le charme. Il me semble qu'Audrey parle par ma bouche. J'ajoute, le cœur cognant dans mes oreilles :) Tu as gardé ça en toi tout ce temps. Ça doit être très dur. Mais tu l'as fait, Harry.

Harry se tait, le souffle court. Et je sens physiquement quelque chose se dilater en lui, pousser sur les bords, lutter pour se libérer.

— Tout le monde a des secrets. (Je lève la main pour toucher son visage. Sa peau est moite, fiévreuse.) Chacun fait des choses qu'il regrette après.

Il répond d'une voix faible, qui grimpe dans les aigus comme celle d'un garçonnet.

— Je… je ne savais pas quoi faire.

Je demande doucement, comme pour sortir Dot d'un cauchemar, tâchant d'empêcher ma voix de trembler :

— Tu es tombé sur Audrey pendant qu'elle pêchait ?

— Je n'aurais pas dû être là. Je m'étais encore disputé avec papa. (Quelque chose se tord dans ses traits.) Je n'étais jamais assez bien pour lui.

Je chuchote, Audrey acquiesçant fébrilement sur mon épaule :

— Personne ne l'était.

— Sale gosse, pose ce livre et fais quelque chose d'utile, pour une fois. Nettoie les écuries ! gronde Harry, me faisant sursauter. À la place, je suis allé à la rivière, juste pour le braver. Puis j'ai vu Audrey et je... (Il s'interrompt. Malgré l'obscurité, je vois que ses yeux brillent de peur, revenus sur la berge cet après-midi d'août.) On jouait à un jeu.

Il s'arrête à nouveau.

— À un jeu ?

— Un jeu idiot. Je... j'ai essayé de l'embrasser.

J'arrête de respirer.

— Elle a glissé. (Harry est pris de tremblements incontrôlables.) Sa robe. Ses cheveux. Ses mains. Elle coulait. Elle tendait les bras vers moi. Le bout de ses doigts.

— Tu ne l'as pas tirée de là ?

Je recule, sentant le contact de l'eau froide, les bulles monter dans mes narines, la rivière inonder ma bouche.

— Je croyais qu'elle faisait semblant : elle simulait toujours. Elle se cachait pour que je ne la trouve pas, me taquinait, jouait au chat et à la souris avec moi, mais là... (Sa voix se noue.) J'ai compris ce qui se passait et je... je me suis figé. Je suis juste resté pétrifié.

Les faînes, près de moi, remuent quand il frissonne une nouvelle fois, sa peur ricochant d'une cosse à l'autre.

Je murmure :

— Tu es resté là ? Avec elle ?

Audrey recule derrière moi, comme un funambule tiré en arrière, de plus en plus petite, tendant le bras vers ma main.

— J'ai couru aux écuries, pour me coucher dans les stalles. Me pelotonner près des chevaux.

Il plaque les mains sur son visage.

— Pourquoi n'es-tu pas allé chercher de l'aide ? dis-je d'un ton rauque.

— Elle avait disparu, simplement disparu. (Là, sa voix est plus froide, plus ferme.) J'ai pensé donner l'alarme, vraiment, un ou deux jours après, peut-être trois. M'expliquer quand on la trouverait. (Ses yeux s'emplissent de larmes.) Mais on ne l'a pas trouvée. On ne l'a jamais trouvée. Alors, j'ai menti, menti… À la police, à mes parents, à tout le monde. Et ce mensonge a pris une telle ampleur que j'ai fini par y croire. Et c'est seulement maintenant, en te parlant…

Sa voix se brise. Il paraît malheureux. Des larmes ruissellent sur ses joues sous la pluie.

Je ne peux contenir les miennes, des sanglots ravageurs. À présent, Audrey ne rentrera plus jamais du verger en sautillant, une fleur dans les cheveux. Elle ne m'écrira plus jamais de lettres, avec des mots que je devrai chercher dans le dictionnaire. Elle ne s'enfuira jamais à Londres, pour vivre avec maman. Sous la tristesse, pourtant, perce une colère brûlante.

— Oncle Perry a été arrêté.

— Je sais, je sais… C'était horrible. Je n'ai pas pu le supporter. Mais quand je suis allé au commissariat pour avouer, Perry en sortait, tout juste libéré et… et il m'a semblé qu'on me donnait une seconde chance. Alors, j'ai tourné les talons et je suis tombé sur papa. Là, il y a eu un moment diabolique avec mon père, quand il m'a poussé dans la ruelle, le long de la boulangerie, pour me demander ce que j'avais fait cet après-midi-là dans l'écurie. J'ai bredouillé un truc sur des selles, je ne me rappelle pas quoi, et le lendemain, il a fermé Cornton et nous a tous ramenés à Londres. Après, les gens ont continué à parler de bateliers tziganes et de l'homme au chapeau et… j'ai vécu ma vie, celle que j'étais censé vivre. J'ai découvert que je le pouvais, Margot. Que c'était vraiment possible.

— Oh…

Harry dans sa vie dorée, Audrey emportée dans le chenal boueux de la rivière.

— Elle est toujours là, dans ma tête. Je ne peux pas dormir. Je ne peux jamais dormir, sanglote-t-il. (Ce n'est plus le beau garçon qui a embrassé mes genoux, qui m'a fait tournoyer sous la pluie.) C'est pour ça que je suis revenu. Pour me prouver que je pouvais y arriver. Que c'était fini.

Je ne veux pas crier, mais les mots fusent comme des flammes :

— Et mentir un peu plus ?

Il m'empoigne par les épaules, ce qui me fait sursauter, et dit d'une voix pressante :

— Là, je t'ai rencontrée, et ça a recommencé. Tu m'as complètement obsédé, comme Audrey, celle qu'elle aurait pu devenir.

Je tente de me libérer.

— Lâche-moi !

Il me secoue plus fort.

— Qu'est-ce que tu as fait ? Qu'est-ce que tu m'as fait dire ?

Je hurle :

— La vérité ! Pour une fois dans ta vie, tu as dit la vérité, Harry.

Une lueur dans ses yeux me fait prendre conscience de la vulnérabilité de ma position – celle d'une bête prise au piège.

— Une fille qui trompe ses sœurs, qui ne peut pas s'empêcher de baisser sa culotte ? grogne-t-il. Qui te croira, toi, la fille d'un mannequin dissolu et d'un ex-soldat fou ? Oui, je sais tout sur eux. Chelsea est un petit monde, Margot. Qui te croira à côté du fils d'un pair ?

Je mords sa main, me dégage, mais il me plaque à nouveau à terre avec une aisance terrifiante.

— Tu m'as forcé à le dire, Margot. Grave erreur.

Ma peur jaillit dans un cri. J'essaie de voir par-dessus mon épaule, mais il n'y a personne, rien que la pluie qui martèle le sol, un éclair zébrant la nuit. Les doigts d'Harry se pressent sur ma clavicule, mon cou fragile. Je pense à maman, à mes sœurs, que je ne veux pas abandonner. Mais ma tête se perd dans le ciel où Audrey attend, étirant les bras vers moi comme les faisceaux d'une torche. La bouche d'Harry frôle la mienne. J'ignore s'il va me tuer, m'embrasser, ou les deux à la fois, et mon corps se détache, flotte pour ne pas souffrir. Seul mon cerveau continue à parler. *Trouve le mot qui l'arrêtera*. Mais aucun son ne sort de ma bouche. Je vois Harry jeter un œil à sa gauche, surpris, puis j'entends un craquement. J'attends la douleur, sachant que c'est la fin, que les ténèbres effaceront tout, comme elles l'ont fait pour Audrey, pour papa. Mais c'est la tête d'Harry qui cogne contre la mienne et, derrière son épaule, des verres de lunettes brillent comme des étoiles.

J'ignore combien de temps Dot et moi restons à observer Harry, figées par l'incrédulité, attendant qu'il se ranime. Je sais seulement que Dot a encore le presse-papiers à la main et qu'elle est transfigurée : plus grande, plus forte, pleinement réalisée, enfin sortie de l'enfance. Que la pluie a cessé et que le ciel est rose, frangé d'aube, que les oiseaux chantent, que les transats rayés où nous étions assises hier sont juste à quelques pas, que nous pouvons entendre nos sœurs parler d'une voix animée, rire à travers les branches – pas Tom, Dieu merci –, des visions et des sons incongrus d'une vie déjà hors de notre portée. Au début, elles ne nous voient pas sous l'arbre, prêtes à le dépasser. Je les hèle, mêlant leur sort au nôtre, en poussant un cri étrange, plus animal qu'humain.

Pam et Flora pouffent à la vue d'Harry, le croyant ivre mort. Puis Pam, voyant le presse-papiers ensanglanté dans la main de Dot, donne un coup de coude à Flora et elles restent bouche bée. J'ai soudain une envie folle d'être pelotonnée sur Fang, notre tapis mité en peau de tigre, suçant les cristaux de sucre qui parsèment les boudoirs.

— Oh, non…

Pam s'agenouille près d'Harry, pose une oreille sur sa poitrine, puis lève les yeux vers Flora et secoue la tête. Flora gémit. Je tente d'expliquer en bafouillant : ce qu'il m'a dit, ce qu'il a fait, ce qu'a fait Dot, ce que j'ai fait avec Sybil dans la chambre d'Audrey, comment tout cela a mené à ça, puis je m'entends répéter en boucle, comme une aiguille coincée sur un gramophone :

— Il a regardé Audrey se noyer, il a regardé Audrey se noyer…

Pam me prend la main.

— Chut… dit-elle d'un ton ferme et gentil, en fronçant les sourcils à la vue du corsage de ma robe au bouton arraché, dévoilant le renflement d'un sein, le rouge d'une griffure. Ça va aller, Margot.

Non, bien sûr que non. Flora chancelle, prête à s'effondrer. Harry est mort. Et tout est ma faute pour avoir habité Audrey, poussé les choses trop loin, comme toujours, traité tout cela comme un jeu… Résultat : Dot est dans un affreux pétrin, la chère Dot qui n'écraserait même pas une guêpe, ma petite sœur que je devais protéger, coupable du pire des crimes pour m'avoir sauvée. Que va-t-il lui arriver ?

— Vite. Donne-le-moi.

À notre stupéfaction, Flora arrache le presse-papiers à Dot et le jette de toutes ses forces dans les broussailles. Il laisse une trace de sang sur ses doigts, qu'elle essuie vivement sur sa robe, comme le jus d'une prune. Par ce geste, elle transfère la culpabilité, rompt avec son destin, le but de notre éducation : faire de nous des épouses sages, des mères aimantes. Et cela change tout.

— La rivière, chuchote-t-elle, soudain blême, en jetant un coup d'œil à Harry. On peut le porter aussi loin ?

Pam secoue la tête, parle à travers le grillage de ses doigts.

— On ne peut pas risquer qu'on nous voie. Pas si Tom est en train de rentrer à Cornton.

— La piscine ? suggère Dot à voix basse.

Sans qu'elle doive ajouter un mot, nous savons toutes exactement ce qu'elle veut dire, ce qu'il faut faire. Nos pensées se rallient, redeviennent collectives. La décision est prise.

Nous le tirons du couvert de l'arbre et le traînons sur la pelouse. Harry est lourd, presque impossible à déplacer, bien décidé à rester là, masse charnue sur la pelouse. Pire, il laisse une trace dans l'herbe mouillée, sa ceinture racle le sol. Nous décidons tacitement de le soulever, mais une manche de sa chemise se déchire dans un bruit terrible. Une fille pour chaque membre, nous titubons entre les arbres, le visage raidi par le choc. Dot perd ses lunettes. Nous n'avons pas le temps de les chercher. J'envie son incapacité à voir les détails – le sang s'enroulant peu à peu autour de l'oreille d'Harry, perlant sur son lobe comme un bijou horrible –, qui s'imprimeront à jamais dans mon esprit.

Nous le laissons tomber au bord de la piscine. Pouvons-nous vraiment faire cela ? Qui le fera ? Laquelle en a le cran ? Mais déjà, le soleil monte dans le ciel. Le temps presse. Une déesse de pierre attend, main tendue, prête à briser une tête ivre dans sa chute, ce qui pourrait expliquer sa blessure. L'eau est jonchée de pétales de rose, arrachés par la pluie, qui couvriront son corps comme un suaire. Nous hésitons à franchir le pas. Puis Flora hoche la tête, et le signal passe entre nous tel un trait de lumière, la reconnaissance d'une fraternité qui nous lie et va au-delà d'Harry, du désir, de l'amour ou du mariage, une loyauté dépassant toutes les autres.

À la fin, peu importe qui le pousse – Flora d'abord, d'une main ferme au creux des reins, puis Pam, l'instant d'après, plus fort, avec son pied –, car nous regardons toutes Harry couler, sa chemise gonflée d'air tel un poumon s'accrochant à son dernier souffle. Penchées en avant, nous le voyons tourner horriblement parmi les pétales, un collier de bulles s'échappant de sa bouche. Le temps s'étire entre nos doigts, Harry coule comme Audrey autrefois ; la chemise bleue, la robe bleue, toutes les marges se brouillent. Pendant un instant terrifiant, je crois voir sa main bouger, tâtonner vers le bord. Puis il glisse sous la voûte des pétales. L'eau cesse de remuer. Et je commence à courir en trébuchant dans le jardin, pour fuir ce que nous sommes, les terribles créatures que nous sommes devenues.

13

Un trou noir dans la glace. Au bord de la piscine, recroquevillées, trempées, figées, Romy et Bella. Jessie s'entend pousser un cri sans fin. Une série d'événements insupportables, incompréhensibles : Joe traverse les dalles avec fracas, Will empoigne Romy. Des lumières bleues clignotent par-dessus la haie d'ifs, un bruit atroce, le vent, un hélicoptère atterrit sur la pelouse. Des secouristes. Jessie a la langue si lourde qu'elle ne peut pas parler, une couverture en aluminium sur les épaules. Puis des mains la soulèvent, par là, c'est ça, la gentillesse des inconnus, le vrombissement des palmes, l'ascension nauséeuse, le moteur trépidant, le masque à oxygène sur le visage de Romy, sa petite main froide dans la sienne. Bella, drapée d'aluminium aussi, comme un rôti du dimanche, répète en boucle : « C'est ma faute, ma faute... » Jessie regarde, par la vitre, Will courir vers sa voiture dans l'allée, la terre se dérober sous elles.

Aux urgences, on emmène les deux filles. Jessie tâche de ne pas s'effondrer dans la salle d'attente. Son esprit fonce dans les coins les plus sombres. Les secondes paraissent des années. Sa robe à motif perroquet, affreusement déplacée, la serre comme un corset. Où est Will ? Quand la rejoindra-t-il ? Elle ne peut pas y arriver toute seule. Elle qui se croyait forte n'est pas à la hauteur. Elle a peur. Enfin, une doctoresse débordée la prend à part, lui donne des informations importantes : Bella va bien, elle est seulement choquée. La femme, toutefois, se dit inquiète pour Romy. Ne sachant si elle a avalé de l'eau, elle doit envisager le risque d'une noyade secondaire, la présence d'eau dans les poumons, qui peut se déclarer des heures après l'incident. L'estomac de Jessie se noue. À cet instant, toute sa vie se comprime : les lumières vives, les odeurs chimiques de l'hôpital. Au poste des infirmières, devant la salle d'observation, Bella demande à voir sa petite sœur. Du fond d'un autre couloir, encore à des années-lumière, s'élève la voix de Will.

Bella regarde Romy dormir, petite forme pitoyable sous les draps de l'hôpital, des ventouses et des tubes attachés à son corps. Le moniteur émet des bips.

— Tu avais raison de ne pas me faire confiance.

Jessie ne sait quoi répondre. Peut-être. Peut-être pas. C'est à n'y rien comprendre. Une larme coule sur sa joue. En l'essuyant, elle sent l'odeur de fumée de bois laissée par le feu du pub sur ses doigts, il y a déjà une éternité. Elle donnerait tout pour pouvoir revivre cette journée, ou juste l'après-midi, revenir sur les petites décisions – la commande du dessert, le choix interminable de la robe –, tout ce qui a pu faire avancer insensiblement, catastrophiquement le cours des événements, en laissant les filles seules trop longtemps.

— Bella, dit Will avec douceur. (Jessie entend sa voix comme s'il était sous l'eau. Elle lève la tête vers lui, découvre ses yeux humides, cerclés de rouge. Il semble avoir vieilli de dix ans.) Tu peux essayer de réexpliquer ce qui s'est passé ? demande-t-il gentiment à sa fille. Tu n'étais pas très claire tout à l'heure. Pourquoi as-tu dit que c'était ta faute ?

Jessie sent sa gorge se serrer.

— Je l'ai emmenée jouer dehors dans la neige, murmure Bella en serrant la barre du lit.

Will acquiesce, cherchant visiblement à l'encourager, mais sa main tremble quand il la passe dans ses cheveux. L'air semble vibrer de petits chocs électriques, telles des piqûres de méduse.

— Je lui ai mis ses gants, son manteau, tout. J'ai fait en sorte qu'elle ait chaud, vraiment. On a fabriqué un bonhomme de neige. C'était drôle, mais après… après…

Elle jette un coup d'œil à Jessie, puis détourne la tête, comme si elle ne pouvait supporter l'expression de sa belle-mère.

Les bips du moniteur s'interrompent. Jessie suspend son souffle. L'attente du bip suivant, une fraction de seconde, est beaucoup trop longue. Will pose une main sur son dos, pour la réconforter. Rien, pourtant, ne peut la rassurer. Rien ne peut l'atteindre, et Will non plus. Bizarrement, tous les deux sont murés dans le même cauchemar, mais doivent le subir chacun de leur côté. Bip… Jessie reprend son souffle. Will fait signe à Bella de continuer.

— Il y avait mon émission, papa, celle sur la pâtisserie. Je crois… que j'ai oublié de fermer à clé la porte de l'arrière-cuisine. Je n'ai absolument pas réfléchi. (Bella couvre son visage de ses mains.) Alors, c'était ma faute.

— Tu n'es pas responsable pour autant, objecte Will.

— Je suis allée aux toilettes, en la laissant sur le divan. (La voix de Bella se brise.) Quand je suis… revenue, Romy n'était plus là. Elle avait disparu.

Jessie plisse les yeux, comme si elle s'apprêtait à recevoir un coup. Elle voit la scène avec une précision cinématographique.

Bella se mord la lèvre.

— Je n'ai pas pu la trouver.

— Alors, tu as couru dehors, souffle son père d'une voix un peu moins ferme. Tu as suivi ses traces ?

— Elle ne faisait pas de bruit, papa. Il n'y a pas eu de *plouf*.

Jessie imagine les poumons roses, parfaits de Romy, l'étouffement par l'absorption d'une eau sale, glacée.

— J'ai… juste sauté dans l'eau, ajoute Bella.

Will la serre contre lui. Elle semble minuscule dans ses bras, trop jeune et frêle pour avoir affronté cela. Jessie se tient près d'eux, à la lisière de leur étreinte, ne sachant pas quoi dire.

L'infirmière revient, prend le pouls de Romy, le note, puis sourit gentiment à Jessie.

— Vous devez être très fière de votre fille d'avoir sauvé sa petite sœur comme ça.

Jessie attend que Bella la corrige vertement, ce qu'elle fait toujours quand on la prend pour sa mère, mais Bella garde les yeux baissés, n'osant parler de peur de fondre en larmes.

— Oui, bien sûr… parvient à dire Jessie.

Bella traîne un pied par terre. Puis elle reste immobile, l'air grave, contre le lit de Romy en la fixant d'un regard vide… et Jessie se rappelle la jeune fille somnambule dans la chambre de Romy, cette sombre colonne dressée au-dessus du petit lit. Elle a toujours trouvé cela menaçant, mais pour la première fois, elle se demande si ce n'était pas une attitude protectrice, si Bella ne veillait pas sur sa petite sœur.

L'infirmière rassure Will : il peut aller chercher un café et des sandwichs – une excellente idée car ils vont rester encore quelques heures. Will part, hésitant, au café de l'hôpital. L'infirmière est appelée ailleurs, laissant Jessie et Bella isolées derrière le rideau vert pâle du box, scrutant Romy dans un silence anxieux.

La bouche de Bella se tord, prise d'un mouvement convulsif. Elle laisse échapper un sanglot étouffé. Jessie, ne pouvant le supporter plus longtemps, la serre dans ses bras. Bella ne la repousse pas et, semblant se laisser aller, enfouit son visage dans l'épaule de sa belle-mère.

Jessie ne veut pas la lâcher. Elle n'a jamais été aussi proche de Bella. Son odeur hormonale sucrée, mêlée de shampoing, et son corps mince, souple et ses longs cheveux doux sont insupportablement émouvants, profondément réconfortants. Ils font naître une bouffée déroutante de sentiments maternels.

Sans prévenir, Bella se dégage brutalement, comme si elle se surprenait à tomber dans un piège.

— Tu pensais à ce qui s'est passé à Londres, hein ? Quand tu m'as vue près de la piscine avec Romy ?

— Juste un instant, répond Jessie.

À présent, elle ne peut plus rien cacher. Tout est aplani par les terribles événements de la journée, la précarité de l'état de Romy.

Bella, comme libérée d'un poids, s'affaisse au bord du lit. Elles écoutent les bips, la respiration calme, superficielle de Romy, les gémissements dans le service pédiatrique. Puis Bella dit :

— Juste avant que ça arrive, ce truc avec Zizzi, on était dans les vestiaires…

Jessie met un moment à comprendre qu'elle parle de l'incident à la piscine de Londres, et appréhende soudain ce qu'elle va entendre.

— … et les élèves bavardaient sur la soirée disco mères-filles, la fête caritative que Zizzi organisait ce jour-là. Alors, Zizzi m'a dit - devant tout le monde, Jessie - que… je devais emprunter la mère d'une autre si je voulais y aller. (Ses joues brûlent.) Ça paraît dérisoire de péter un câble pour un truc pareil, non ?

— Oh, Bella… Pas du tout. Je suis vraiment navrée. Pourquoi ne l'as-tu jamais dit à ton père ?

Bella se tait un instant, et rafraîchit ses joues avec ses paumes.

— Je ne sais pas trop. Peut-être que je ne voulais pas encore l'attrister à cause de maman. Ou qu'il pense que je ne tenais pas le coup.

— Je suis heureuse que tu m'en aies parlé.

Elle se sent honorée.

— J'ai voulu faire peur à Zizzi. (À la grande surprise de Jessie, Bella continue à s'ouvrir.) J'ai voulu la punir. J'étais folle de rage. Alors, je l'ai maintenue sous l'eau.

— Vraiment ?

Le cœur de Jessie se serre.

— Oui, de toutes mes forces, et ça m'a fait du bien. J'avais l'impression de pouvoir la punir de tout ce qui m'était arrivé.

— Oh… dit faiblement Jessie, refusant de la juger.

— Juste une ou deux secondes, puis j'ai repris mes esprits. Je te jure… Mais après, elle est restée sous l'eau en haletant. Elle agitait les bras, elle en faisait des tonnes pour le maître-nageur. (Ses yeux se remplissent de larmes.) Je n'ai pas essayé de la noyer, Jessie. Un instant, j'aurais bien aimé, mais je lui ai fait boire la tasse, c'est tout.

Jessie ne sait pas quoi dire, ses émotions partent dans tous les sens.

Son silence réveille la méfiance de Bella.

— Tu ne me crois toujours pas ?

Jessie sait qu'elle ne peut pas mentir, éluder la question, que c'est fondamental pour Bella. Après tout, si Romy lui faisait un tel aveu, même s'il s'opposait au témoignage du maître-nageur et de la victime, ne la croirait-elle pas ? De plus, n'a-t-elle pas toujours dit qu'elle traiterait pareillement les deux filles ? Ou cache-t-elle une vérité honteuse, indicible : qu'en fait, elle n'y parvient pas, que Romy est sa fille et Bella celle de Mandy, que seul le sang compte ?

— Je te crois, Bella, dit simplement Jessie, mais avec tout son cœur.

Il est très tard quand le médecin déclare Romy hors de danger. Jessie et Will, les larmes aux yeux, la remercient abondamment. Ils ont hâte de rentrer. Dehors, il fait très froid, le ciel est gris, poudreux et sans nuages. Bella enveloppe Romy d'une couverture sur le siège pour enfant. Romy sourit, à moitié endormie, de la prévenance inattendue de sa sœur, puis repique du nez.

Ils roulent en silence, trop épuisés pour parler, passant des rues sablées de la ville aux chemins traîtres de la campagne. Des haies se tassent contre les vitres de la voiture. Entre les lattes noires des portails de ferme, Jessie aperçoit des champs enneigés, étranges et désolés. Des flocons accrochent la lumière des phares, presque phosphorescents dans l'air glacé de la nuit, telles des particules du fond des mers. Jessie se sent elle-même submergée, encore enfermée dans le traumatisme des dernières heures, à jamais coupée des vies sereines glissant à la surface. Elle se retourne sur son siège pour tenir le pied chaud de Romy. Sa fille a beau être tirée d'affaire, l'anxiété continue à l'habiter. Peut-être gardera-t-elle toujours cette crainte aiguë du danger : la vie peut changer en un instant, comme celle de la pauvre Mrs Wilde dans les années cinquante, qui a dû éprouver la même peur primitive, l'angoisse de tout perdre. Cela lui donne un choc, porte un coup fatal à sa croyance que les malheurs n'arrivent qu'aux autres. Will et Bella le savent déjà, bien sûr. Une belle leçon d'humilité, et pourtant, réellement, elle n'a aucune idée de ce qu'ils ont traversé. Car sa fille a survécu, pas la mère de Bella. Romy a eu de la chance, pas Mandy.

Tant de choses auraient pu enrayer le moment fatidique de l'approche du camion, la vitesse du vélo de Mandy : une livraison réclamant une signature à la porte, un pneu crevé que Mandy aurait maudit, sans savoir qu'il lui avait sauvé la vie. Jessie se demande comment Bella, à son âge, supporte ces « et si », et se découvre un respect tout neuf pour la fille pâle, épuisée, qui pose la tête contre la vitre, les yeux mi-clos, comme si elle ne se sentait pas assez en sécurité pour dormir.

Après avoir couché les filles, Jessie et Will se blottissent devant le feu, encore en tenue de sortie, comme les seuls rescapés d'une soirée ayant viré à la tragédie. Jessie raconte ce qu'a dit Bella sur Zizzi, et Will hoche machinalement la tête, sans vraiment l'écouter. Jessie devine qu'il est ailleurs, que l'attente à l'hôpital, le choc des dernières heures l'ont ramené à l'accident.

— Ça ne va pas ? demande-t-elle gentiment.

Il reste un instant silencieux, puis parle carrément, sincèrement :

— S'il était arrivé quelque chose à une des filles, je ne m'en serais pas remis.

Jessie regarde la fumée s'élever en volutes soyeuses et pense au foulard de Mandy, celui qu'elle a trouvé derrière le radiateur à Londres et, ne sachant quoi en faire, remis derrière la grille poussiéreuse. Il lui vient à l'esprit que, de diverses manières, elle a continué à faire cela depuis, et que ça n'a pas marché. Le passé monte des recoins, des interstices, revient toujours à la lumière. Elle se demande ce qui se serait produit si, au lieu de le remettre à sa place, elle avait gardé ce foulard.

— Tu as ressenti la même chose à la mort de Mandy ? demande-t-elle timidement en marchant sur des œufs.

Will a l'air surpris. La question s'étire dans le silence pendant qu'il réfléchit.

— Eh bien, j'avais Bella. J'avais encore Bella. Et mon cœur avait… des réserves. Mandy le remplissait quand on était ensemble, et elle ne l'a pas détruit quand elle est morte, répond-il pensivement. Tu me suis ?

Jessie acquiesce, touchée par sa franchise. Il y a bien longtemps qu'ils n'ont pas parlé ainsi, sans urgence ni arrière-pensée. Cette libre intimité lui rappelle les débuts de leur couple où, allongés dans l'herbe à Saint James's Park, ils révélaient des bribes d'eux-mêmes et s'exploraient mutuellement le cœur, tandis que la ville se dressait derrière les platanes.

— Mandy m'a laissé la faculté d'aimer. (Will s'interrompt, retrouvant le fil de ses pensées. Il lui lance un sourire. La distance entre eux commence à se réduire.) Mais j'en ai seulement pris conscience quand je t'ai rencontrée.

Jessie est au bord des larmes. Pour la première fois, Will lui parle simplement de son mariage avec Mandy, en disant : *Voilà, Jessie. C'est le bonheur que j'avais. Voilà ce que j'ai perdu.*

Et ses paroles sonnent juste. Elle repense au bel homme qu'elle avait remarqué au parc à l'heure du déjeuner, qui paraissait en deuil, en colère, mais pas brisé – cela ne l'aurait pas attirée. Il était encore Will. Il l'a toujours été. L'idée qu'elle le doit à Mandy est à la fois dérangeante et édifiante.

— Mandy aurait eu horreur que je reste seul. Pour elle, ç'aurait été gâcher ma vie. (Il esquisse un sourire.) Elle avait une grande *joie de vivre*. Comme toi.

— Comme moi ?

Jessie tressaille sous ce trop-plein d'émotions – elle se sent flattée, privée de son unicité, triste de n'avoir jamais rencontré Mandy, pu devenir son amie –, oui, tout cela en même temps.

— Elle te serait très reconnaissante de tout ce que tu as fait pour Bella... murmure Will.

— Ne dis pas ça. Je n'ai pas été une belle-mère exemplaire. (Des larmes étranglent sa voix.) J'ai peur de n'avoir rien fait pour Bella.

— Tu n'as pas à faire quoi que ce soit. Tu ne le vois pas ? Elle a juste besoin de savoir que tu es là pour elle, même si elle te malmène. (Il tisonne le feu. Les bûches bougent, se déplacent. Jessie se sent remuée aussi.) Et elle ne t'a pas ménagée, j'en ai conscience, mais tu es toujours là.

— Je m'accroche à un fil...

Leurs regards se croisent et ils rient. Le passé, tranquillement assis à côté d'eux, se détend, se réchauffe près du feu. Une branche gratte la fenêtre glacée, la vérité en marge de leur échange. C'est le moment.

— Will, je dois te dire quelque chose. (Elle respire un bon coup.) Bella a tes vieilles lettres d'amour, celles que tu as envoyées à Mandy au fil des ans quand tu étais à l'étranger, puis remisées au grenier à Londres.

— Mes lettres ? (Will a l'air dérouté, puis semble se rappeler et se frotte la nuque.) Merde... Je ne m'étais même pas demandé où elles étaient.

— Dans le tiroir à chaussettes de Bella.

Il hausse un sourcil.

— Je les ai découvertes en rangeant du linge. Bella, je pense, les avait mises là exprès pour que je les trouve, mais ce n'est pas une excuse. (Des flammes jaillissent, orange et bleues.) Will, j'ai fait une chose affreuse. Je les ai lues.

— Tu les as *lues* ? s'étonne-t-il en riant.

Jessie acquiesce, prête à essuyer sa colère.

— En septembre.

— Ah, dit-il avec un petit sourire, comme si cela expliquait un peu l'humeur de sa femme, ces derniers mois.

— Je suis désolée. Je n'aurais pas dû faire ça.

— Non, sans doute. Moi, j'aurais horreur de lire ne serait-ce qu'un texto que tu as envoyé à un ex. J'aurais envie de le castrer.

Un instant, Jessie se sent un peu flouée par la réponse de Will, qui ôte tout pouvoir à ces lettres et tourne en ridicule des mois de jalousie.

— Tu ne m'as jamais écrit de lettre, ajoute-t-elle, ne renonçant pas facilement.

— Vraiment ?

Il paraît sincèrement surpris.

— Non.

— Eh bien, je le ferai.

— Maintenant, c'est trop tard. Ça ne serait pas pareil.

Le regard de Will s'adoucit. Il se penche vers elle, jusqu'à ce que leurs nez se touchent.

— C'était une autre vie. À présent, ma vie tourne autour de toi et des filles. Je sais qu'elle n'est pas parfaite, mais rien d'autre ne compte. Il n'y a aucune femme que j'aime plus que toi. (Ses mains glissent le long de ses cuisses, frôlent le bas de sa robe.) Même si ta salopette me manque.

Elle sourit, sent son corps s'enflammer.

— Tu t'en tirais très bien. Ne commence pas à exagérer.

— Je suis sérieux.

— Il y a autre chose que je ne t'ai pas dit, Will. (Elle se dégage. Confession totale. À présent, elle doit tout révéler. La méfiance revient sur les traits épuisés de Will.) L'histoire de la fille disparue, celle qui obsède Bella…

Il secoue la tête.

— Ah, tu l'as découvert aussi. Pauvre gosse !

— Tu *savais* ? bredouille-t-elle, perplexe.

Will acquiesce, penaud.

— Oui, depuis quelque temps. Bella en parlait sans cesse, alors j'ai fait une recherche à la bibliothèque près de la gare, un jour où le train avait beaucoup de retard.

Jessie le dévisage, ébahie.

— Pourquoi ne l'as-tu pas dit ?

— Je ne voulais pas t'effrayer, ternir ton image d'Applecote. Je ne pouvais pas supporter de faire éclater ton ballon. (Il l'attrape d'un air espiègle, lui souffle à l'oreille :) Et quelle est ton excuse, jeune dame ? Pourquoi m'as-tu caché ça ?

— Je savais que j'avais une bonne raison de t'aimer...

Will la fait taire par un baiser et, sur le tapis en peau de mouton, devant le feu qui danse, il lui enlève sa robe, ses collants, la renverse et la redresse, et la passion que Jessie croyait enfuie renaît, électrique, vivante, dévorante.

Jessie dort très profondément pour la première fois depuis des mois. À un moment donné, Romy grimpe dans le lit auprès d'eux et se blottit sur sa poitrine comme un bébé. Jessie replonge dans le sommeil, rêve qu'elle flotte dans une rivière, où fuse un martin-pêcheur bleu électrique. Elle se réveille au deuxième coup de sonnette.

— J'y vais.

Elle passe une vieille robe de chambre. Pas très chic, mais qui sent encore Will.

— Salut !

Elle est surprise de trouver un colosse, Joe, sur le seuil.

— Pour Romy. (Il sort un lapin en peluche d'une poche de sa veste.) J'ai appris qu'elle était rentrée saine et sauve cette nuit.

— C'est très gentil. Elle va l'adorer, Joe. Merci.

Jessie prend le cadeau, surprise que les nouvelles de sa famille aient couru aussi vite, alors qu'ils ne connaissent presque personne dans la vallée. Elle va faire plus d'efforts, décide-t-elle. Elle invitera des gens pour le thé. Elle cessera de s'isoler, de se croire encore étrangère. Puis, elle attend que Joe s'en aille.

Il tape des pieds dans le froid, décidé à rester.

— Comment va la pauvre petite ?

— Mieux. On a eu une chance incroyable.

Il jette un coup d'œil par-dessus son épaule, comme s'il craignait que quelqu'un l'entende.

— Ça vous ennuie si j'entre, Jessie ? murmure-t-il, le souffle brumeux dans l'air glacé.

— Ça ne peut pas attendre demain ?

Elle montre sa robe de chambre en souriant, lui signifiant poliment qu'ils viennent de se lever et qu'il est encore tôt, un dimanche.

— Pas vraiment. Je ne voulais pas vous déranger, après l'épreuve que vous avez traversée, mais... ma femme a dit qu'il le fallait. (Joe commence à balbutier.) Avec la police qui doit intervenir, et tout ça. Cela me dépasse, Jessie.

— La police ? Ouah, Joe, pas si vite. Je ne comprends pas.

Il fronce les sourcils, mal à l'aise.

— Vous feriez mieux d'entrer. Attendez, je vais chercher Will.

Elle court à l'étage, revient avec un Will ensommeillé.

— Bon, quel est le problème, Joe ? demande Will, qui réprime un bâillement et ferme la porte de la cuisine, pour que les filles ne puissent pas entendre.

— J'ai trouvé quelque chose dans le jardin. (Joe enlève sa casquette, révélant un front bombé couvert de sueur.) Vous devriez d'abord vous asseoir.

14

Nous courons, main dans la main, dans l'herbe couverte de rosée. Dot trébuche. Le jardin semble s'étirer, s'allonger, nous donner le temps de passer des morts aux vivants, de la loi de la nature à celle des hommes. Je fonce vers le refuge de l'arrière-cuisine, regardant par-dessus mon épaule, m'attendant à ce que nos sœurs aînées soient juste derrière nous. Non. Je vois seulement Flora, à la traîne sous les arbres, nous faire signe d'entrer, qu'elle va suivre avec Pam. Un choucas pousse un cri.

La maison paraît trop petite. Comme si nous étions devenues trop grandes pour elle dans la nuit. L'horloge sur le mur indique quatre heures dix. Dans la cuisine, Moll, notre piètre gardienne, dort à poings fermés sur la chaise près du poêle. L'air siffle par sa bouche entrouverte, le creux de sa dent manquante. Quatre bassines de confiture refroidissent sur le fourneau, des pots vides attendent sur la table. Moppet accourt vers Dot en agitant la queue. Dot prend sa tête fine dans ses mains et tous deux se regardent, échangeant un message que je ne peux comprendre. Puis elle enfouit son visage dans ses poils gris, les yeux fermés, telle une fille retrouvant les loups qui l'ont élevée. Moppet, excité par l'odeur du sang sur ses mains, commence à la lécher, et je dois le repousser.

Après l'avoir enfermé dans la cuisine, nous montons l'escalier, l'adrénaline laissant place à la fatigue. Mon cœur saigne devant chaque photo d'Audrey, ma cousine morte noyée, mon étoile Polaire. Je m'arrête devant celle que Flora avait prise pour un portrait de moi le jour de notre arrivée. Mais je ne peux plus me voir dans ses traits décolorés. Je ne peux pas me supporter.

Une fois sur le palier, nous hésitons à nous retirer chacune dans nos petites chambres, craignant que des images nous sautent à la figure comme des chauves-souris. Dot se met à trembler. Nous nous étreignons. Nous sentons mauvais.

— On doit se laver. Toi d'abord, Dot. (Je frotte ses bras frêles dont les poils se hérissent, m'émerveillant de leur force brutale insoupçonnée.) Je chercherai tes lunettes plus tard.

Je m'assieds au bord de la baignoire fumante, de peur que l'épuisement et le choc fassent couler Dot en silence sous la mousse. Nous ne disons pas grand-chose, concentrées sur le rite rassurant du gant, son dos que je lave par petits cercles, la marque familière sur le mur, qui rappelle l'Irlande. Si on peut nettoyer l'arrière de ses oreilles, un cadavre ne roulera pas dans la piscine. Si ses ongles sont propres, elle est innocente.

De sombres pensées griffent encore mes paupières : à quel âge peut-on être pendu ? Les flics de la campagne sont-ils si bêtes que ça ? Pourtant, je dis à Dot que tout va s'arranger – tout le monde supposera qu'Harry s'est noyé parce qu'il était ivre, une sorte de vérité –, que nous la protégerons toujours et qu'elle doit dormir un peu. Elle se sèche en silence, engourdie, puis rejoint nue sa chambre à pas feutrés, laissant de petites empreintes sur le sol.

Je me charge de faire disparaître nos robes sales. Après avoir quitté la mienne, remarqué le bouton manquant, les taches de boue, d'herbe et de sang, je la roule en boule avec celle de Dot dans une taie d'oreiller, que je fourre au fond de ma valise : elle est destinée à une des vastes poubelles de la cantine, et sera vite enfouie sous les sacs de pommes de terre, le porridge et le gâteau de riz, puis emportée par la benne. Cette robe ne me manquera pas : j'ai failli finir comme Audrey la nuit dernière. Je ne veux plus jamais l'imiter. Pour une fois, ma réalité incontournable, mon corps avec toutes ses rondeurs inélégantes et ses marbrures, sont un grand soulagement.

Après m'être plongée dans le bain de Dot, je tourne un robinet avec mes orteils, laissant jaillir l'eau chaude jusqu'à ce que mes jambes rougissent sous sa brûlure. Je me frotte énergiquement, mais je ne me sens pas propre. Je ne sais combien de temps je reste là, hébétée, pensant aux derniers instants d'Audrey, la tête pleine de rivière bouillonnante et de roseaux. Au bout d'un moment, j'entends les voix étouffées de mes sœurs aînées. Seule Flora passe la tête par la porte de la salle de bains : ses yeux sont étrangement brillants, de la couleur des violettes de Parme. Je lui dis ce que j'ai fait des robes tachées et qu'elle devrait donner la sienne à Pam, pour qu'elle s'en débarrasse de même. Flora ouvre la bouche, mais aucun mot n'en sort et elle referme lentement la porte. Peut-être est-elle trop choquée pour parler, pétrifiée par la violence, le rôle qu'elle y a joué.

Lorsque je sors sur le palier, enveloppée dans une serviette, je n'entends pas de bruit dans les chambres de mes sœurs. Mieux vaut les laisser tranquilles : nous devons nous accorder sur une version des faits, mais je veux aussi qu'elles dorment une heure pour moins risquer, plus tard, de faire des erreurs irréparables. Je lutte contre le sommeil sur le fauteuil de ma chambre, comme une sentinelle près d'un feu. Je pique du nez par moments, mais je me réveille chaque fois en sursaut. Je pense aux baisers d'Harry derrière mes genoux, à leur plaisir traître. Que sa bouche douce, chaude est maintenant submergée, raide et froide. Je m'approche de la fenêtre pour prendre l'air. Au petit matin, la lune, pâle tel un filigrane, reste suspendue dans le ciel. Le jardin est vert vif après la pluie de la nuit, trempé de perles de rosée. J'ai juste le temps.

Je me glisse hors de la maison par la porte principale, tâchant de ne pas réveiller Moll, espérant que Moppet n'aboiera pas, et passe dans le jardin en me disant que je cherche des traces de sang, la traînée de son corps sur l'herbe… mais en vérité, je veux voir Harry une dernière fois. Vérifier que la nuit dernière était bien réelle. M'excuser. Dire adieu.

Près du portail de la piscine, quelques gouttes de sang dansent sur des brins d'herbe, comme les vestiges d'une proie chassée par un renard. Je les étale de mon pied nu, chose qui m'aurait dégoûtée hier, facile aujourd'hui. La zone de la piscine paraît sombre et complice, en retard de plusieurs heures sur le reste du jardin, marquée à jamais par la scène de la nuit dernière. Une grande flaque d'eau s'étend sur les dalles, reflétant le ciel qui s'éclaire. La piscine est couverte de pétales et de feuilles arrachées par l'orage. De l'eau clignote dans les espaces, telles des bribes d'une histoire à moitié racontée. Je m'accroupis près de la déesse de pierre au coin où nous l'avons poussé, écarte les pétales avec mes doigts, doucement d'abord, puis plus vigoureusement, jusqu'à ce que je panique, pique l'eau avec un bâton, tente éperdument de l'apercevoir. Je cherche partout.

Harry n'est pas là.

Une trace de sang, montrant la voie comme des miettes de pain dans un bois, mène de la piscine au portail du pré, ouvert, de la largeur d'un corps. J'hésite à le franchir, craignant ce que je pourrais trouver.

James Dean. Tombé du ciel.

Il est affaissé dans le cratère, le front posé sur ses bras, enserrant ses genoux relevés, tel un soldat sur le champ de bataille.

Je me frotte les yeux, sûre d'avoir une vision causée par la fatigue, plus prête à croire que c'est le fantôme du pilote mort qu'Harry. Mais il reste là, forme isolée, recroquevillée, la tête pendant sur sa chemise déchirée. Pas mort dans la piscine. Le sang dans ses cheveux semble noir et sec. Sa chemise fume sous le soleil matinal : il est hors de l'eau depuis un moment.

Pour une raison obscure, Harry a survécu : Dot n'est pas une meurtrière. Pourtant, je n'éprouve aucun soulagement, juste un malaise grandissant. Je n'ose pas respirer, mon instinct me souffle de reculer lentement pour m'enfuir au manoir, annoncer à mes sœurs la résurrection de ce Lazare.

Seulement, il remue, sentant ma présence. Il lève un bras, protège ses yeux de la lumière.

— Margot ? C'est toi ? lance-t-il d'une voix rauque.

Je parviens à dire oui, tentant de cacher mon choc. Car sa blessure à la tête semble avoir fait le tour de son crâne et trouvé une autre issue : son œil droit est injecté de sang, l'iris figé couvert d'un glacis blanc, et ne bouge pas en même temps que le gauche, abîmé à un point auquel je ne peux supporter de penser.

Harry frappe l'air en cherchant ma main. Je lutte contre ma répugnance, sachant que je dois paraître aussi normale que possible, et m'avance vers lui à travers les hautes herbes. Sa poigne est faible et froide. Je soulève son corps, reconnais son poids mort. Dès qu'il est en équilibre instable, je le lâche, car son contact est trop étrange.

— Je vais chercher Tom ? Un médecin ?

— Non... pas d'histoires. (Harry chancelle un peu, désorienté.) Je... rentrerai à Cornton à pied. (Il grimace sous une douleur soudaine, mais ajoute bravement :) Ça va.

Je n'ose lui dire que ce n'est pas vrai.

Je le regarde, le souffle coupé, toucher avec précaution cet œil horrible, comme pour vérifier qu'il est toujours là.

— C'est juste... Je ne vois pas très bien. Et ma tête... (Il tâte, du bout des doigts, la croûte de sang dans ses cheveux. Je vois presque son esprit tenter de saisir la brume, pour en tirer les événements de la nuit dernière.) Qu'est-ce qui s'est passé, Margot ?

J'ouvre la bouche et la ferme : je n'en ai aucune idée. Je sais juste que Pam n'a pas dû entendre les battements de son cœur dans le jardin ; rien d'étonnant, vu l'heure tardive et le vin. Et sa main qui bougeait dans la piscine ? Non, je ne l'avais pas imaginée. Comment a-t-il pu sortir de l'eau ? Reprendre connaissance juste à temps ? Quelqu'un a dû l'aider... Mais qui ?

— Margot, répète-t-il, rompant le fil de mes pensées. Je t'en prie…

Je montre l'herbe roussie, les cendres du feu éteint. Les bouteilles de vin à côté. Une flasque de whisky vide. Sa guitare silencieuse.

— Tu étais très, très soûl.

Un ange passe. Quand je croise à nouveau son regard, son œil gauche semble un peu plus vif, durci. L'autre reste pareil à celui d'un poisson sur la glace. Il presse une main sur sa bouche, incrédule : quelque chose lui revient.

— Je te l'ai dit, n'est-ce pas ?

La peur volette dans mes oreilles, comme les ailes d'un insecte, et je sens à nouveau ses doigts sur ma gorge.

— Nous… nous étions sous l'arbre. La pluie, marmonne-t-il, rassemblant lentement les bribes comme les fragments d'une lettre déchirée. Dot, mince ! Je l'ai vue, le poing levé…

— Non, non ! Dot était au lit, dis-je aussitôt, révélant déjà trop.

Il me fixe un moment, puis réplique d'un ton froid :

— Tu mens.

J'en ai la chair de poule.

— Je me suis réveillé au bord de la piscine. Mouillé. Pourquoi ? Pourquoi étais-je là-bas ? Réponds-moi, gronde-t-il quand je reste muette.

Je bégaie d'une voix faible, sincère :

— Je… je n'en sais rien.

Je ne peux pas lui dire que, la dernière fois que je l'ai vu, il était mort, coulant sous la surface de l'eau.

Il se penche et pose les mains sur ses genoux, puis respire lourdement, comme s'il allait vomir. Mais il ne me quitte pas des yeux entre ses cheveux emmêlés. Je vois son expression changer à mesure que la nuit se matérialise.

— Dot et toi avez cherché à me *noyer* ? Mon Dieu… C'est ça, dit-il, comme si ma tête le confirmait. Vous avez bien tenté de me tuer !

— Non ! (Je recule lentement, sentant que je me suis bêtement exposée.) Bien sûr que non !

— Tu voulais venger Audrey. Tu voulais… (Il se redresse, couvre son visage de ses mains et, un instant, je crois qu'il va fondre en larmes. Mais quand il le relève, son regard est brûlant, dangereux. Il commence à marcher vers moi en titubant sur les touffes d'herbe.) Je me rappelle, Margot ! lance-t-il d'une voix plus forte. Je me souviens de tout !

Je presse le pas, n'osant lui tourner le dos.

— Je te connais, halète-t-il. Nous sommes pareils, toi et moi. Nous nous comprenons parfaitement. (Il crache un rire.) Tu penses que je ne peux pas jouer à tes jeux ? Tu crois pouvoir m'embobiner ? Que je vais laisser ta petite Dot s'en tirer après qu'elle a tenté de me tuer ? J'espère qu'elle a un alibi en béton, Margot. Parce que papa a de très, très bons avocats.

Je m'enflamme :

— Ne menace pas Dot !

— Ça, c'est trop fort. Ne t'inquiète pas, ce ne sera pas seulement elle. Je vous ferai toutes tomber, toi et tes sœurs meurtrières. Je parie que Pam était là aussi, et Flora, jette-t-il d'un ton amer. Je vous détruirai !

J'insiste en reculant plus vite :

— Tu te trompes.

Juste au moment où je pense qu'il va me poursuivre, il s'affaisse, les mains sur les genoux, d'une pâleur verdâtre.

— Margot, attends… Un pacte, souffle-t-il d'une voix rauque. Mon silence contre le tien. Et celui de tes sœurs, puisque vous ne faites qu'une, ajoute-t-il, devinant que je me suis déjà confiée à elles.

Je reste figée dans l'herbe, réfléchissant très vite : la survie d'Harry sauve Dot, et nous épargne à toutes les quatre d'avoir commis le pire des crimes ; Audrey, par sa noyade, le condamne sûrement, mais c'est sa parole contre la mienne, une histoire contre des faits. Sybil me croira-t-elle ? Qui le fera ? Et la blessure d'Harry n'est-elle pas bien plus probante que mon témoignage sur les dires d'un homme ivre ?

— Les deux nuits d'été… effacées. Jamais arrivées. (J'entends un tremblement de désespoir dans sa voix, sa peur du terrible secret qui l'a rongé ces cinq dernières années.) Margot ?

— Je… je dois parler à mes sœurs d'abord.

Je me retourne et commence à courir. Derrière moi, Harry crie des paroles inintelligibles, et quand je jette un œil par-dessus mon épaule, il est de nouveau à genoux, la tête dans les mains.

Je trouve mes sœurs en chemise de nuit dans la chambre de Flora, blêmes, réveillées, avec un air d'anxieuse complicité. Dot et Flora, blotties l'une contre l'autre sur le lit, plient et déplient leurs orteils sur la couverture. Dot serre un oreiller sur son ventre. Pam, debout devant la fenêtre entrebâillée, semble avoir suivi mon trajet dans le jardin. Ses mâchoires sont étrangement crispées : je peux lire en elle comme un télégramme.

— Comment va-t-il ? demande-t-elle, confirmant mes soupçons.

— Alors, c'était toi ! (Je surprends mon air choqué dans le miroir, mes yeux lançant des éclairs furieux dans des orbites sombres.) Il n'a… (Je ne peux me résoudre à dire « rien ». Ni révéler à Dot l'horrible étendue de sa blessure.) Il est dans le pré.

— Oh… Donc, il peut marcher ?

Pam respire, soulagée.

Je m'écrie :

— Tu veux bien m'expliquer pourquoi il n'est pas mort au fond de la piscine ? (Dot sursaute. J'ajoute, tâchant de me calmer :) Pourquoi me l'as-tu caché ?

— On… on ne savait pas comment tu le prendrais… bégaie Pam, confuse, s'apercevant qu'elle aurait dû m'avertir. Tu semblais au bord de… (Elle s'interrompt, jette un regard furtif à Flora.) On a jugé qu'il valait mieux te le dire quand tu te serais reposée, c'est tout.

— Me dire quoi, exactement ?

— Juste après que tu t'es enfuie avec Dot, Harry a commencé à se débattre, répond Flora, frémissant à ce souvenir. On n'arrivait pas à y croire.

Je repense à ces doigts qui bougeaient. À mon refus d'en croire mes yeux.

— Je n'ai pas pu rester sans rien faire, Margot, déclare Pam d'une voix étrangement faible. (Elle s'assied sur le lit, laisse tomber sa tête dans ses mains.) C'était... immoral. Nous avions le choix.

Je ne peux m'empêcher de penser avec amertume qu'Harry aussi a eu le choix, celui de sauver Audrey, ou au moins d'annoncer sa mort à ses parents brisés, pour leur épargner des années de terreur et d'espoir. Il a choisi son confort, la réputation de sa famille. Jusqu'à ce qu'il me rencontre, une pâle imitation d'Audrey, pas sa chance de rédemption, mais l'incarnation de la vengeance divine.

— Pam a été fantastique, Margot, glisse Flora, s'efforçant de sourire. Elle lui a fait du bouche-à-bouche et tout ça.

— Il a craché du whisky, précise Pam en faisant la grimace.

Je m'effondre auprès d'elle sur le lit, le corps en plomb.

— Harry ne se souvient pas qu'on l'a sorti de la piscine, juste de s'être réveillé mouillé sur les dalles.

— Eh bien, on l'a laissé là-bas vivant, couché sur le côté, explique Pam. On a pensé qu'il valait mieux disparaître que se faire connaître. Vu... enfin, ce qui s'était passé plus tôt. Quoi ? s'alarme-t-elle. Pourquoi fronces-tu les sourcils, Margot ? Qu'a-t-il dit ?

— Il est persuadé qu'on a tenté de le tuer, pas de le sauver. Il nous prend pour des meurtrières.

Lourd silence.

— Quelle gratitude... lance Pam, cherchant vainement à détendre l'atmosphère.

Je frotte mes yeux rouges du plat de la main : des couleurs fleurissent et giclent derrière mes paupières, comme de la peinture. Je me demande si c'est ce qu'Harry voit dans son œil droit, s'il voit quoi que ce soit.

— Bon, il ne peut pas rester dans le pré, lâche Flora au bout d'un moment, bizarrement toujours peu inquiète pour son amoureux.

— Je doute qu'il y soit encore, dis-je, pensant que sa réaction à la nuit est peut-être retardée par le choc. (Je m'adosse à la solidité rassurante de Pam.) Il a décidé de rentrer chez lui à pied. Oui, je sais. J'ai bien offert d'appeler un médecin. Il n'en a pas voulu.

Racontée à voix haute, ma discussion avec Harry semble si ridicule, si irréelle que je me demande soudain si je ne l'ai pas entièrement rêvée.

— Je vais aller voir Tom. Lui dire de le chercher, juste pour être sûre. Tom doit être rentré à Cornton depuis des heures et se demander où est Harry, lance Flora, prenant sa robe de chambre sur le dossier d'une chaise.

— Non, tu ne peux pas, ordonne Pam d'un ton sec qui suggère qu'elle a déjà dû le lui interdire. Et si quelqu'un te voit ? On doit se conduire comme si rien ne s'était passé la nuit dernière. On ne sait pas du tout ce qu'Harry va faire maintenant. Il pourrait appeler la police.

Je m'enhardis à leur parler de son œil, du pacte proposé.

— Ce qu'il y a, c'est...

Flora m'interrompt, les larmes aux yeux :

— Mais je dois voir Tom !

— Flora... prévient Pam. (Elle se tourne vers moi, explique d'un ton neutre :) Pour te mettre au courant, Margot, Tom et Flora ont eu le coup de foudre hier soir, quand Harry est parti à ta recherche.

— Quoi ?

Je me tourne vers Flora, ébahie, mais son air le confirme : une curieuse lueur dans ses yeux, un demi-sourire. C'est clair.

— Je ne pouvais plus lutter, avoue-t-elle simplement.

— Avant que tu cherches à dire un truc compatissant, Margot, j'avais renoncé à Tom à minuit, de toute façon, déclare Pam d'un ton laconique. Et on doit réfléchir à des choses bien plus graves. Vous voulez bien penser à ça ?

Dot pousse un sanglot. Je me tourne vers elle, si calme près de moi, le point stable dans cet orage, et la prends dans mes bras. De près, je remarque la trace de ses lunettes perdues dans son bronzage, l'ombre de la petite fille fragile qu'elle était hier encore.

— Ça va ?

Elle acquiesce d'un ton peu convaincant. J'ajoute :

— Que faisais-tu dans le jardin, la nuit dernière ?

Dot roule le bord dentelé de l'oreiller entre ses doigts. Quelques secondes passent avant qu'elle puisse parler.

— Je me sentais très seule à la maison, répond-elle finalement, bouleversée. Moll dormait déjà sur la chaise de la cuisine. Et la pluie était si attirante après cette chaleur… J'ai vu deux silhouettes courir sous un arbre. J'ai cru reconnaître Harry et Flora, mais, quand je suis arrivée là-bas… c'était toi, Margot. (Elle baisse les yeux.) Avec Harry.

Alors, c'était Dot qui nous suivait, pas ma conscience. Je remue avec gêne sur le lit, incapable de regarder Flora.

— J'ai cru qu'il allait te tuer, Margot. J'ai pensé… (La voix de Dot se brise. Je prends sa main tremblante. Des larmes commencent à rouler sur ses joues.) Là, j'ai vu le presse-papiers sur le transat avec mon livre, tu sais, sur la pelouse, où je l'avais oublié. Et…

Elle ne peut pas poursuivre. Ses épaules se soulèvent en silence.

— Ça ne fait rien, dis-je.

— Tu es une guerrière, Dot. Ne l'oublie jamais.

Pam ne peut pas cacher son respect, notre cadette a enfin fait ses preuves. Je sens la main de Dot se détendre : l'avis de ses sœurs est la seule chose qui compte pour elle.

— C'est vrai, Margot ? demande Flora d'un ton pressant. Harry voulait vraiment te tuer ?

— Je ne sais pas.

Un pâle rayon de soleil s'étend sinistrement sur le tapis, réchauffant le bout de nos orteils, nous rappelant que le jour pointe.

Flora couvre son visage de ses mains.

— Je n'en avais aucune idée pendant tout ce temps... Tous ces trucs qu'on a faits... ça me répugne...

Je tâte l'arrière de mes genoux en pensant qu'Harry a trouvé la partie la plus détestée, la plus horrible de mon corps et l'a couverte de baisers. J'attends que ça me dégoûte aussi, mais non.

— Est-ce qu'il t'a forcée, Margot ?

Flora réprime un sanglot, touche une petite égratignure sous ma clavicule.

Je secoue la tête. Je sais que je dois lui dire ce qui s'est réellement passé, que j'ai embrassé Harry, et me suis perdue dans ses bras. Mais il y a une chose plus urgente, une chose qu'elles doivent savoir, une décision à prendre. Je cherche à l'exprimer délicatement quand Pam soupire :

— Oh, Margot...

Elle me presse sur sa poitrine, et je sens son cœur galoper. Puis Dot et Flora nous rejoignent et nous sommes toutes enchevêtrées sur le lit, une mêlée de chemises de nuit, de cheveux et de cœurs battants. Il est si bon, si rassurant, ce nid qui m'a tellement manqué que je m'aperçois combien je me suis éloignée d'elles, noyée dans le monde et les désirs d'Audrey, un abîme de secrets. Je ne veux plus jamais quitter le cocon fraternel.

— Rien ne peut plus nous retenir, n'est-ce pas ? murmure Flora, exprimant une impression que j'éprouve aussi, que je m'efforce d'accepter.

Prendre conscience que nous pourrions vraiment tuer un homme s'il le fallait, et partager la responsabilité de ce crime, crée un nouveau sentiment de liberté, d'un pouvoir féminin implacable que nous ignorions posséder.

Si nous pouvons faire cela, nous pouvons certainement tout faire, nous métamorphoser, choisir nos destinées. Nous ne sommes pas des jeunes Anglaises attendant le mariage. Pas seules, comme la pauvre Audrey. Nous sommes des sœurs. Des survivantes, avec neuf vies, comme les chats. Peut-être l'avons-nous toujours été, mais nous ne le savions pas.

— Rien, admet Pam.
— Dieu merci, c'est fini, chuchote Flora.
— Pas tout à fait, dis-je.

Le monde commence à s'annoncer bruyamment par la fenêtre – le cliquetis d'une charrette au bas de l'allée, l'aboiement d'un chien de ferme, les freins grinçants du vélo de Billy –, brisant l'impression que nous sommes suspendues au-dessus des événements, que nous pouvons rester intouchables plus longtemps. Luttant contre le sommeil, nous tentons de résoudre l'insoluble par des phrases décousues. Mes sœurs me font répéter les détails de la blessure d'Harry ; qu'il se rappelle avoir vu Dot juste avant qu'elle n'abatte le presse-papiers sur sa tête, et pense que nous avons tenté de le noyer ; notre obligation morale de le démasquer confrontée au besoin de nous protéger.

Nous parlons en cercles embrouillés, nous approchant lentement d'un centre, comme un vieux tracteur dans un champ. Pam, allongée sur le ventre, se ronge les ongles. Dot pose la tête sur mes genoux, s'efforçant de rester éveillée. Flora se mordille les cheveux, adossée aux oreillers. Au bout d'un moment, Pam dit en se frottant les yeux si fort qu'ils couinent :

— Bon, écoutez. Le fait est que si nous parlons à tante Sybil et à oncle Perry, nous leur balançons une information atroce impossible à prouver, car le corps d'Audrey a été emporté il y a des années et Harry niera.

— Juste au moment où ils commencent à se remettre, où Sybil est bien plus heureuse, murmure Flora, les paupières lourdes, presque closes. Elle mourra de chagrin.

— Oncle Perry traquera Harry avec son fusil, ajoute Pam. Et s'il ne le fait pas, nous serons toutes dans le collimateur parce qu'Harry voudra notre peau.

Je m'écrie :

— Mais c'est la vérité !

— Non, c'est ce qu'Harry t'a dit alors qu'il était ivre, corrige Pam en jetant un œil à Dot sur mes genoux. Oh, regardez, notre guerrière dort.

Je hisse doucement la tête de Dot sur un oreiller, la recouvre d'un drap. Elle tend la jambe et laisse pendre son pied au bord du lit, comme elle le faisait toujours à Londres.

— Mais le pacte ne prendra jamais fin. Nous serons liées à Harry pour toujours, et nous ne savons pas quel effet il…

— Margot, reprend Pam d'un ton las, aucune de nous ne peut prédire les années à venir. Je ne peux même pas prévoir comment cette journée va tourner.

— J'ai mal au crâne. Je n'arrive plus à réfléchir. (Flora retombe sur l'oreiller à côté de Dot en fermant les yeux.) Je suis si fatiguée…

Pam pose la tête sur ses bras, marmonne d'une voix pâteuse :

— Je pense qu'on saura quoi faire quand on verra tante Sybil, Margot. Là, tout deviendra clair.

Ses paroles se perdent dans un ronflement.

Je ne me rappelle pas m'être assoupie moi-même, mais quand je me réveille, le coude de Pam pointe dans ma narine et mes sœurs dorment encore. J'entends le grondement de la voix de Perry au rez-de-chaussée. Tout est presque normal, pendant deux ou trois secondes. Puis je me souviens.

Je gagne la fenêtre en trébuchant et regarde le jardin. Il a l'air étrangement paisible, comme une rivière où un corps vient de couler. Maintenant, plein soleil. La matinée s'achève. Billy, accroupi dans un parterre, fait des plantations, et de l'autre côté du mur, la Daimler noire de Perry brille dans l'allée, telle une balle d'acier.

En rentrant m'habiller dans ma chambre, je jette un coup d'œil à la porte d'Audrey et remarque, pour la première fois cet été, que je ne sens pas son attraction. Je n'ai pas envie de m'asseoir sur son lit en imaginant que c'est le mien. Je veux porter mon pantalon noir de Chelsea, celui que je n'ai pas mis depuis le jour de notre arrivée, rangé au fond d'un tiroir. Je dois rentrer le ventre pour fermer le dernier bouton, empâtée par la cuisine de Moll. Mon pantalon est chaud et collant, mais agréable, après des semaines de robes amples. Je suis une fille de Londres. À nouveau moi-même.

— Bonjour, jeune fille. (Perry m'adresse un clin d'œil dans le salon, penché en avant pour toucher ses orteils. Il me vient à l'esprit que je pourrais mettre son monde à l'envers juste en lui glissant quelques mots sur la nuit dernière.) Regarde, je peux presque y arriver.

— Un vrai acrobate, mon oncle !

— Il ne faut jamais dire jamais, Margot. (Il se redresse dans un long grognement et se frotte le dos.) Tu as une mine affreuse. Encore heureux qu'on vous ait laissées faire la grasse matinée. Alors, je suppose que la soirée a été un succès ?

J'acquiesce en tentant de garder un visage neutre.

— J'espère que vous aussi avez passé un bon moment.

Il tire sur son lobe d'oreille et sourit.

— Oui, en fait, c'était… amusant. Et une très belle pièce, une très belle pièce.

Il y a un moment de gêne, comme si j'étais entrée dans sa chambre sans frapper et l'avais trouvé en sous-vêtements.

— Je cherchais tante Sybil.

— Oh, elle est quelque part dans le jardin. (Il se gratte la nuque.) Tu connais ta tante.

— Oui, dis-je.

Ô combien !

Dehors, l'air est limpide. Disparue, la couche brumeuse de pollen et de poussière, lavée par la pluie de la nuit. Je serpente dans la verdure luxuriante, ne sachant toujours pas quoi faire, si l'obligation morale de dire la vérité à Sybil prime tout le reste. Cela deviendra clair quand je la verrai, me dis-je, comme l'a indiqué Pam, mais ma tante est toujours invisible.

Au bord du Wilderness, je m'apprête à rebrousser chemin pour inspecter le potager, quand j'entends nettement une éclaboussure derrière la haie d'ifs. N'en croyant pas mes oreilles, je coule un œil derrière le portail, masquée par un nuage de clématites.

Une robe verte, jetée sur un transat avec une désinvolture très peu sybilienne. Une gaine élastique beige. Un soutien-gorge, du genre de ceux que portait mamie. Des sandales brunes, quittées à la va-vite. Puis, se dressant hors de l'eau dans une courbe sinueuse, un arc-en-ciel de gouttelettes, la vision incroyable de Sybil, écartant ses cheveux de son visage, révélant scandaleusement des seins nus, aux gros mamelons rouges. Je suspends mon souffle, n'ose pas bouger et la regarde, pétrifiée, poser la nuque sur le rebord de la piscine, les yeux fermés, le visage marbré par les reflets du soleil dans l'eau. Alors, la décision se prend toute seule. Je me retire lentement, en silence, laissant ma tante dans sa fragile paix retrouvée.

— Miss Wilde ? (Quand je traverse la terrasse, Billy s'approche en frottant ses mains propres sur son pantalon sale. Il tire un objet de la poche à outils fixée à sa taille et sourit, les dents très blanches dans son visage tanné.) J'ai trouvé ça. J'ai pensé que ça vous appartenait.

Je tremble de tout mon corps. Il n'y a plus de sang sur le presse-papiers, lavé par la pluie, ou poli par la poche en cuir de Billy, et pourtant, on dirait une boule de cristal où chacun pourrait plonger les yeux et voir, dans la bonne lumière, sous le bon angle, exactement ce qui s'est passé : quatre sœurs traînant un corps dans l'herbe, le faisant basculer dans la piscine.

— Il est beau, ajoute-t-il, et sa simple manière de le dire, sa façon d'observer ma bouche en parlant créent en moi une sensation très étrange. Tenez.

Je le prends, ce cœur dur, froid, de la nuit dernière, et réponds d'une voix presque normale :

— Dot a aussi perdu ses lunettes, si jamais vous les voyez.

— Je chercherai, Miss Wilde.

Billy a une douceur et une franchise qui me font l'effet d'un baume, ce matin. J'hésite. Pour une raison obscure, je n'ai pas envie de le quitter.

Nous restons là en silence, souriant timidement, et je me demande si Billy comprend bien davantage qu'il n'en a l'air. Quelque chose, un sentiment, un mot qui se dérobe, plane entre nous. Mais il est balayé par le vrombissement d'une voiture qui remonte le chemin, crisse dans l'allée derrière le mur ; une portière claque.

Je ne panique pas, mais reste clouée sur place, exsangue, incapable de réagir. Je n'ai plus de tours ni de stratégies. Tout ce dont je suis sûre, c'est que la police est là pour nous prendre, que je n'ai pas pu protéger ma petite sœur et qu'il y avait un point noir, un gouffre, guettant au coin du ciel d'été, où nous sommes toutes près de tomber.

— Ça ne va pas, Miss Wilde ? (Billy pose une main sur mon bras. Elle semble être mon dernier point d'ancrage. Je l'empoigne fermement.) Miss Wilde ?

Je peux à peine respirer. Chaque cellule de mon corps se prépare au bruit d'une lourde botte sur le gravier, d'un coup de boutoir. Billy se rapproche d'un air protecteur, sentant et partageant ma peur du danger. Nous écoutons ensemble. Puis, soudain, les sons ne sont plus très clairs : des pas légers, non d'une botte mais d'un talon haut marchant prudemment sur le gravier. Un vif *toc-toc* à la porte. Une voix de femme, longtemps perdue et tant attendue.

— Peregrine, vieux fripon, où as-tu caché mes filles chéries ?

15

Des ombres bougent sous la tente qui brille comme une lanterne dans les arbres, pendant que la police achève sa tâche sinistre. Jessie frissonne, pensant à tous les moments où elle et Romy ont flâné près du puits de pierre maintenant caché par la tente, sans jamais s'apercevoir qu'elles frôlaient une tombe, que la remontée de la nappe phréatique exhumait une chose terrible.

Jessie n'a pas regardé longtemps dans ce trou, mais elle sait qu'elle le verra toujours, l'os verdâtre sortant de la lentille de glace. Elle est rassurée, à présent, par la barrière du ruban jaune – qui semble rendre chaque chose plus irréelle, comme dans une série policière –, toutes les graves silhouettes en combinaisons blanches et les flics en civil qui prennent des photos, marmonnent dans des radios, réduisent le tapis blanc en neige fondue sous leurs pieds lourds.

C'est par un lundi après-midi polaire que les premiers reporters commencent à sonner à la porte. Sur le conseil de Will, Jessie, poliment, ne dit rien, leur demande de parler à la police directement. Elle se confie à sa mère et à Lou, puis elle commet l'erreur d'en toucher un mot à une amie londonienne bavarde. Bientôt, son portable clignote sous les messages. Des gens qui ne s'étaient pas manifestés depuis des mois viennent chercher des ragots, s'étonnant à mi-voix de l'ironie de la vie : eux qui ont quitté la capitale rongée par la violence pour la sécurité de la cambrousse…

Will ne retourne pas à Londres, refusant d'abandonner Jessie dans ce chaos. Romy fait des signes aux policiers, tente de caresser des chiens renifleurs, prise d'une excitation confuse après l'abattement qui a suivi sa chute dans la piscine. En revanche, Bella s'enferme dans le mutisme, absorbée dans des pensées qu'elle refuse de confier. Jessie et Will s'inquiètent de son repli sur elle. Ils s'inquiètent de tout. Avec l'absence d'informations, tout paraît suspendu. Même la neige ne fond pas.

Quand Bella revient du collège, fendant la foule des reporters avec un aplomb dédaigneux, Jessie prépare aux filles du chocolat crémeux et des guimauves moelleuses, tâchant d'offrir le réconfort du sucre et du lait chaud. Bella se méfie de ces gâteries. Jessie et Will rôdent autour d'elle, dépassés. Se sent-elle menacée par la sinistre découverte ? demandent-ils. Bella secoue la tête. Effrayée ? Bien sûr que non. Aimerait-elle dormir au collège cette semaine ? Non, merci. Non, vraiment. Après ça, Bella évite les deux adultes et leurs questions minées sur ce qu'elle devrait ressentir, comment elle devrait réagir, puis elle se retire – régresse – en construisant une ferme en Lego avec Romy. La neige, derrière la vitre, continue à tomber.

À un autre moment, un tel spectacle – les sœurs qui jouent ! Une chute de neige ! – aurait rendu Jessie folle de joie. À la place, elle se sent très coupable que les filles aient été rapprochées par une quasi-noyade, et à présent par ça. Mandy serait légitimement horrifiée, pense-t-elle, après tout ce que Bella a déjà subi, tout ce qu'elle a perdu. Jessie se rappelle leur première visite où, dans l'orangerie en ce jour de janvier, elle s'imaginait pouvoir forcer sa famille à s'épanouir comme une fleur. Elle était naïve alors. Maintenant, elle ne l'est plus. Elle sait ce qu'ils doivent faire.

Quand Will revient après avoir parlé à l'inspecteur dans le jardin, annonçant par un haussement d'épaule que l'enquête piétine, elle le prend à part près du buffet de la cuisine et chuchote qu'ils doivent mettre en vente Applecote. À sa grande surprise, il ne partage pas d'emblée son avis.

— On va voir, dit-il en lui caressant la joue d'une main froide, pendant que la neige de ses bottes fond sur le carrelage.

Jessie sait qu'il s'accroche à l'espoir que les os se trouveront appartenir à un animal, pas à un être humain. Ou sinon, à un malheureux valet de ferme qui vivait là il y a des siècles, réduit par le temps à un vestige archéologique.

Plus tard dans la soirée, Jessie range des assiettes dans le placard, tentant d'occuper son esprit troublé par des tâches domestiques, lorsqu'elle entend un petit coup à la porte d'entrée.

— Bonsoir, Jessie.

Et la voilà, plus grande que dans son souvenir, portant un long manteau d'un noir profond, au col de fourrure poudré de neige. Du rouge à lèvres. Jessie met un instant à reprendre ses esprits. Elle aimerait demander tant de choses à Margot, mais pas maintenant. C'est le pire moment.

— Excusez-moi. Ici, c'est la folie. Je... (Elle s'interrompt.) Vous avez appris la nouvelle ?

— Vous en savez un peu plus ? répond Margot, jetant un œil dans la maison.

Jessie secoue la tête.

— Personne ne nous dit rien. La police a quand même précisé que les os semblaient vieux. Elle enquête depuis des heures. Pardon, j'oublie mes bonnes manières, ajoute-t-elle, confuse. Vous... voulez entrer ?

Margot réfléchit un instant, comme si franchir le seuil d'Applecote exigeait une sorte d'effort mental.

— Oui, merci.

Jessie écarte les cheveux de son visage, gênée de voir Margot si soignée dans sa cuisine rose en désordre.

— Donnez-moi votre manteau. Je vous en prie, asseyez-vous.

Margot marque un temps d'arrêt devant la chaise haute de Romy : Jessie a l'impression troublante qu'elle la reconnaît. Puis elle s'installe avec grâce sur un siège couvert d'une peau de mouton, manquant de peu d'écraser un biscuit, en pantalon fuseau indigo et pull cachemire bleu pastel, rehaussé par un collier en turquoise. Elle reste un instant sans bouger, comme si elle avait du mal à se maîtriser, puis, lentement, résolument, elle serre les mains devant elle sur la table. Des mains pâles, aux longs doigts. Jessie remarque son alliance pour la première fois, un anneau en or.

— Billy, dit Margot, interceptant son regard. (Elle sourit, d'un sourire franc, rapide, qui ne peut être forcé.) Mon mari, Billy. Il vous a convaincue d'acheter un citronnier, je crois ?

— Oh, oui. C'est vrai. J'adore mon citronnier.

Jessie associe le couple pour la première fois, le campagnard voûté par le vent et la pluie, avec une lueur dans les yeux, et l'élégante Margot, qui semble être une cousine un peu bohémienne de la reine. Improbable, mais elle voit comment ça peut marcher.

— Prenez garde, il est capable de vous vendre tout un verger d'agrumes, ajoute ironiquement Margot.

Jessie lâche un rire bref, puis elle s'entend lancer d'une voix coupante :

— Margot, comment saviez-vous pour la gouttière bouchée, la tache d'humidité dans la salle de bains du haut ?

Margot crispe ses mains serrées.

— Après, je m'en suis voulu d'avoir dit ça. (Elle secoue la tête, incrédule.) Quelle cruche…

— Alors, vous connaissez bien Applecote ? s'étonne Jessie, voyant qu'elle ne s'explique pas davantage.

Margot acquiesce, résignée.

— Comme mon cœur.

Jessie la dévisage, perplexe, se demandant si cette femme est un peu détraquée ou juste excentrique.

— Je crois vous avoir vue regarder quelquefois la maison, dit-elle avec hésitation, se sentant marcher sur des œufs. Vous vous êtes éloignée quand je vous ai appelée. Cet été. Vous étiez derrière le mur du verger, avec vos chiens ?

Margot baisse la tête, puis la relève d'un air coupable – un geste puéril, un peu timide qui, en d'autres circonstances, aurait fait sourire Jessie.

— J'ai toujours cru être assez douée pour les subterfuges, mais en fait, je suis complètement nulle. Je vous présente mes excuses.

— Oh, eh bien… Vous voulez une tasse de thé ?

Le thé semble être un moyen de rendre les choses vaguement normales. Quelque part dans la maison, Jessie entend des cubes d'alphabet s'écrouler.

— Avec grand plaisir. Ça a été une rude journée.

Jessie reste près du fourneau, observant la bouilloire, prête à l'empoigner avant qu'elle commence à siffler. De là, elle voit Margot de profil, ses traits doux, ordinaires, sa mâchoire ferme, les diamants discrets qui luisent à ses oreilles. Elle a toujours admiré ce genre de femmes, d'autant plus intéressantes qu'elles ne sont pas de grandes beautés, des femmes qui ont dû s'imposer autrement. La question est : de quelle manière ? Et dans quel domaine ?

Jessie, toujours pensive, remplit sa théière en regrettant que leurs mugs soient ébréchés.

— Vous le prenez… ?

— Sans lait, sans sucre. Nature, s'il vous plaît.

Malgré elle, Jessie sent renaître sa sympathie pour Margot. Elle s'assied à ses côtés. Pas de parfum, observe-t-elle. Aucune odeur du tout, comme une femme qui ne veut pas laisser de trace. Elle jette un œil à ses chaussures sur le carrelage, noires, plates, assez grandes, semées de neige fondue.

Quand elle relève la tête, Margot l'observe.

— Une autre question ? demande-t-elle. N'hésitez pas.

— D'accord. Je sais que ça peut paraître bête, mais êtes-vous venue dans la cabane ? J'y ai trouvé des empreintes de pas quand on a emménagé l'été dernier. Et quelqu'un semblait être entré dans la cabine de plage.

— Je suis désolée. C'est exaspérant, non, de toujours s'interroger ? (Margot se baisse et fouille dans son grand sac à main. Jessie aperçoit le dos d'un livre usé. Une brosse à cheveux. Une laisse de chien.) Voilà. J'aurais dû vous la rendre depuis des mois.

La clé, ternie par les ans, pend à un anneau orné d'un chien en émail.

— La nôtre ? dit Jessie, le souffle coupé.

Margot se redresse sur son siège. Elle tourne, du bout des doigts, les perles en turquoise sur son cou.

— Je vous dois une explication, Jessie.

— Oh oui ! s'exclame Jessie avec véhémence. S'il vous plaît.

— C'est ma tante, Mrs Sybil Wilde, qui vous a vendu la maison.

— Votre tante ?

Jessie est sous le choc. Ainsi, Margot était la cousine d'Audrey…

Margot hoche la tête, presque avec impatience, attendant que Jessie fasse les rapprochements.

— Je l'ai aidée à déménager, mais elle ne voulait pas partir. Ma tante est très âgée, et très têtue. Elle arrivait – tout juste – à vivre ici, avec une aide à domicile. Puis elle a fait une chute, de sorte qu'à la fin, on était un peu pressées. J'ai peur qu'on n'ait laissé un beau désordre. Mais on n'avait aucun endroit où mettre ses affaires. Ma maison est pleine jusqu'au plafond. Celles de mes sœurs aussi… et l'agent immobilier a dit : « Laissez tout. Les nouveaux acquéreurs videront le manoir avant de s'installer. Ils jetteront ce qui reste, ou le donneront à des œuvres. » Alors, j'ai laissé… (sa voix s'étrangle) … les choses telles qu'elles étaient, Jessie, comme sur un navire sur le point de couler.

— Et nous les avons gardées.

— Je vois. (Margot regarde à nouveau la chaise d'enfant, puis les murs couverts de photos des filles, les testeurs de peinture sur le comptoir de la cuisine, le fatras d'accessoires de travaux manuels de Romy.) Vous avez redonné vie à la maison, murmure-t-elle, et Jessie ne peut discerner, à son ton, si c'est une bonne chose ou non.

— Pardon, mais pourquoi n'avez-vous pas dit tout ça quand vous avez ramené Bella, l'autre soir ?

Margot soupire en regardant la clé sur la table.

— Pour être franche, Jessie, ça m'a déconcertée, de voir une nouvelle famille ici. Vos jolies filles. Je n'ai pas voulu en parler. (Elle lève les yeux et sourit gentiment.) Je ne voulais pas farcir vos jeunes têtes de vieux fantômes, je suppose.

Jessie respire. Tout commence enfin à prendre sens.

— Attendez. Vous aviez la clé. Alors, quelqu'un a pu vous voir à une fenêtre après le départ de Mrs Wilde ?

— Très possible.

— Vous avez allumé un feu dans la cheminée du salon ?

— Oh, il faisait un froid terrible ! J'avais mal pour la maison. Je continuais à passer la voir. Elle semblait si abandonnée, vide et inhospitalière que j'ai apporté des fleurs, allumé un feu de temps en temps. Je voulais maintenir un peu son esprit accueillant. (Sa voix dérive, et Jessie sent son esprit partir dans un endroit où elle ne peut la suivre. Margot fronce les sourcils, s'égaie à nouveau.) Vous savez, ces magnifiques souvenirs, les souvenirs de jeunesse, qui se renforcent à mesure que les années passent ?

Jessie hoche la tête, se laissant prendre au charme de Margot.

— Ce sont ceux qui se fixent dans l'âme d'une jeune fille. L'idée qu'un souvenir est une chose éteinte, n'appartient qu'au passé, est absolument fausse, une illusion d'adulte, n'est-ce pas ? (Bella comprendrait parfaitement cela, pense Jessie : quelle merveilleuse confidente Margot serait pour elle ! Elle se penche en avant, captivée.) Un souvenir est une chose vivante. Il respire près de vous, s'assied sur votre épaule, se rejoue à l'infini. Et puis…

Une cavalcade l'interrompt : Bella, Romy sur la hanche, agitant une poupée-cuiller en bois aux cheveux de laine jaune, et Will ébouriffé, en chaussettes, vieux jean et gros pull fraîchement attaqué par les mites. Jessie craint qu'ils n'aient tous l'air d'une bande de péquenauds.

— Il est arrivé quelque chose, Jessie ? demande Bella d'un ton pressant. On sait qui c'est ?

Jessie se lève, écarquille les yeux.

— Bella, voici Margot, qui t'a trouvée sur le chemin, l'autre soir. Tu te rappelles ?

Bella rougit, surprise.

— Oh, pardon… Je pensais que vous étiez de la police. Salut.

Margot sourit.

— Je sais que tu as été très courageuse, Bella. La meilleure des grandes sœurs, je dirais.

Bella rougit encore plus, ne pouvant cacher entièrement son plaisir.

— Et voici mon mari, Will, ajoute Jessie d'un air timide et fier, se sentant un peu comme une fille qui présente son copain à sa mère.

— Je vous dois un grand merci pour avoir ramené Bella saine et sauve ce soir-là, dit chaleureusement Will.

— Bonjour ! le coupe Romy, brandissant sa poupée-cuiller.

— Hé, bonjour, Miss Cuiller, fait Margot, les yeux pétillants. Tu en as, de beaux cheveux blonds !

Bella pousse Romy dans les bras de Jessie et s'installe sur une chaise de cuisine pour se mêler à la discussion, le regard avidement fixé sur Margot.

— C'est Audrey, n'est-ce pas ?

— Ouah, Bella… commence Will.

— Ah, d'accord… Tu sais. (Margot se tourne vers Jessie.) Le nom d'Audrey se répand comme une traînée de poudre dans la vallée, mais je n'étais pas sûre qu'on vous ait parlé d'elle. Il faut au moins trois générations avant d'être intégré ici.

Will sourit.

— Ah…

— Je pensais qu'il fallait vous ménager. Et que c'était à moi de vous parler d'Audrey, à cause de ma relation avec la maison, ajoute-t-elle d'un air contrit.

Will donne un coup de pied à Jessie sous la table – un discret « Qu'est-ce que… ? » – puis se lève en se frottant les mains.

— OK, les filles. Bella, Romy, voyons ce qu'il y a à la télé. On va laisser Jessie discuter avec Margot.

Hissée à la va-vite dans les bras de son père, Romy tapote sa joue poilue avec la poupée-cuiller. Will fait signe à Bella de se lever.

— Je ne bouge pas d'ici, papa, déclare Bella, les yeux toujours rivés sur Margot.

Jessie presse la main de Will.

— C'est bon. Permets-lui de rester.

— Dites-nous tout, implore Bella en vidant un paquet de boudoirs sur une assiette jaune, qu'elle pousse distraitement au centre de la table.

— Oh, je peux ? Comment as-tu deviné que j'avais un faible pour les boudoirs, Bella ? Mon Dieu, je n'en ai pas mangé depuis des années !

Margot mord dans l'un d'eux et ferme les yeux, semblant transportée par le biscuit à l'ancienne que Jessie a acheté à l'épicerie du village seulement parce qu'ils n'avaient plus rien d'autre.

Bella et Jessie attendent. Il semble que Margot tienne une bobine et s'apprête à tirer sur le fil, dévidant toute l'histoire.

Elle déglutit, repose le boudoir.

— J'aurais dû deviner, dit-elle. (Ses yeux bleus se voilent.) Mais ma mère m'avait dit qu'après la disparition d'Audrey, les policiers avaient balancé une lampe dans le puits au bout d'une corde. Je l'avais accepté, même si ces malheureux ne l'auraient probablement pas trouvée si elle avait été étendue au milieu de la pelouse. Ou peut-être avait-elle coulé au fond. Je ne sais pas.

Jessie frissonne. À nouveau, elle voit l'os.

— Après la mort de mon oncle Perry, dans les années soixante-dix, poursuit Margot d'une voix un peu chancelante, j'ai fait poser un couvercle sur le puits, de peur que tante Sybil fasse du jardinage près de lui. Je n'avais jamais imaginé… (Margot secoue la tête, visiblement peinée.) Je ne peux supporter d'y penser.

— Ça ne fait rien, Margot, murmure Jessie en lui touchant légèrement le bras. (Des souvenirs semblent percer les rides de Margot, ainsi qu'une certaine vulnérabilité.) On ne veut pas vous perturber avec nos questions. N'est-ce pas, Bella ?

— Non, dit Bella d'un ton peu convaincant, martelant impatiemment son genou de ses doigts.

Elles attendent à nouveau.

— Il y avait un jeu auquel Audrey voulait toujours me faire jouer dans le jardin… (Margot tressaille.) Sauter par-dessus la margelle du puits…

— Mon Dieu… marmonne Jessie, toussant dans son thé.

— Elle était intrépide. Personne d'autre, pas même moi, n'osait faire ça. Elle cherchait toujours quelqu'un pour se prêter à ce jeu.

Margot commence à tourner ses perles de turquoise entre ses doigts.

Jessie, se surprenant à l'imiter, porte la main à son pendentif.

— Voyez-vous, Jessie, reprend Margot (et Jessie hoche la tête, bien qu'elle ne voie absolument pas), avec le recul, ce jeu était la pièce maîtresse du puzzle, celle qu'on ne peut jamais trouver, qui donne du sens à tout le reste ; mais à l'époque, à l'été 1959, j'ai juste entendu parler d'« eau » et j'ai fait des rapprochements qui m'ont conduite à une conclusion fausse. (Le thé de Margot tremble quand elle lève sa tasse.) Et lui ne m'a pas contredite. Il m'a laissée croire ça.

— C'était quoi, cette conclusion fausse ? C'était qui, « lui » ? demande fébrilement Bella, si penchée en avant qu'elle s'assied presque sur les genoux de Margot.

— Je ne dirai pas son nom, si ça ne t'ennuie pas, Bella. Il… il était le seul à savoir ce qui s'était réellement passé. Je m'en tiendrai là. (Margot semble réfléchir un moment, le front plissé.) Mais il n'a pas dit la vérité, ajoute-t-elle dans un sifflement de colère, incapable d'en rester là. J'étais sûre qu'il l'avait fait, il y a bien des années, mais absolument pas. Il m'a raconté qu'ils avaient joué à un jeu. J'ai supposé que c'était un jeu de pêche, ce genre de chose, mais…

— Sauter par-dessus la margelle du puits ! lâche Bella.

— Eh oui, bravo. Tu as raison, Bella. Je pense que ce devait être ce stupide jeu d'Audrey. Et bien sûr, il aurait révélé où elle était s'il avait laissé échapper ce petit détail, n'est-ce pas ?

Bella hoche la tête.

— Alors, il a poussé Audrey ?

Margot tressaille. La question se dilate dans la cuisine. Soudain, Jessie n'est plus du tout certaine qu'elles devraient écouter ça. Sûrement, c'est du ressort de la police, si tant est que ce soit vrai.

— Non, je ne crois pas qu'il l'ait fait, pas délibérément, répond Margot au bout d'un moment d'une voix songeuse, distante, comme si elle se parlait à elle-même. Il m'a dit qu'il avait essayé d'embrasser Audrey. Il a donc dû l'empoigner, d'une manière ou d'une autre, et... (elle reprend son souffle) ... et elle est tombée. Ça, c'est certain.

— Il ne l'a pas sauvée ?

Bella se lève, indignée. Jessie lui touche le bras, la prévenant avec tact d'y aller doucement. La jeune fille se rassied.

— Non, il ne l'a pas fait. Tout le monde n'est pas aussi courageux que toi, Bella, dit Margot avec un petit sourire.

Bella se redresse un peu sur sa chaise.

— La vérité est qu'il n'aurait pas pu l'atteindre dans ce puits pour la sortir de l'eau. Je m'en rends compte maintenant. C'était déjà fini pour la pauvre Audrey. Mais pas pour lui.

— Pourquoi n'a-t-il pas révélé où elle était ? demande Jessie, perplexe.

— La culpabilité. Le déni. L'immaturité. La peur de son père, je suppose, Jessie. Je suis peut-être bien trop gentille. Mais je sais avec certitude que le temps a le don de compacter les sombres secrets de la jeunesse, de les rendre plus durs et plus solides, explique Margot avec une précision d'acier qui porte Jessie à se demander quels secrets de jeunesse elle peut bien garder. Et il s'est convaincu qu'admettre qu'il connaissait le sort d'Audrey l'aurait rendu suspect de meurtre. Peut-être était-ce vrai.

— Pour moi, c'est un connard total ! jette Bella, vacillant en arrière sur sa chaise.

Margot rit, acquiesce, mais ses yeux sont humides. Elle tente de ravaler ses larmes.

— Pardonnez-moi. C'est juste un sacré choc. Croire qu'Audrey était morte dans la rivière pendant toutes ces années et... et...

Bella arrache une feuille de Sopalin et la lui tend.

— Merci. (Margot s'essuie les yeux.) Voyez-vous, ce ne sont pas les morts qui souffrent. Ce sont les vivants. (Elle secoue la tête.) Toutes ces vies bouleversées... brisées...

Bella opine, l'air de saisir parfaitement. Jessie, par contre, se sent perdue dans l'histoire de Margot, ce « lui » sans nom, les secrets, les mensonges et les vérités mouvantes des années cinquante. Tout ce qu'elle peut comprendre, c'est l'horreur primitive d'un puits sans fond, le chagrin d'une mère. Sa gorge se noue. Un enfant n'est jamais un tas de vieux os : il reste toujours un être humain, chéri, pleuré, dont la perte est inconcevable. C'est tellement triste !

— Je n'arrive pas à croire que personne ne les ait vus ce jour-là, reprend Margot après un silence, d'une voix forte, presque furieuse. Quelqu'un a dû les voir. Cette fichue vallée, Jessie, elle ne change pas. Tout le monde protège les siens. Ils l'ont toujours fait et le feront toujours.

— Vous pensez qu'il y a eu des témoins ? dit Bella d'une voix étranglée.

— Oh oui. J'en suis certaine. Un pêcheur. Et un homme coiffé d'un chapeau près du pont qui ne s'est jamais fait connaître. Ma tante a toujours espéré qu'il le ferait un jour, mais naturellement, il s'en est bien gardé.

Jessie attrape le bras de Margot, la faisant sursauter.

— Je sais qui ça pourrait être !

Margot et Bella la regardent comme si elle était devenue folle.

— Jessie ! lance Bella avec un rire gêné.

— Joe ! s'exclame Jessie, songeant à la photo qu'il a tirée de son portefeuille le premier jour.

— Joe ? répète Margot, sans comprendre.

— Joe Peat. Il fait des petits boulots pour nous. Il m'a montré une photo de son père, Sid, je crois, qui portait toujours un chapeau. Il travaillait à Cornton Hall dans les années cinquante.

Jessie peut presque voir l'esprit de Margot fouiller dans le passé, comme les doigts de Romy dans les affaires de Bella.

— Loyal à Cornton, murmure-t-elle. C'est logique.

— Écoutez, Joe a dit qu'il était mort d'une crise cardiaque, ce qui expliquerait pourquoi il ne s'est jamais fait connaître. Je dois appeler Joe ? Le faire venir ?

— Non, je crois qu'aujourd'hui, je n'en supporterai pas davantage, Jessie. (Margot ramasse son sac par terre et se lève.) Et je me suis déjà trop imposée.

— Oh, ne partez pas. Pas encore. Vous ne nous avez pas dit à quoi ressemblait Audrey, l'implore Bella, déçue. J'aimerais beaucoup le savoir. Je me le demande depuis longtemps…

— C'est vrai ? (Margot se rassied, l'air sincèrement touchée.) Eh bien, Audrey… (elle cherche le mot juste) … Audrey était un boute-en-train. Tu l'aurais adorée.

D'un geste, Bella l'incite à continuer.

Margot sourit, s'illumine sous leurs yeux. En s'animant, elle évoque Audrey comme si elle l'avait vue la veille, sort sa cousine du lointain passé, les vieux étés de l'air hivernal. Alors apparaît la fille maligne, autoritaire, à la tresse dansante, aux brillants yeux bleus et aux robes élégantes, qui ressemblait à Margot, mais était bien plus belle, souffrait d'être fille unique, rêvait d'avoir des sœurs, inventait sans cesse des jeux et des aventures, courait dans le vent avec des poignées de ballons à travers le pré, déterminée à s'envoler. Margot respire, prête à se lancer dans un nouveau flot d'anecdotes, quand Will fait son entrée. Elle s'arrête en rougissant.

Will regarde avec perplexité les femmes autour de la table, soudées comme de vieilles amies.

— Je ne demande pas si je dérange.

— Non, non. Pas du tout. (Margot se lève. Jessie sent l'esprit d'Audrey s'éloigner d'elles.) Je crains d'avoir abusé de votre accueil. Je pensais rester cinq minutes.

— Non, j'ai quelque chose pour vous ! lance Bella, tout excitée. J'ai fini par trouver. Vous avez des sœurs ?

— Trois. (Margot hausse un sourcil.) Imagine…

— Une qui s'appelle Dot ?

Margot hoche la tête, déroutée.

— Ne bougez pas, ne partez pas ! crie Bella en sortant précipitamment.

Ils l'entendent grimper puis dévaler l'escalier.

— Voilà. Joe les a trouvées dans l'orangerie, sous le banc près de la fenêtre. (Elle tend le tas de lettres à Margot.) Signées « maman », ajoute-t-elle quand Margot reste coite, pâlit et écarte les lèvres, stupéfaite, en décollant des pages, parcourant des phrases délavées.

Elle vérifie la date sur une enveloppe, se tourne vers Bella.

— Merci, merci beaucoup. Tu n'imagines pas combien ces lettres nous ont manqué. Ça alors… (Elle secoue la tête, s'efforçant de comprendre.) Nous n'avons jamais cru maman quand elle affirmait les avoir envoyées. Sous le banc près de la fenêtre ? Tout ce temps ? Ma tante a de sérieuses explications à donner.

— J'espère qu'on n'a causé de problèmes à personne, glisse Jessie, échangeant un regard inquiet avec Will.

— Des problèmes ? Mon Dieu… Tante Sybil a toujours été problématique, fait Margot d'une voix où se mêlent l'exaspération et la tendresse. Une fois de plus, aujourd'hui, j'avoue m'être trompée. (Elle contemple à nouveau les lettres, sidérée, puis se tourne vers Jessie.) Maintenant, je dois aller voir la police.

— La police ? répète Will, étonné.

— J'aimerais lui dire un mot, si ça ne vous ennuie pas. Révéler ce que je sais.

— Euh… bien sûr. (Will sourit avec résignation.) Je vous montre le chemin.

— Inutile. Je sais exactement où je vais, réplique Margot en faisant un clin d'œil à Jessie.

Vingt minutes plus tard, Margot se coule hors du jardin par le portail latéral. Entendant un moteur gronder, Jessie court à la fenêtre de l'entrée. Elle voit les phares de la voiture éclairer un poteau, une haie enneigée, le tendon glacé du sentier, puis replonger comme Margot dans l'obscurité.

Deux jours plus tard, la police appelle Will pour lui confirmer que les restes sont bien ceux de la disparue, Audrey Wilde ; la famille a été informée ; une conférence de presse aura lieu le lendemain matin. Jessie et Will se blottissent près du feu, se demandant à voix basse comment annoncer la nouvelle aux filles, comment Bella va réagir. Jessie dort mal, rêvant d'un sombre tunnel où une lampe frontale rebondit, comme un feu avant, sur des murs de pierre mouillés et glissants, et se réveille tôt. Pour être sûre de parler à Bella avant que ses camarades la bombardent de textos pour chercher des ragots, elle lui prépare une tasse de thé, sort Will du lit, puis ils filent nerveusement à l'étage.

Bella est déjà réveillée, assise dans le lit bateau, resplendissante dans le déshabillé en soie grise de Mandy. (Jessie est très contente que personne n'ait parlé du lit à Margot, au cas où ce serait celui d'Audrey.) Malgré l'heure matinale, Bella semble reposée, radieuse même, les cheveux enroulés, tordus sur son épaule. Voyant leur air solennel, elle lève les yeux au ciel.

— Du calme… Je ne vais pas faire une dépression nerveuse.

Will s'assied délicatement au bord du lit. Jessie tend le thé à Bella et se perche un peu plus loin, les yeux gravement baissés.

— On a une très mauvaise nouvelle, j'en ai peur, Bella, dit doucement Will. (Un rayon de soleil perce l'œil-de-bœuf, teintant le mur d'un lilas hivernal.) La police a confirmé que les restes étaient ceux d'Audrey.

Bella respire, soulagée.

— Dieu merci… Elle aurait voulu qu'on la trouve.

— C'est une façon de voir les choses, admet prudemment Will, échangeant un regard perplexe avec Jessie.

— Maintenant, elle pourra être enterrée. Sa mère pourra enfin lui dire adieu, ajoute Jessie, qui s'en veut aussitôt d'avoir relancé le sujet des mères et des adieux.

Elle attend que Bella saute, comme d'habitude, sur cette phrase maladroite, mais Bella hoche simplement la tête et marmonne :

— Oui.

Bien que l'échange soit minimal, obscur pour ceux qui ne les connaîtraient pas, peut-être même pour Will, il paraît éloquent à Jessie. Elle se détend un peu, laisse son poids reposer entièrement sur le matelas.

— C'est normal d'être bouleversé par ça, dit Will à voix basse.

— Papa… gronde Bella.

— Nous réalisons qu'Applecote est… entaché maintenant. Ce n'est pas le nouveau départ que nous espérions, avance Jessie. Et nous voulons que tu aies plus voix au chapitre pour notre prochaine maison.

Bella sursaute, raide comme un piquet.

— Prochaine ? Qu'entends-tu par *prochaine* ?

— Nous allons mettre le manoir en vente. (Jessie s'attend à ce que Bella sourie ou, du moins, ait l'air triomphante. C'est ce qu'elle a toujours voulu, après tout.) Tu te rappelles ce que tu as dit la première fois qu'on a vu cette chambre ? « Même si on s'y installe, cette maison ne sera jamais la nôtre. » Et tu avais raison, Bella. Tu avais raison sur bien des plans. Pour reprendre les paroles de Margot, j'avoue m'être trompée.

— Nous, dit Will, souriant à Jessie. Nous nous sommes trompés.

— Enfin, qu'est-ce que vous racontez ? (Bella semble atterrée, puis éclate de rire, l'air de ne pas les prendre au sérieux.) Vous voulez changer de maison parce qu'il y a un cadavre dans le jardin, qui remonte à la nuit des temps ? Bon sang ! De quoi cherchez-vous à me protéger ? De la mort ? Hé ho ! Il est trop tard pour ça ! (Elle secoue la tête face à leur immaturité, puis leur sourit avec un air d'affection las.) Je ne bouge pas d'ici. Faites-le, si vous voulez.

Un autel improvisé s'étend peu à peu auprès du portail d'Applecote : des fleurs, déposées par les vieux du village et d'anciennes camarades de classe d'Audrey ; des ours en peluche, donnés par des enfants qui ne peuvent concevoir la mort, mais comprennent la terreur d'être seul et perdu ; une énorme couronne, offerte par Joe et sa famille. Parmi la Cellophane et les rubans, des découpes de la photo jadis étalée dans les journaux, en noir et blanc, granuleuse : la tragédie curieusement scellée dans la joliesse innocente d'Audrey. Jessie examine son visage, cherche des traces de Margot dans ces yeux pétillants, la boucle au coin de son sourire.

Il est bien difficile de ne pas tout voir à travers le prisme d'Audrey, à présent. Même la chambre de Bella semble différente, rincée en quelque sorte, plus légère, et le palier de l'étage moins étroit et moins sombre, comme si la maison ne s'affaissait pas, mais s'ouvrait.

À l'évidence, ce changement d'atmosphère – de perception, bien sûr – vient moins d'une libération de l'esprit d'Audrey que du meilleur moral de Bella. Jessie, pourtant, sent que les deux sont intimement liés : comme une profonde secousse sismique peut ramener un corps à la surface, la découverte d'Audrey a fait bouger Bella. Jessie ne sait comment l'adolescente, en reliant des éléments disparates – ce que les jeunes font naturellement, à l'égal des artistes –, a puisé le catalyseur de son changement dans le sort terrible d'une autre fille, mais elle l'a fait. Bella est toujours Bella, bien sûr, complexe, contradictoire, têtue. Mais la muraille qui l'entoure se lézarde, présente des fissures par lesquelles Jessie peut voir, pour la première fois, la vraie Bella, celle d'autrefois, évoluer derrière, tel un rai de lumière.

L'explication, d'après Will, est plus simple. Bella a sauvé la vie de Romy, un acte héroïque qui lui a fait comprendre non seulement qu'elle aimait sa petite sœur, mais qu'elle avait un rôle vital à jouer dans cette famille, sa famille. Un lien auquel elle avait longtemps résisté a fait tilt.

Un matin, Bella descend l'escalier avec les deux caisses vides de Mandy, demandant s'il faut les mettre au bac de recyclage. Les bouquets, à la porte, commencent à se réduire. Les infos passent à autre chose sans jamais parler du mystérieux « il » qui, d'après Margot, semblait très coupable. Jessie en conclut que l'histoire de Margot possède une part impénétrable, une fluidité dans laquelle les faits concrets se dissolvent, et qu'il vaut mieux la laisser à la police. Elle ramasse les peluches pour les donner à des associations (seules trois ont été discrètement « adoptées » par Romy), et envoie les messages pour Margot à la pépinière. Elle garde l'espoir de la trouver sur le seuil de leur porte, mais Margot ne vient pas. Jessie ne veut pas la déranger, s'imposer en allant au café, jugeant qu'elle doit être bien occupée par la police et la pauvre mère d'Audrey.

La vie reprend. Les eaux se retirent. Les jours s'allongent. Will part à Londres avec un esprit positif, comme s'il avait résolu un problème qui l'avait secrètement miné. Sans doute parce que Bella continue à lui prouver qu'elle ne se laisse pas démolir par les coups de la vie, pense Jessie. À cet égard et à bien d'autres, elle soupçonne maintenant Bella d'être un peu comme sa mère, une femme qu'elle ne veut, finalement, plus tellement évincer. Son ancienne jalousie paraît de plus en plus absurde – elle est vivante, pas Mandy, elle est la femme de Will, une mère pour son enfant aussi –, et la curiosité qu'elle a si longtemps refoulée remonte plus librement à la surface. Elle commence à poser des questions à Bella. Quels films aimait Mandy ? Quels livres lui lisait-elle quand Bella avait l'âge de Romy ? La mettait-elle à la garderie ? Au début, Bella répond par un haussement d'épaule ou des monosyllabes, puis elle révèle chaque fois un peu plus. C'est par Bella que Jessie apprend lentement à connaître Mandy – et la fille à qui elle manque toujours autant – et, petit à petit, elle lui laisse une place à leurs côtés. Un jour, Jessie se surprend à parler avec Mandy dans sa tête, comme deux voisines bavardent par-dessus leur clôture. Mandy lui dit d'aimer farouchement ce qui lui est cher, ce qu'elle n'a pas encore perdu. Oh oui, et que Bella adorerait avoir un chien.

— Si ce n'est pas maintenant, *quand* ? lance Jessie à Will après ce dialogue. Bella le mérite, après toutes les émotions des dernières semaines !

Ce soir-là, elle appelle l'éleveur local de golden retrievers. Ils ont de la chance : il reste une chienne dans une portée, plus petite que ses frères et sœurs, blonde avec des pattes d'ours. Bella la nomme Marilyn et la couvre d'amour. La petite chienne urine partout dans la maison, mange leurs chaussures, déterre les bulbes plantés dans le jardin. Un jour terrible, elle arrache la trompe de Flump, l'éléphant. Romy sanglote. Bella la recoud soigneusement avec du coton gris, fauché dans l'armoire de travaux manuels du collège. Jessie pardonne tout à Marilyn.

Joe Peat travaille dur, suant à plus grosses gouttes sous sa casquette depuis que les températures montent lentement. Fin mars, la piscine et le puits ont été comblés, leurs structures rasées. À présent, les déesses de pierre qui gardaient autrefois les coins de la piscine émergent, telles des nymphes des bois, derrière des touffes de jonquilles. Un samedi, Lou arrive sans prévenir, fraîchement séparée, les yeux striés de mascara, disant qu'elle a besoin de panser ses blessures.

— Marilyn est bonne pour ça, déclare Bella.

Jessie, elle, l'engage pour semer des fleurs sauvages et des herbes dans la couche de terre qui couvre désormais le fantôme de la piscine.

Lou murmure à son oreille :

— Pourquoi Bella sourit-elle tant ? Qu'est-ce qui s'est passé ?

— Elle s'est épanouie, répond Jessie.

Un printemps précoce, étonnamment chaud, met l'hiver K.-O. Sa mère vient passer quelque temps, l'avertit que les malheurs arrivent toujours par trois et qu'elle ne doit jamais baisser sa garde. Puis elle demande si elle peut prendre des boutures dans le jardin et rester quelques jours de plus. Jessie met Romy à la garderie du village deux matins par semaine. C'est pendant ces moments, Marilyn boule de poils à ses pieds, qu'elle s'installe dans son atelier. En s'étudiant dans un miroir, elle esquisse un autoportrait, la femme qu'elle est à présent, plus âgée, plus sage, moins soignée et, oui, plus heureuse. Bella, en rentrant du collège, convient qu'il est raté mais dit qu'au moins, c'est un début et le colle sur le mur de la cuisine, près des peintures au doigt de Romy et du portrait d'Audrey.

Un après-midi, Bella prend Jessie à part sur le perron et la prévient rageusement, à voix basse, « de ne pas faire comme si c'était la première fois que je ramène quelqu'un ici et de ne pas poser de questions bêtes ». Liv est une grande blonde braillarde, externe elle aussi, qui a trois frères. Ses parents viennent de gâcher sa vie en quittant Camden pour Cornton Hall, la grosse baraque sinistre aux abords du village le plus barbant du monde. Les jours suivants, les deux filles passent des heures dans la chambre de Bella, à écouter de la musique et à hurler de rire (elles se taisent brusquement à l'entrée de Jessie), et traînent près des pierres en laissant une piste de mégots mal recouverts dans l'herbe.

Will surprend tout le monde en rentrant à la maison un mercredi, souriant comme un dingue. Jessie craint qu'il n'ait bu dans le train. Il passe sa main dans ses cheveux et commence à parler trop vite : il a accepté une offre pour toute la compagnie, dit-il, pas juste la part de Jackson, et négocié un bon prix ces dernières semaines. Non, ils ne seront pas richissimes, tant pis, mais suffisamment à l'aise pour pouvoir faire le point, monter chacun une activité ici et avoir d'autres bébés.

— Sinon, *quand* ? plaisante-t-il.

Jessie l'embrasse, goûtant les pastilles de menthe qu'il a sucées dans le train sur sa langue.

— Attends, murmure-t-il, je t'ai apporté ça.

Il lui glisse dans la main un petit objet dur, referme ses doigts dessus.

Elle baisse les yeux, déplie ses doigts. Un bijou en or, le pendant parfait de celui qu'elle porte à son cou, offert par Will après la naissance de Romy.

— Je ne peux pas, murmure-t-elle en couvrant sa bouche de sa main. Bella va me pendre…

— C'est elle qui l'a choisi, réplique Will.

Debout derrière elle, il soulève ses cheveux et enfile le pendentif sur la chaîne.

Au début, cela lui semble étrange, deux formes qui se balancent sur sa gorge. Puis cela paraît juste. Elle a deux filles, pas une. Quand elle touche le nouveau pendentif, sa peau a déjà chauffé l'or.

16

Je me lève très tôt, laissant mon cher Billy enfoui dans le sommeil – personne ne dort aussi profondément qu'un jardinier. Après avoir nourri nos chiens, vidé la voiture des chaussures de football oubliées par nos petits-fils, je prends le volant et savoure le silence, l'air humide de l'aube au printemps. Le cottage, notre nid dans les bois, s'estompe dans le rétroviseur. Le chemin est dégagé. Les haies, truffées de minuscules mésanges, scintillent de rosée. Le cerfeuil sauvage commence à mousser. La sève à monter. Au carrefour, je prends la route de la vallée, celle que j'évite d'habitude, qui mène à Cornton Hall.

Où trouverai-je Harry Gore, si ce n'est là-bas ?

Quand je m'arrête devant, mon pouls s'accélère. L'échafaudage qui, durant des mois, a encagé Cornton est parti, révélant la pierre crème, poncée, dépouillée de décennies de lierre. Des caméras de surveillance. Deux voitures de luxe dans l'allée. C'est une autre maison, une autre époque. La plupart des vieilles familles du comté, comme les Gore, s'en sont allées depuis longtemps. Mais les fenêtres de Cornton me lancent toujours des clins d'œil au soleil, et je sens encore la présence du beau jeune homme qui a nagé avec moi dans la rivière un torride jour d'été, il y a bien des années. Je pense au martin-pêcheur, cette bombe bleutée, à la montgolfière suspendue au-dessus de nous comme une planète. Je vois la vie dont Harry devait hériter, de quelle hauteur il est tombé. Le temps se condense. Mes yeux s'emplissent de larmes.

Les maisons ne sont jamais simplement des maisons. J'en suis sûre à présent. Nous laissons des particules, de la poussière et des rêves, des empreintes sur des papiers peints jaunis, notre pas dans l'usure des marches. Et nous emportons des traces des maisons avec nous. Dans mon cas, l'amour du parfum de la cire sur le chêne au soleil, la lumière de fin d'après-midi filtrant par les vitraux. Nous grandissons. Nous restons les mêmes. Nous partons, mais nous vivons à jamais où nous avons été le plus vivants.

Pour Harry, je pense, c'était Cornton Hall. Pour moi, ce fut le manoir d'Applecote, dans cette canicule délirante de 1959. Aujourd'hui, Moll, Perry et Moppet ne sont plus que des os, mais tant que Sybil s'est accrochée à Applecote, l'essence de ces jours grisants a été préservée, comme le fruit d'une vieille récolte dans une confiture de Moll. Quand le manoir a été enfin vendu, que les Tucker sont arrivés, j'ai compris qu'il méritait une nouvelle famille, une nouvelle chance de bonheur. Et j'ai commencé à espérer que le passé reste enterré. Cela semblait tout à fait possible. Beaucoup de temps avait coulé, le monde des années cinquante n'était plus qu'un souvenir nostalgique, un téléfilm du dimanche soir. Mais il s'avère que le passé – et, bizarrement, les lunettes de Dot, me dit Bella – n'est jamais profondément enfoui dans le sol d'Applecote. Il monte et redescend avec la nappe phréatique. Et, de même que les pierres, le cratère dans le pré, le passé garde sa forme. Seul son sens change.

Nous n'avons rien osé dire à maman, quand elle nous a réclamées ce matin-là, rentrée à Londres enjôlée par Jack. Seul Tom savait : Flora a refusé de taire la vérité à l'homme qu'elle appelle toujours son âme sœur. Il a tâché de nous rassurer en arguant qu'Harry aurait bien du mal à prouver que nous l'avions éborgné – encore plus que nous avions tenté de le tuer –, puisqu'il n'y avait d'autre témoin que nous, quatre filles qui savaient parler. Rationnellement, cela semblait logique. Mais la raison est impuissante devant la peur : le pouvoir qu'Harry exerçait sur nous, moi surtout, difficile à saisir aujourd'hui, une incantation forgée dans cette chaleur mythique.

Harry était dangereux, blessé. Je tremblais qu'il assouvisse sa vengeance sur Dot si je brisais notre pacte de silence. Je rêvais de lui presque chaque nuit, me réveillant en sursaut, couverte de sueur. Et il évoluait – sciemment, je pense – dans les cercles londoniens proches du nôtre, incapable de lâcher prise bien que Flora ait épousé Tom début 1961 par un matin de neige, après avoir fui son école de Paris, se déclarant « déjà parfaitement accomplie ». Harry est même venu à leur mariage à l'hôtel de ville de Chelsea, se tenant sombrement à l'écart, plus beau que jamais d'un côté avant de nous foudroyer, en se tournant, de son œil fixe, injecté de sang.

Ce n'était pas seulement son œil. C'était son visage gonflé, le fait qu'il ait quitté Oxford pour s'adonner au jeu dans les clubs de Mayfair et les casinos glauques de Cannes, les narines gorgées de cocaïne, une femme différente à son bras chaque soir. C'était la perte de ses débuts prometteurs, de sa beauté juvénile pailletée de soleil. Pire, bien pire, j'ai découvert que, malgré tout ce qu'il avait fait, j'avais toujours secrètement envie de lui. Je ne pouvais oublier la tendresse de ses baisers sur l'arrière de mes genoux à vif, ni ces nuits d'été de ma seizième année où je me tordais de désir dans mes draps, sentant la femme s'éveiller en moi.

J'ai recherché d'autres liaisons qui rappelaient ma première expérience sexuelle. Elles s'achevaient rarement bien. Alors que mes sœurs s'appuyaient sur l'assurance, l'extension violente de nos espérances que cette terrible nuit d'été nous avait données, pour continuer leur route – Pam à la faculté de médecine, Dot au collège d'anglais à Cambridge, Flora et Tom en Californie, avec des fleurs dans les cheveux et des brassées de bébés –, je m'efforçais, à l'égal d'Harry, de trouver une direction ou un partenaire stables. Je vivotais d'emplois dans des bars, des galeries et des salles des ventes, incapable de me fixer. Je logeais et me battais avec maman à Chelsea, ou partageais des chambres mornes à Earls Court avec d'autres filles à la dérive. Je tournais sans cesse autour de l'été 1959 dans ma tête, comme un faucon planant au-dessus du pré, tâchant de le comprendre.

Puis, le jour où Harry est mort, en 1966, cet oiseau est tombé du ciel. Une route en lacets sur la côte près de Cannes. Un virage serré. Harry, soûl, roulant trop vite. Le froissement du métal brûlant.

Une fibre en moi, si longtemps tendue, étirée à l'extrême, s'est simplement rompue.

Pam m'a trouvée tremblant dans la pénombre de ma studette. Maman a refusé qu'elle appelle un médecin, redoutant qu'on m'inflige les électrochocs qui avaient secoué papa, bien des années plus tôt. Elle voulait m'avoir à la maison même si, scandaleusement, Jack y vivait à l'époque : l'infidèle s'était rangé. Aussi ai-je été installée dans mon ancienne chambre, comme une femme folle dans un grenier, bien au-dessus des rues de Chelsea qui grouillaient alors d'une jeunesse optimiste, de filles splendides en minijupes.

Je ne me reconnaissais pas. Mais maman ne m'a jamais dit de me ressaisir. Elle me caressait simplement les cheveux, ma tête sur ses genoux, écoutant ma tristesse. Mes sœurs quittaient rarement mon chevet. Mais j'avais l'impression d'être un poids, un vestige d'une autre décennie – le sombre après-guerre –, rien à voir avec leur épanouissement, l'excitation qui bouillait dans les rues de Londres. Je voulais disparaître, mais elles ne me laissaient pas faire, et puis Dot a écrit à Sybil.

Ma tante a bravé seule la vibrante métropole – la dernière fois qu'elle y était montée, le rationnement venait de finir. Je savais combien ce voyage lui avait coûté, et je ne l'ai jamais oublié. Mon plus vif souvenir de ce jour est d'avoir descendu à grand-peine l'escalier pour la trouver – dans sa plus belle robe démodée, serrant son sac en crocodile – raide sur la méridienne de maman, bouche bée en voyant Jack arpenter la maison torse nu, un pinceau entre les dents. C'est lors de cette première visite que j'ai décidé de lui dire la vérité, car mon pacte avec Harry n'avait plus lieu d'être. Mes sœurs m'ont approuvée et ont attendu derrière la porte, prêtes à la réconforter.

Bien sûr, Sybil n'en a pas cru un mot : à l'entendre, tout le monde savait que ce gentil garçon était devenu un menteur et un drogué. Audrey allait rentrer à la maison un jour, le sujet était clos. Et il n'était pas question que je perturbe son mari, ou moi, par ces ragots, ni que j'en parle à nouveau. Elle est revenue à Londres quelquefois après ça, accompagnée de Perry qui, au grand déplaisir de maman, s'entendait à merveille avec Jack : ils se soûlaient à mort en chantant « These Boots Are Made For Walkin' » de Nancy Sinatra. Mais elle n'a jamais mentionné ce que je lui avais dit au sujet d'Harry, et moi non plus.

Si la mort d'Harry m'avait ébranlée, c'est dire enfin la vérité à Sybil, même si elle refusait de la croire, qui m'a remise sur pied. Dès que je l'ai exprimée en brisant le pacte d'Harry, l'impression que ma tête allait exploser a cessé. Lentement, j'ai réussi à penser à l'heure suivante, au lendemain, à la semaine d'après. La peau, derrière mes genoux, a commencé à guérir. Les éruptions ont disparu à jamais.

Brûlant de sentir l'herbe entre mes orteils, la pluie tombée sur une rivière fraîche et pure, j'ai accepté la proposition de Sybil : un séjour réparateur à Applecote, une maison où je n'étais pas retournée depuis longtemps, accaparée par mes liaisons ratées. Quand j'ai franchi craintivement son portail, me demandant si c'était bien raisonnable, Billy, debout sur la pointe des pieds dans l'allée, fixait des roses à un treillis. Un homme qui était souvent revenu dans mes pensées ces dernières années, en me laissant un goût d'inachevé. Son tee-shirt, remonté par l'effort, dévoilait les durs sillons de son ventre, comme le sable sur une plage quand la mer se retire. Alors, j'ai su.

Maman n'a pas vécu éternellement, comme nous le pensions toutes, mais quand même vingt ans de plus que Jack. Nous nous sommes réunies lorsque son corps a décliné, la mitraillant de questions avant qu'il soit trop tard. La mort de papa était-elle bien accidentelle ? « Oh oui, chérie », a-t-elle sifflé. Là, j'ai réalisé que, de même que Sybil pour Audrey, elle s'en tiendrait toujours obstinément à sa version des faits. Pourquoi Dot ressemblait-elle si étrangement à Jack ? « Il est possible, je crois, qu'il ait été son père », a-t-elle enfin admis. Elle a pressé la main de Dot. « Je suis fatiguée, chérie. On en reparlera quand j'irai mieux. » Ce mieux n'a pas eu lieu. Nous l'avons enterrée aux côtés de papa dans une robe émeraude. Elle nous manque toujours. Alors que je m'éloigne de Cornton, laissant les dernières traces d'Harry derrière moi, la Margot qui l'a aimé jadis, en sortant de la vallée, je pense que cet après-midi sera bien plus facile sans elle.

Maman a toujours détesté les adieux.

Billy m'accueille avec une tasse de thé, devinant où je suis partie. Nous restons là, dans les bras l'un de l'autre, lui tenant délicatement mon visage au creux de ses mains rêches, et je me dis que j'aurais eu du mal à croire dans ma jeunesse qu'on peut être ridé, grisonnant, et encore amoureux.

Après le déjeuner – des pâtes que je suis bien trop nerveuse pour manger –, je cherche le bouquet parfait dans notre jardin printanier : une tulipe blanc-vert, des feuilles de fougère, que je lie avec une ficelle. Je mets une robe élégante – si on est née quelconque, on doit compenser en s'habillant bien (maman m'a inculqué ça) –, mais des chaussures plates. J'empile soigneusement les gâteaux dans le coffre.

Quand Billy prend la route, je regarde anxieusement par la vitre les arbres ployer, leurs feuilles s'entrechoquer. On aurait pu se passer d'un coup de vent.

Paul, l'infirmier préféré de Sybil, nous accueille à l'entrée de la maison de retraite – « le centre d'expédition », l'appelle narquoisement Pam –, une bâtisse laide, moderne, que nous avons choisie pour son personnel attentionné et ses jardins bien tenus. Il me fait un topo rapide sur la santé de Sybil, qui change tout le temps, suspendue dans la zone crépusculaire de son grand âge : elle est bien cet après-midi, après une nuit paisible et, oui, un déjeuner d'oiseau. Elle a été très calme, mais elle paraît comprendre le sens de tout cela. (Contrairement aux lettres : « Quelles lettres, chérie ? » Je reste sceptique sur son amnésie à leur égard, même connaissant les méandres de sa mémoire.) Paul me tapote le bras.

— C'est une bonne chose, Margot, dit-il pour me rassurer.

Mon Dieu, j'espère qu'il a raison.

Sybil semble assez gaie. Elle est déjà dans son fauteuil roulant, équipée pour sortir, une couverture en crochet sur les genoux, avec son fidèle sac en crocodile, au cas où. Ses cheveux – ce qu'il en reste – ont été spécialement coiffés en boucles vaporeuses comme du sucre filé. Me voyant avec Billy, elle s'illumine, presse ses mains tordues sur les bras de sa chaise roulante, oubliant qu'elle ne peut plus soulever son poids plume. Depuis que la nouvelle est tombée, sa peau transparente et parcheminée s'est encore resserrée sur son squelette, ce qui lui donne l'air desséché, soulignant ses os et ses veines. Elle approche de la fin. La lutte, mue par l'instinct maternel qui l'a aidée à tenir toutes ces années, a complètement cessé. Elle dort beaucoup à présent, plus souvent assoupie qu'éveillée, comme la trotteuse ralentit quand une vieille montre décline.

— Fin prête, Sybil ?

Billy pousse la chaise roulante.

Elle agrippe son sac, regroupant les bulbes de ses phalanges.

— Je suis prête depuis longtemps, cher Billy.

Billy plante le jeune arbre dans le sol d'Applecote, un pommier sauvage qui annonce le printemps par des pétales rose ballerine. J'imagine ses racines aspirant l'eau fertile qui monte ici, dans le Wilderness, où, jadis, le vieux puits creusait un tunnel dans les profondeurs de la terre ; Audrey et moi pendillant à une branche, mousse contre peau ; maman sur une méridienne à Chelsea, des fleurs voletant sur le parquet du salon. Tous liés. Encore et toujours. Pas complètement éteints.

Mes sœurs et moi n'osons nous regarder. Nous pleurons pour un rien, ces temps-ci. Nous rions aux mauvais moments aussi, un grand risque cet après-midi car les cinq ballons rouges – un pour Audrey et chacune de nous, pressés de s'envoler, comme Audrey en rêvait – claquent furieusement au bout de leurs ficelles, que Pam tente de maîtriser. Debout près du fauteuil roulant, Romy, notre mignonne visiteuse surprise, échappée de la maison, contemple Sybil avec une fascination grave, telle une pièce de musée intouchable.

— Que pense de l'arbre cette petite fille ? demande Sybil, tandis que le vent fouette sa couverture.

Romy réfléchit à cette étrange question de la relique en tripotant la poche de sa robe chasuble bleue.

— Pas grand.

— Petit, c'est beau aussi, dit Sybil. Comme toi.

— Romy pas petite.

— Non. Tu dois avoir raison.

Ma tante sourit. Elle va caresser la joue de Romy lorsque Jessie accourt, confuse.

— Je suis vraiment navrée. Romy, petite curieuse ! Viens ici.

Elle soulève sa charmante enfant et la ramène dans la maison entre les arbres en bourgeons. Sybil les regarde s'éloigner à regret. Les ficelles des ballons s'emmêlent dans les cheveux gris électriques de Pam.

— Fichus trucs… marmonne-t-elle en faisant claquer sa langue comme maman.

Flora éclate de rire.

— Donne-les-moi, Pam.

— Non, non. Je peux y arriver. (Pam renifle.) Je ne vais pas m'envoler. (Elle serre les ficelles et les tire d'un coup sec, comme les laisses de ses terriers indociles.) Finissons-en. D'accord, Margot ?

— Bonne idée. Je ne sens plus mes orteils, dit Flora, à peine sortie de l'avion, encore vêtue pour la Californie, en lin blanc et sandales dorées.

— Je t'avais prévenue. (Pam jette un œil satisfait à son propre manteau en laine et ses bottes pratiques.) Tu as la mémoire courte.

— Pas si courte, répond doucement Flora, et nous acquiesçons toutes, un moment silencieuses, sachant exactement ce qu'elle veut dire.

Il semble que c'était hier. Ça vit encore en nous.

Poussant la chaise roulante, Billy franchit le portail et traverse le pré où elle se bloque dans les touffes d'herbe, fonce dans les descentes. Après quelques minutes venteuses, il s'arrête sur un plateau, sans s'aventurer jusqu'aux pierres de peur que le fauteuil de Sybil ne se coince sans appel, complétant pour toujours leur cercle. Les autres attendent solennellement pendant que je gagne avec Dot le cratère, où je dépose le bouquet de fleurs pour Moll. À notre retour, Sybil a les yeux fermés.

— Elle dort, murmure bêtement Pam.

Je crie dans l'appareil auditif de ma tante :

— Regarde, Sybil ! Les boutons-d'or sont là !

Ses yeux laiteux s'ouvrent lentement et embrassent d'un regard vague, sans doute pour la dernière fois, le pré qu'Audrey aimait tant, au confluent de l'herbe et d'un ciel plein d'hirondelles, revenues pour un autre été.

Mes sœurs et moi nous rapprochons doucement, nous touchant presque. En plissant les yeux au soleil, je peux encore nous voir telles que nous étions jadis, quitter nos robes légères, notre pudeur anglaise, pousser des cris de joie, courir pieds nus vers la rivière striée de lune en cette nuit sauvage, inconscientes de notre beauté, du prix du moment, de sa somptueuse fragilité. Je me sens envahie par une tendresse pour nous toutes. Pam aussi, je pense, qui s'extirpe de son manteau et le pose sur les épaules de Flora.

— Margot, où est partie la petite fille ? demande soudain Sybil.

Nous baissons la tête. Notre tante, sereine un instant plus tôt, s'agite comme si elle avait perdu la prunelle de ses yeux.

— Ma petite fille était là, j'en suis certaine.

J'échange avec mes sœurs des regards alarmés. Ne la laissons pas confondre Audrey avec l'enfant blonde des Tucker. Pas aujourd'hui.

— Je veux la revoir.

Ses yeux commencent à se noyer de larmes.

— Oh, Sybil, elle reviendra, dit gentiment Flora, lissant la couverture sur ses jambes grêles comme des bâtons de sucette, mais ça ne suffit pas.

— Où est-elle, Margot ? (Sybil sanglote derrière sa main griffue.) Où est partie ma petite fille ?

Gagnée par la panique, je chuchote à Billy :

— À l'aide…

Billy, le seul être en qui Sybil a une confiance totale, qui a vaincu les points noirs redoutables sur ses roses chéries, se penche pour lui murmurer quelques mots à l'oreille. Ma tante s'immobilise. Dot me presse la main. Nous retenons notre souffle.

Billy part en courant au manoir et, quelques minutes plus tard, revient à l'entrée du pré avec la jeune famille et son chiot. Je commence à deviner ce qu'il veut faire. Mais Romy rechigne et s'accroche à la jambe de Bella. Ses parents ne semblent pas réussir à la convaincre. Je sens le temps passer, la détresse de Sybil enfler, le rite tomber à l'eau. C'est Bella qui le sauve en prenant la main de Romy pour l'amener vers nous. Pam se baisse, dans un craquement de genoux, et lui offre les ballons. Romy hésite.

— Vas-y, dit Bella en souriant, et je vois chanter entre elles la langue secrète des sœurs.

Sans quitter des yeux Bella, Romy lève lentement la main et la referme sur les ficelles enchevêtrées.

Sybil observe attentivement tout cela, la petite fille centrée dans son champ de vision comme dans un monocle. J'ignore si, maintenant, elle voit Romy ou Audrey. Je sais juste que ça n'a plus d'importance.

Sur un signe de Bella, Romy commence à courir en riant, dos au vent, un trait de robe bleue, une houle de ballons rouges. Comme si elle allait s'envoler. Une fille, bien vivante. Au milieu du cercle de pierres, elle tourne deux fois sur elle-même, puis ouvre sa main en étoile, et nous libère.

REMERCIEMENTS

Je remercie infiniment tous ceux qui ont soutenu *La Disparition d'Audrey Wilde*, dès l'éclosion de l'idée jusqu'au mot Fin, notamment ma brillante éditrice Maxine Hitchcock, chez Michael Joseph, et ma merveilleuse agente Lizzy Kremer, chez David Higham Associates. De même qu'Harriet Moore, Alice Howe, Emma Jamison, Claire Bush, Gaby Young, Eve Hall et Hazel Orme : j'ai beaucoup de chance de travailler avec vous toutes. Un merci tout particulier à Deirdre Bryan-Brown, une amie chère de ma défunte grand-mère, qui me captivait par ses histoires des filles du grand monde des années cinquante et m'a fait une démonstration impressionnante, au pub, de la révérence d'une débutante ; à mes trois enfants, de supporter que j'écrive tout le temps et de me rappeler simplement que « les meilleurs livres sont ceux qu'on ne peut pas lâcher ». Et enfin, à Ben : je n'y serais pas arrivée sans toi.

#lisez engagé!

Pour plus d'information :

www.lisez.com

Imprimé sur du papier issu de forêts gérées durablement.

10/18 – 92 avenue de France, 75013 PARIS

Imprimé en France par
CPI Firmin-Didot

N° d'impression : 174164
X08206/01